Bob Meyer

Teiresias' Tod

Fränkischer Kriminalroman

Impressum

Die Deutsche Nationalbibliothek
Bibliografische Information der Deutschen Nationalbibliothek
Die Deutsche Nationalbibliothek verzeichnet diese Publikation in der Deutschen Nationalbibliografie; detaillierte bibliografische Daten sind im Internet über http://dnb.d-nb.de abrufbar.

Bob Meyer:

Teiresias' Tod

Foto Umschlag, Zeichnungen und Bodypainting: Andrea Stern
www.kunst-vom-anderen-stern.de
Umschlaggestaltung: Fahner Verlag, Lauf
Druck und Bindearbeiten: Scandinavianbooks

ISBN 978-3-942251-41-9

1

Den ganzen Weg fluchte Hauptkommissar Brechtl vor sich hin. Die Seitenfenster seines Audi TTS hatte er ganz geöffnet und der Fahrtwind blies ihm um die Ohren. Das brachte ihm wenigstens ein bisschen Abkühlung. Es war einfach viel zu heiß. Die Schulkinder, die jetzt bald Sommerferien hatten, mochten ihre Freude an diesem Freibadwetter haben, Brechtl konnte es nicht leiden. Temperaturen, bei denen er seine Jeansjacke nicht tragen konnte ohne zu zerschmelzen oder zu erfrieren, drückten ihm aufs Gemüt. Dabei war die gute Laune, die er heute beim Frühstück noch hatte, sowieso schon zum Teufel.

„Wassd, manchmol maani, ich bin blous nu der Debb in dem Verein. Zefix!"

Wütend schlug er mit der Hand gegen das Lenkrad. Sein Beifahrer drehte kurz den Kopf zu ihm, um gleich wieder gelangweilt aus dem Fenster zu starren.

„Ich hobsn gsachd", moserte Brechtl weiter, „ich hob nern gsachd, ich bin ned dou, obber des is dem woschd."

Er bog von der B 14 ab, in Richtung Ottensoos.

„Wir können in so einem Fall nicht auf Ihre Mithilfe verzichten", äffte er seinen Chef nach. „Die Staatsanwaltschaft legt großen Wert darauf, dass Sie sich darum kümmern ... Der Doldi!"

Damit war Staatsanwalt Hermann gemeint, denn es war völlig klar, wer ihm das eingebrockt hatte.

An der kleinen Straße nach Rüblanden stand ein Polizist in Uniform, den hatte man offensichtlich als Wegweiser für die Einsatzfahrzeuge dort abgestellt. Arme Sau, dachte sich Brechtl, der früher selbst lange genug Schweißflecken in diesen beigen Hemden gesammelt hatte, und hielt ihm seinen Dienstausweis entgegen. Der Kollege deutete auf einen geschotterten Waldweg, der rechts in den Wald führte. Nach etwa hundert Metern trafen sie auf eine Schlange aus Polizeifahrzeugen. Brechtl reihte sich ein, stieg aus und öffnete die Beifahrertür.

„Hobb, raus!“

Von der Ruhe und Beschaulichkeit, die hier normalerweise herrschte, war nicht viel übrig geblieben. Erkennungsdienstler und Schupos wuselten umher wie Ameisen auf ihrem Haufen und vermittelten eine Hektik, die völlig unangebracht war. Auf Geschwindigkeit kam es bei der Spurensicherung nicht an, sondern auf Genauigkeit. Einer der Schutzpolizisten kam auf Brechtl zugelaufen, als er das rotweiße Band mit der Aufschrift „Polizeiabsperrung“ hochhob, um darunter hindurchzuschlüpfen.

„Hallo - Sie können da nicht durch. Der Weg ist gesperrt. Müssens halt woanders spazieren gehen.“

Brechtl zückte erneut seinen Ausweis.

„Hauptkommissar Brechtl von der Kripo Schwabach“, klärte er den Kollegen auf.

„Ach so. Tschuldigung. Ich dacht halt ... wegen dem Hund ...“

„Ja ja. Is scho recht.“

„Da hinten, links vom Weg.“

Brechtl nickte, drückte dem Beamten wortlos die Leine in die Hand und ging weiter. Neben der offenen Schiebetür eines grauen VW-Busses stand Rainer Zettner, der Leiter des Erkennungsdienstes, und wuchtete gerade eine Aluminiumkiste in den Laderaum.

„Ja servus Kalle. Ich hob gmaand, du hasd Urlaub.“

„Ich aa“, erwiderte Brechtl brummig. „Der Chef had mi ogrufm.“

„Is doch a scheens Gfühl, wemmer waas, dass mer brauchd werd“, grinste Rainer, nahm sein Haarnetz ab und versuchte, seine schwarzgraue Mähne wieder in Form zu wuscheln.

„Du mich aa. Sooch mer lieber, um wos dass gäid.“

„Schdell der vuur, dou hindn lichd a Leich!“, antwortete er übertrieben theatralisch.

„Wassders, Rainer, manchmol bisd scho aa a Debb.“

Warum hätten sie ihn, als Leiter des Kommissariats für Verletzung höchstpersönlicher Rechtsgüter, wie es im Amtsdeutsch hieß, auch sonst holen sollen.

„Frooch hald die Sonja. Dou driemer schdäids."

Er deutete auf eine Gruppe, die in der Nähe des kleinen Baches zusammenstand. Unter ihnen Sonja Nuschler, Brechts langjährige Kollegin, Dominik „Sunny" Sonneberg von der Gerichtsmedizin Erlangen und zu allem Überfluss Staatsanwalt Hermann. Warum hatten sie den denn hierher gekarrt? Als er Brechtl entdeckte, lief er direkt auf ihn zu und streckte ihm die Hand entgegen.

„Herr Brechtl! Freut mich, dass Sie kommen konnten."

„Sinn ja nunned gnuuch dou", grummelte Brechtl leise, ohne seine Hände aus den Hosentaschen zu nehmen.

„Bitte?"

„Ja, mich auch."

Hermann überhörte Brechtls sarkastischen Unterton.

„Wir haben es mit einer weiblichen Leiche zu tun, die hier ziemlich dilettantisch versteckt wurde. Die Einzelheiten wird Ihnen Frau Nuschler erläutern. Ich muss leider weiter."

„Ja, dann ..."

Brechtl zuckte kurz mit den Schultern und ging an ihm vorbei zu Sonja und Sunny.

„Moin. Was macht denn der da?"

Er nickte in Richtung des Staatsanwalts, der bereits auf dem Weg zu seinem Auto war.

Sonja verdrehte die Augen.

„Moin, Kalle. Haben sie dich jetzt echt aus dem Urlaub geholt?"

„Schaut so aus. Kannst du mir sagen, warum?"

„Der Herr Staatsanwalt war der Meinung, dass wir nicht auf deine professionelle Unterstützung verzichten können, und hat den Chef angerufen."

„Weil du als Frau mit einem Mordfall überfordert bist, oder was?"

Sonja verzog das Gesicht zu einem etwas gequälten Lächeln.

„Arsch. Wer ist es?" Brechtl deutete auf den geschlossenen Leichensack, der vor ihnen auf dem Boden lag.

„Wissen wir noch nicht. Eine junge Frau. Sie war da hinter dem umgefallenen Baum gelegen. Ein Spaziergänger hat sie gefunden“, berichtete Sonja.

Sunny öffnete den Reißverschluss. Meist brauchte man etwas Fantasie, um sich vorzustellen, wie Tote zu Lebzeiten ausgesehen hatten, vor allem dann, wenn sie schon eine Zeit lang verstorben waren. Inzwischen hatte Brechtl Übung darin, auch wenn es eine Disziplin war, auf die er gerne verzichtet hätte. In diesem Fall mag die Tote wohl ungefähr fünfundzwanzig Jahre alt gewesen sein, eher jünger. Sie hatte kurze, dunkle Haare und ihr Gesicht hätte mit einem Lächeln sicherlich sympathisch ausgesehen. Aber so tot, blass und ungeschminkt war das reine Spekulation. Sie trug Sommerschuhe und eine dunkle Latzhose, sonst nichts. Auf der Brust hatte sie ein auffälliges, farbiges Tattoo. Die Würgemale an ihrem Hals waren unübersehbar. Überall, wo nackte Haut zu sehen war, war sie schmutzig und zerschrammt.

„So haben wir sie gefunden.“

Sonja zeigte Brechtl ein paar Fotos, die sie mit ihrem Handy gemacht hatte.

Die Leiche war auf dem Rücken gelegen, seltsam verdreht und nur mit etwas Laub und Sand bedeckt, die vermutlich von dem Wurzelstock neben ihr heruntergerieselt waren. Gut versteckt war sie wirklich nicht. Man konnte auf den ersten Blick erkennen, dass hier ein Mensch lag.

„So war die da gelegen?“, fragte Brechtl ungläubig.

„Der Spaziergänger, der sie gefunden hat, hat ausgesagt, dass er nichts angefasst hat“, bestätigte Sonja.

„Und, kannst du mir schon was dazu erzählen, Sunny?“, wandte Brechtl sich an den zwei Meter großen, jungen Mann, den er schon kannte, als er noch Doktorand in der Gerichtsmedizin war.

„Also, sehr viel kann ich Ihnen noch nicht sagen, Herr Brechtl. Sicher ist, dass sie nicht hier gestorben ist, außer sie ist aus einem Flugzeug gefallen.“ Er stand auf und zupfte sein T-Shirt mit der Aufschrift ‚Ich war’s nicht‘ glatt. „Wir haben mehrere Frakturen im Bereich des Beckens und der Lendenwirbel, außerdem viele Hautabschürfungen, multiple Verletzungen an Kopf und Extremitäten. Wenn ich das Gesamtbild betrachte, würde ich tippen, dass sie überfahren worden ist. Aber ich will Frau Eckhard da jetzt nicht vorgreifen."

Regine Eckhard, seine Vorgesetzte, war seit Kurzem die Leiterin der Gerichtsmedizin Erlangen und eine gute Bekannte von Brechtl und Sonja.

„Überfahren?" Brechtl warf dem jungen Gerichtsmediziner einen skeptischen Blick zu. „Ich will da ja auch nicht vorgreifen, aber wenn ich mir die blauen Flecken am Hals so anschaue, würde ich sagen, sie ist erwürgt worden."

„Nein, das ist sie nicht", widersprach Sunny. Er ging in die Hocke und zog die Oberlippe der Leiche hoch. „Sehen Sie?"

„Schöne Zähne?"

„Das Zahnfleisch. Am Zahnfleisch kann man erkennen, ob jemand durch Erwürgen oder Strangulation gestorben ist. Aber danach sieht es hier beim besten Willen nicht aus."

„Mhm. Wo steckt Regine eigentlich?"

Brechtl wollte diese Diagnose lieber von der Chefin persönlich bestätigt bekommen.

„Wir haben gerade wirklich viel zu tun. Deswegen hat Frau Doktor Eckhard mich hergeschickt und gesagt, ich soll schöne Grüße ausrichten.

„Wann könnt ihr sie obduzieren?"

„Gleich morgen früh um sieben. Wollen Sie nach Erlangen kommen?"

Brechtl verzieh ihm diese Frage, schließlich war Sunny erst seit zwei Jahren dabei. Es gab für Brechtl zwei Ausschlusskriterien: Erstens vertrug es sein Magen nicht, wenn er beim Zersägen menschlicher Körper zusehen musste, und zweitens schon gar nicht um sieben Uhr morgens.

„Ich hab Urlaub", antwortete er deshalb. „Vielleicht will Frau Nuschler mich ja vertreten. Sag auf jeden Fall schöne Grüße zurück."

„Mach ich. Wollen Sie noch ...?"

Er hatte die Hand schon wieder am Reißverschluss des Leichensacks.

„Nein, nein. Kannst zumachen. Gehen wir mal zum Fundort?“, wandte er sich an Sonja.

Sie führte ihn zu einer dicken Kiefer, die offenbar durch einen Sturm entwurzelt worden war. Zahlreiche Nummernschildchen des Erkennungsdienstes markierten die Fundstelle.

„Sie war in dem großen Loch gelegen, das der Wurzelballen hinterlassen hat“, erklärte sie. „Ziemlich dämliches Versteck, wenn du mich fragst. Irgendwann kommt doch jemand, der sich um den Windbruch kümmert. Spätestens dann wird die Leiche entdeckt. Und dann noch so nah am Weg. Große Mühe hat der sich nicht gegeben.“

Der Weg war wirklich nur rund zwanzig Meter entfernt, gerade so weit, dass der umgestürzte Baum ihn nicht versperrte. Welchen Sinn hatte es, eine Leiche gerade hier abzulegen? Brechtl schaute sich um.

„So dämlich, wie du glaubst, ist das gar nicht. Schau mal her!“

Einen halben Meter über den Wurzeln war der Baumstamm eingesägt. Neben dem Stamm lagen frische Sägespäne.

„Wenn man den Stamm hier durchsägt, was passiert dann? Der Baum bleibt liegen und der Wurzelstock klappt wieder zurück. Wumms!“, deutete er mit einer Armbewegung an. „Effektiver kann man die Leiche nicht beerdigen. Du sparst dir die ganze Buddelei, hinterlässt keine auffälligen Spuren und die Leiche liegt unter ein paar hundert Kilo Erde und Holz, für die sich kein Mensch interessiert. Der Wurzelstock gammelt vor sich hin und der Körper darunter auch. Hier wird nie jemand anfangen zu graben.“

Er war fast ein wenig stolz auf sich, dass er das Rätsel so schnell lösen konnte. Sonja nickte anerkennend.

„Bis hierher kann man mit dem Auto fahren und dann musste er sie vom Weg nur noch die paar Meter bis hinter den Baum tragen. Sie ist ja schlank - für einen einigermaßen kräftigen Mann dürfte das kein Problem sein. Und bei seinen Sägearbeiten ist er dann vermutlich gestört worden. Klingt plausibel.“

„Rainer! Scha mol her, schnell!“, rief Brechtl den Kollegen zu sich.

„Wossn?“

„Die Sächschbee, sinn die vo aner Keddnsäch?“

Rainer warf einen kurzen Blick auf die Späne.

„Dädi scho song“, war seine Einschätzung.

„Nimm amol a weng wos dervo mid. Ich glaab, der Däder wolld den Bamm durchsäng.“

Rainer packte ein paar Späne in eine Asservatentüte und begutachtete den Schnitt, der kurz unterhalb der Mitte des Stammes endete.

„A Brofi woar des ned“, stellte er fest.

„Warum?“

„Kennsd di widder ned aus, Bou?“, Rainer zeigte mit dem Finger am Stamm an, wie man sägen musste. „Schmälerungsschnitt, Druckseitenschnitt, Trennschnitt. Sonsd haudsder des Glumb um die Ohrn, wennsd Bech hasd.“

„Wos du alles wassd.“

„Meine Leid homm selber an Wald. Wennsd in Keddnsächschein machsd, lernsd su wos.“

„Also woar des anner, der nunned ofd mid der Keddnsäch gerberd had?“

„Odder anner, wo ned vill Zeid ghabd had. Wall schneller gäids nadürlich, wennsdn eimfach durchsägsd. Blous riskiersd dann hald, dassi die Keddn zwiggd.“

Brechtl nickte. Dass der Täter in Eile war und nicht auf eine fachmännische Vorgehensweise Wert gelegt hatte, war nachvollziehbar.

„Hobd ihr Reifnschburn gsicherd?“

„Dou findsd su ziemlich alles. Audo, Mobbed, Fohrrod, Bulldog. Obber gligglich wersd dou ned. Is ja alles furdsdroggn. An saubern Abroller bringsd dou nimmer zamm.“

„Ner ja - hädd ja sei kenner.“

„Sunsd nu wos?“, fragte Rainer mit einem Blick auf seine Armbanduhr.

„Hobder ircherdwos Bsonders?“

„Des Äsdlerszeich, wo neber der Leich gleeng is, hommer midgnummer. Villeichd find mer ja Fosern odder DNA. Obber des werd a Fieserlerserberd. Ansunsdn hommer jedn Dreeg aafgsammld, wo am Weech gleeng ist. Kibbm, Babierler, an Schnuller hommer aa gfundn. Kommer obber ned vurschdelln, dass i dou dro Däder-DNA find.

„Hmm. Dangschee derwall."

„Ja, biddschee. Ich hau ab. Hob gnouch zum du mid dem Zeich. Odder braugsd mi no?"

„Na, bassd scho. Servus Rainer."

„Servus midnander."

Sonja ließ ihren Gedanken freien Lauf.

„Wenn sie tatsächlich überfahren wurde, dann können wir davon ausgehen, dass der Fahrer sie verschwinden lassen wollte, um den Unfall zu vertuschen."

„Ja, wenn sie überfahren wurde."

„Also so viel Fachwissen trau ich Sunny jetzt schon zu. Der macht das ja auch schon eine Weile. Und das mit dem Zahnfleisch weiß man ja."

Das weiß man ja. So, so.

„Das wäre zumindest eine logische Erklärung. Wenn die Leiche nicht gefunden wird, weiß niemand, dass sie überfahren wurde. Dann bleibt sie vermisst. Kein Mensch sucht nach einem Unfallauto."

„Sie wird ja wohl kaum hier auf dem Waldweg überfahren worden sein", spekulierte Sonja weiter.

„Also müssen wir herausfinden, wo der Unfall stattgefunden hat."

„Wenn es überhaupt ein Unfall war. Schließlich wurde sie ja auch gewürgt."

Sonja blickte etwas ratlos. So einfach war die Sache wirklich nicht.

„Wie fangen wir an?"

„Wir? Du! Ich hab Urlaub."

„Ich kann doch auch nix dafür. Der Hermann hat darauf bestanden."

„Ja ich weiß. Aber das kannst du doch auch allein. Identität, Todeszeitpunkt, Umfeld, Autowerkstätten - das brauch ich dir doch nicht zu erzählen. Der Manne und der Jan sind doch auch noch da."

„Manne nicht. Der hat Urlaub."

„Ach was ... DER hat Urlaub und lässt sich die Sonne auf den Bauch scheinen und ich ..."

„Er ist auf Teneriffa. Und der Chef hat gemeint, du bist doch sowieso immer daheim."

Beim nächsten Urlaub würde er vorher verbreiten, eine Survivaltour durch Neuseeland zu machen, nahm Brechtl sich vor. Auf dem Weg zu den Autos brummte er irgendetwas in seinen nicht vorhandenen Bart.

„Was?"

Sonja hatte kein Wort verstanden.

„Ach na ja - wann kommt es schon mal vor, dass ich Urlaub hab und gleichzeitig schönes Wetter ist? Und jetzt so ein Mist hier!" Er kickte einen Kiefernzapfen weg. „Kann der die Leiche nicht so entsorgen, dass sie erst in drei Wochen gefunden wird? Idiot."

Sonja warf ihm einen vorwurfsvollen Blick zu.

„Herr Brechtl!" Der junge Schutzpolizist stand immer noch mit der Leine in der Hand auf dem Waldweg, „Ich müsste wieder aufs Revier."

„Das ist doch der Sherlock!" Sonja kniete sich hinunter, um den Basset zu streicheln. „Wie kommst du denn hierher?"

Der Hund blieb sitzen und deutete ein Schwanzwedeln an. Für seine Verhältnisse schon ein wahrer Gefühlsausbruch.

„Der Pfulle ist mit der Christine auf Kur und ich hab ihm angeboten, den Hund so lange zu nehmen. Ich hab ja eigentlich drei Wochen Urlaub. Hatte ich das schon erwähnt?"

„Na mein Guter, hast du Durst, hm? Willst du Wasser? Na komm mal mit."

Sie nahm dem Beamten die Leine aus der Hand und führte Sherlock zum Bach hinunter. Der trank kurz und legte sich dann auf den nassen Sand.

„Oooch, ist dir heiß, hm. Na komm, wir müssen wieder hoch!"
Der Basset stand widerwillig auf und folgte ihr.

„Super", meckerte Brechtl. „Schau dir mal den ganzen Sand im Fell an. Ich bin mit meinem Auto da."

„Der ist doch gleich wieder trocken bei dem Wetter. Ist das jetzt Nummer drei oder schon vier?"

„Vier ..."

Pfulle, Brechtls ehemaliger Kollege, hatte schon immer Bassets, und alle hießen Sherlock.

„... und so kommt der mir nicht ins Auto."

„Dann gehn wir halt eine kleine Runde."

An einem großen Schlehenbusch zweigte ein Weg ab, der hoch zu den Feldern und Wiesen führte. Während sie ihm folgten, löste sich der Stau der Einsatzwagen hinter ihnen langsam auf. Brechtl grübelte vor sich hin.

„Was überlegst du?", wollte Sonja wissen.

„Schau dich mal um. Heute ist ein ganz normaler Montag. Da hinten joggen zwei, da drüben ist einer mit seinem Hund unterwegs - hier geht's zu wie am Plärrer. Tagsüber kannst du hier nicht reinfahren und eine Leiche verstecken."

„Na ja, aber nachts ..."

„Eben. Nachts ist hier kein Mensch. Wer hat ihn also beim Sägen gestört? Selbst wenn ihn einer von der Straße aus gehört hat - kommt doch keiner auf die Idee, nachzuschauen, was da los ist. Außer ..." Brechtl machte es spannend.

„Außer?", fragte Sonja nach.

„Jäger."

Brechtl zeigte auf den Ansitz, der am Waldrand stand. Kurzerhand kletterte er die Leiter hoch und setzte sich auf das Bänkchen.

„Den Fundort sieht man von hier aus nicht mehr, aber bestimmt das Licht von dem Auto. Und so eine Motorsäge hörst du kilometerweit."

„Warum sollte er das Licht einschalten?"

„Na, weil es hier nachts zappenduster ist. Wie willst du denn da mit der Motorsäge arbeiten?"

Brechtl kletterte wieder herunter.
„Ich erkundige mich mal, wer hier das Revier betreut.“
Sonja schrieb sich eine Notiz in ihr Smartphone.
„Die Zeiten von anständigen Notizblöcken sind auch vorbei“, bemerkte Brechtl verächtlich.
„Kalle ...“ Sie klang mitleidig. „... wir haben zweitausendsechzehn. Du kannst gerne einen Notizblock, einen Taschenrechner, eine Kamera und von mir aus auch noch den großen Brockhaus mit dir rumschleppen. Aber dann hast du immer noch nichts zum Telefonieren.“
Natürlich hatte Brechtl ein Handy und er benutzte es auch, aber Notizen wurden bei ihm auf Papier geschrieben. Basta.
„Und wenn du eine Aussage aufnimmst - wie willst du die dann unterschreiben lassen?“
„Da gibt’s jetzt ’ne App. Wie bei den Paketboten. Schau ...“
Sie tippte auf ihrem Smartphone herum.
Für jeden Mist gab es heutzutage eine App. Brechtl hatte schon genug von den unzähligen Applikationen, die ihm zwangsweise mit verkauft wurden und die sich ständig updateten, obwohl sie kein Mensch je benutzte. Und worauf die immer Zugriff haben wollten: seine Fotos, seine Kontakte, seinen Standort ... ja geht’s noch? Er tippte kategorisch auf Nein, wenn sein Handy ihn zur Zustimmung aufforderte. Aber er hatte den Verdacht, dass das den Apps egal war. Vermutlich wussten die Server von Google mehr über die Privatsphäre ihrer Kunden, als die Polizei je herausfinden konnte und durfte. Manchmal beneidete er seinen Freund Markus, der konsequent unerreichbar war, weil sein Tastenhandy stets ausgeschaltet in irgendeiner Schublade lag.
Brechtl wollte die leidige Diskussion nicht zum x-ten Mal führen und winkte ab. Sherlock der Vierte hatte eh beschlossen, dass es jetzt genug war. Er setzte sich hin und ließ sich nicht überzeugen, sich weiter zu bewegen. Sie drehten um. Noch bevor sie den Schlehenbusch wieder erreicht hatten, stießen sie auf einen älteren Mann, der regungslos am Wegrand stand. Er hielt sie mit seinem Wanderstock auf.

„Woss'n dou los?“ brummte er, ohne zu grüßen, und zeigte mit dem Stock den Weg entlang.

„Bolizei“, antwortete Brechtl genauso kurz.

„Wos bassierd?“

„Scheins.“

„Mhm“, nickte er und ließ sie weitergehen.

„Freundliches Völkchen, die Franken“, bemerkte Sonja sarkastisch, nachdem sie außer Hörweite waren.

„Wieso? Er hat doch anständig gefragt“, erwiderte Brechtl.

„Hallo und auf Wiedersehn hätte er schon sagen können.“

„Ich kenn den doch gar nicht.“

„Ja, eben.“

„Was soll ich dann mit dem plaudern?“

„Man kann doch wenigstens grüßen und ein paar nette Worte sagen.“

„Warum soll ich mit dem Süßholz raspeln? Ich darf ihm doch eh nichts erzählen.“

„Na ja, aber ...“

Sonja würde das nie verstehen. Sie lebte zwar jetzt schon seit über zwanzig Jahren in Franken, aber ursprünglich stammte sie aus der Gegend von Hannover.

„Siehst du, das ist genau der Unterschied zu euch da oben. Deswegen seid ihr so hektisch. Weil ihr vor lauter Labern keine Zeit für die wichtigen Dinge habt. Und, Digger ...“, wandte er sich an Sherlock, um die Diskussion abzukürzen, „Mittagessen?“

Ein Wort, das sich ganz offensichtlich im begrenzten Wortschatz des Bassets befand, im Gegensatz zu „Hier“, „Aus“, „Platz“ und „Nein“. Er quittierte es mit einem kurzen Schwanzwedeln und zog heftig in Richtung Auto.

„Wann kommst du morgen?“, erkundigte sich Sonja, während Brechtl den Sand aus dem inzwischen trockenen Fell des Hundes rubbelte.

„Du wirst nach Erlangen fahren, oder?“

Sie nickte.

„Dann danach“, schlug er vor. „So um elf?“

„Okay.“

Damit konnte Brechtl leben. Er würde den Teufel tun und morgen früh um acht im Büro erscheinen.

Zu Hause auf seinem Wohnzimmertisch lag der Karton mit dem Bausatz eines Modellflugzeugs. Brechtl setzte sich auf sein Sofa und öffnete vorsichtig die Verpackung. Unzählige Holzteile kamen zum Vorschein: Leisten, Rippen, Spanten, Balsabrettchen, ein paar Bowdenzüge und die Bauanleitung. Das war der eigentliche Plan für seinen Urlaub gewesen. Er wollte endlich diesen Segelflieger bauen. Den Rhönadler. Ein Flugzeug, das wie kein anderes zu ihm passte. Nicht das neueste Modell, aber auch ohne moderne Technik sehr zuverlässig, ein bisschen bauchig, gemütlich und gutmütig.

Er nahm die Bauanleitung aus der Schachtel. Über fünfzig einzelne Bauabschnitte, aber für jemanden wie ihn, der schon seit dreißig Jahren Modellflugzeuge baute und steuerte, kein Problem. Nur Zeit brauchte man eben. Drei Wochen Urlaub zum Beispiel. Er stieß einen Seufzer aus.

„Die Welt ist ungerecht, gell, Sherlock."

Der Basset stellte die Vorderpfoten auf Brechtls Knie und streckte die Zunge heraus, als wollte er sagen: „Hast du nicht was vergessen?"

„Aber wir lassen uns die Laune nicht vermiesen!", beschloss Brechtl und ging in die Küche, um den Hund zu füttern und sich selbst mit einem Dreykorn-Bräu zu versorgen. Dann legte er eine Rock-CD aus den Achtzigern in seine Stereoanlage und fing an, die Teile zu sortieren und zu entgraten.

Wenigstens den Rest des Tages wollte er noch seinen Urlaub genießen.

2

Den Wecker hatte Brechtl ausgeschaltet, aber seine innere Uhr war noch nicht im Urlaubsmodus - wie auch. Als er am Dienstagfrüh die Augen öffnete, stand „6:48"auf der roten LED-Anzeige. Kannst mich mal, dachte er, ich habe locker noch drei Stunden. Mit einem zufriedenen Lächeln drehte er sich um. Auf der anderen Hälfte seines Doppelbetts lag, mit einem ebenso zufriedenen Lächeln, Sherlock.

„Spinnst du? So haben wir nicht gewettet, Freundchen. Schau, dass du rauskommst!"

Er versuchte, den Basset aus dem Bett zu schieben. Gar nicht so einfach, wenn sechsundzwanzig Kilo Lebendgewicht sich dagegen sträubten. Sherlocks Lächeln wich einem missmutigen Brummen. Schließlich zog er die Lefzen hoch und fing an zu knurren. Jetzt reicht's. Brechtl stand auf, zog den Hund an den Hinterbeinen aus dem Bett und wuchtete ihn auf die alte Decke, die er daneben ausgebreitet hatte.

„Ich Bett, du Boden. Verstanden? Wie bist du da eigentlich raufgekommen?"

Mit der Figur und den kurzen Beinchen konnte man schon froh sein, dass er es beim Gassigehen über den Randstein schaffte. Sherlock schaute ihn nur mit seinen traurigen Augen an und ließ den Kopf zwischen die Vorderpfoten sinken. Gut.

Kaum hatte sich Brechtl wieder zugedeckt, spürte er, wie der Hund erneut versuchte, auf das Bett zu kommen. Er öffnete die Augen einen kleinen Schlitz und beobachtete ihn. Der Basset legte beide Vorderpfoten auf die Matratze und fing an, nach vorne zu robben, wobei er seinen schier endlos langen Körper samt ausgestreckten Hinterbeinen Stück für Stück ins Bett zog. Sehr bedächtig, wie ein Indianer, der sich anpirschte. Netter Versuch, dachte Brechtl, richtete sich auf und erschreckte den Hund mit einem „Buh! Vergiss es!".

Der starrte ihn erst entgeistert an, dann drehte er den Kopf weg und blickte kurz hinter sich, als wollte er sagen: „Ich? Meinst du mich?"

Brechtl stieg aus dem Bett und griff sich noch einmal die Hinterbeine. Sherlock fuhr herum und fletschte die Zähne. Mit dem alten Herrn war nicht zu spaßen. Brechtl musste seine Strategie ändern. Er ging in die Küche und nahm die Plastikbox mit den Leckerlis aus dem Schrank, die Pfulle ihm mitgegeben hatte. Er brauchte sie nur einmal zu schütteln, schon stand der Hund neben ihm. Brechtl holte einen der runden Kekse aus der Box, legte ihn demonstrativ auf den Boden und stellte den leeren Fressnapf darüber. Das gab ihm genug Zeit, zurück ins Schlafzimmer zu laufen und die Tür hinter sich zu schließen, bevor Sherlock seine Aufgabe gelöst hatte. Eins zu Null, dachte er, ignorierte das blecherne Scheppern des Napfes aus der Küche und zog sich die Bettdecke über den Kopf.

Kurz vor elf betrat Brechtl seinen ausnahmsweise vorbildlich aufgeräumten Arbeitsplatz, den er eigentlich für die nächsten drei Wochen nicht sehen wollte. Er streckte den Kopf durch die Verbindungstür in Sonjas Büro.

„Moin!“

„Moin! Der Chef hat schon zweimal nach dir gefragt“, empfing sie ihn.

„So, so. Ich hab jemand mitgebracht.“

Er ließ Sherlock durch die Tür. Der lief gleich zu Sonja und stellte seine Vorderpfoten auf ihre Knie, um sich seine Streicheleinheiten abzuholen.

„Hab ich heute früh was verpasst?“, erkundigte sich Brechtl.

„Allerdings. Ich stell das gerade zusammen. Kannst schon mal mit Jan ins Besprechungszimmer rüber. Ich komm in zehn Minuten.“

Oha. Frau Oberkommissarin Nuschler rief zur Besprechung. Na ja - eigentlich war es ihm ganz recht, wenn Sonja das Heft in die Hand nahm.

„Den Hund lass ich bei dir, okay?“

„Klar. Na, hast du Durst, mein Süßer?“

„Ja, ich würd ’nen Kaffee nehmen“, witzelte Brechtl, während er hinausging.

Das Büro von Jan Friedrichsen war nur ein Zimmer weiter. Normalerweise saß am zweiten Schreibtisch Manfred „Manne" Gruber - wenn er nicht gerade seinen durchtrainierten Oberkörper in der kanarischen Sonne räkelte. Zusammen mit Brechtl und Sonja bildeten sie das Kommissariat 1 der Kripo Schwabach, dessen Leiter Brechtl seit der letzten Umstrukturierung vor einem halben Jahr war. Früher gab es diese Stelle gar nicht und das K1 war direkt dem Chef unterstellt, aber offensichtlich brauchte man eine Begründung, um Brechtl eine Besoldungsstufe zu heben. So recht glücklich war er anfangs mit seiner Funktion als offizieller Vorgesetzter der drei anderen nicht. Er hatte befürchtet, dass sich das offene, freundschaftliche Verhältnis, das sie untereinander pflegten, ändern würde. Das war allerdings nicht der Fall. Überhaupt nicht. Manchmal wünschte sich Brechtl inzwischen sogar etwas mehr Respekt von seiner Truppe. Aber der Zug war nach zwölf Jahren gleichberechtigter Zusammenarbeit wohl abgefahren.

Der Chef schaffte es, ihn genau in dem Moment abzufangen, als Brechtl den Flur betrat.

„Ah - Brechtl ... Gut, dass Sie da sind ..."

Darüber konnte man geteilter Meinung sein.

„... ich wollte Ihnen nur sagen: Der Urlaub wird Ihnen natürlich gutgeschrieben."

Wäre ja auch noch schöner.

„Sind Sie schon vorangekommen?"

Brechtl schaute auf die Uhr und warf ihm nur einen vielsagenden Blick zu.

„Na ja, Sie halten mich auf dem Laufenden - und Herrn Hermann natürlich auch."

„Natürlich."

Brechtl lächelte freundlich und zeigte auf die Bürotür von Manne und Jan.

„Ja, ja, ich will Sie nicht aufhalten."

Der Chef machte kehrt und ging wieder zurück zu seinem Büro, das am anderen Ende des Flurs lag.

„Moin, Jan!“, begrüßte Brechtl seinen Kollegen.

„Moin Moin, Kalle!“ antwortete Jan, aus dessen Mund der ostfriesische Gruß viel originalgetreuer klang. „Hast Sehnsucht nach uns gehabt?“

„Wie die Sau. Es war dermaßen langweilig daheim, die ganzen drei Tage. Gibt's schon was zu unserer Leiche?“

„Nix. Vermisst wird noch niemand, auf den die Beschreibung passt, und wer's ist, wissen wir auch noch nicht. Vielleicht kommt noch was. Ist ja noch nicht so lange her.“

„Haben wir ein schönes Foto? Dann zeigen wir es halt mal in der Gegend rum.“

„Ein schönes Foto von der Leiche? Wem willst du denn das zeigen? Den Wildschweinen? Da können wir was froh sein, dass die sie nicht zuerst gefunden haben.“

„Dann schick's halt an die Dienststellen im Umkreis.“

„Hab ich schon gemacht.“

„Gibt's was vom Rainer?“

„Hat sich noch nicht gemeldet, aber ich hab was für dich. Sonja hat gemeint, du willst wissen, welcher Jäger das Revier betreut.“

„Ja, stimmt.“

Das hätte Brechtl fast vergessen. Jan reichte ihm einen Zettel mit einer Adresse und einer Telefonnummer.

„Bitteschön.“

„Danke! Die Sonja will, dass wir ins Besprechungszimmer rüberkommen.“

„Warum?“

Brechtl steckte den Zettel in die Hosentasche und zog die Schultern hoch.

„Obduktionsbericht, vermutlich.“

Damit lag er richtig. Ein paar Minuten später saßen alle zusammen am Besprechungstisch und Sonja projizierte ein unappetitliches Foto nach dem anderen auf die Wand.

Das erste zeigte die Leiche, nackt und frisch gewaschen auf einem der Edelstahltische in Regines Gruselkeller. Sie sah ziemlich übel zugerichtet aus.

„Wir haben noch keinen abschließenden Bericht, aber Regine hat ein paar Auffälligkeiten gefunden", begann Sonja ihre Ausführungen.

„Es handelt sich um eine Frau im Alter von zirka fünfundzwanzig Jahren. Der gesamte Körper weist Spuren von erheblicher Gewalteinwirkung auf. Es ist so gut wie sicher, dass die Frau von einem Auto überfahren wurde."

Sie zeigte ein paar Nahaufnahmen der Schulterblätter und der Hüfte.

„Bei diesen Verletzungen handelt es sich um sogenannte Decollements. Sagt euch das was?"

„Dekolleté kenn ich ..."

Sonja warf Jan einen verächtlichen Blick zu.

„Das sind Abscherungen der Ober- und Unterhaut. Ganz typische Verletzungen, wenn Fußgänger überfahren werden. Und hier sind noch ein paar leichtere Abschürfungen. Seht ihr den gelben Rand?"

Natürlich. Das Bild war ja schließlich zwei Quadratmeter groß.

„Das da sind die Beine. Ziemlich unverletzt. Der Bauchraum war dagegen erheblich eingedrückt."

„Ja, und was heißt das, Frau Doktor?"

Brechtl wurde langsam ungeduldig.

„Jetzt warte doch mal. Wenn ein Fußgänger von einem Auto angefahren wird, dann sind es logischerweise die Beine, die als Erstes getroffen werden. Man kann da immer von ein paar Knochenbrüchen ausgehen. Haben wir hier nicht. Stattdessen weisen die Verletzungen darauf hin, dass die Frau auf der Straße gelegen hat, als sie überfahren wurde."

„Ja mei. Ist sie halt vom Fahrrad gefallen, oder besoffen auf der Straße gelegen. Hatten wir auch schon öfter."

Sonja hob den Zeigefinger.

„Das ist aber der springende Punkt. Alkohol oder Drogen waren nicht im Spiel. Und normalerweise haben Hautabschürfungen einen roten Rand, von der Einblutung." Sie zeigte noch einmal das Bild von der Schürfwunde. „Die hier sind aber gelb.

Sie haben nicht geblutet. Das heißt mit anderen Worten: Sie sind postmortal entstanden. Die Frau war schon tot, bevor sie überfahren wurde."

Brechtl und Jan staunten nicht schlecht.

„Und woran ist sie gestorben?" Brechtl hoffte insgeheim, dass seine Theorie doch stimmte und die Frau erwürgt wurde.

„Die Frau hat ein paar Stunden, bevor sie überfahren wurde, ein ziemliches Martyrium erlebt. Sie wurde ins Gesicht geschlagen und mit Gewalt an den Handgelenken festgehalten. Außerdem gewürgt, das sieht man an den Hämatomen am Hals. Gestorben ist sie aller Wahrscheinlichkeit nach schließlich an einem traumatischen Hirnödem, verursacht durch einen Schlag auf den Hinterkopf mit einem scharfkantigen, harten Gegenstand."

Mit einem Foto des rasierten Hinterkopfs der Leiche beendete Sonja ihren Vortrag. Brechtl blies nachdenklich die Backen auf.

„Deutet irgendetwas auf ein Sexualdelikt hin?"

„Außer der ungewöhnlich spärlichen Bekleidung gibt es keine Anzeichen dafür."

„Fremd-DNA unter den Fingernägeln oder sonst wo?"

„Ist Regine dran."

„In der DAD ist sie vermutlich nicht."

Sonja schüttelte den Kopf. Wäre der genetische Fingerabdruck der Frau in der DNA-Sammlung des BKA gespeichert gewesen, wäre ihre Identität längst geklärt gewesen.

„Allerdings hatte sie eine genetische Besonderheit." Sonja blätterte in ihren Unterlagen nach. „CAIS-Syndrom heißt das."

„Bringt uns das weiter?"

Wieder schüttelte Sonja den Kopf.

„Nicht wirklich. Ist Regine nur bei der Obduktion aufgefallen, weil die Frau keine Gebärmutter hatte."

So genau wollte Brechtl gar nicht wissen, welche Organe beim Aufschneiden der Leiche zum Vorschein gekommen waren. Vielmehr interessierte ihn, um wen es sich handelte.

Er stand auf und tigerte vor der Wand auf und ab. Der Beamer blendete ihn.

„Wir müssen auf jeden Fall möglichst schnell herausfinden,

wer sie ist. Sonst kommen wir überhaupt nicht weiter. Gibt es irgendwas, was uns da weiterhilft? Die hat doch dieses auffällige Tattoo. Lass das noch mal sehen!"

Sonja suchte die Aufnahme heraus, auf der die Tätowierung gut zu sehen war. Diese ging über die gesamte Brust der Toten. Die farbige Abbildung zeigte eine Frau mit einem Stock und zwei ineinander verwundene Schlangen.

„Ist die Apothekerin, oder was?"

„Echt Kalle, manchmal bist du so bescheuert!", regte sich Sonja auf.

Wieder so ein Moment, in dem sich Brechtl etwas mehr Respekt gewünscht hätte.

„Wieso?", gab er zurück. „Irgendeinen Sinn muss es doch haben."

„Das muss doch nichts bedeuten. Vielleicht fand sie es einfach nur schön."

„Findest du das schön? Und noch dazu an der Stelle. Das muss doch wehtun", überlegte Brechtl.

„Ja sicher. Aber da sieht man es halt normalerweise nicht."

„Das ist für mich sowieso der größte Unfug. Ein Tattoo, wo's keiner sieht."

Brechtl tippte sich mit dem Zeigefinger an die Stirn. Er war überhaupt kein Freund dieser Art von Körperkunst. Er fragte sich, wie viele Leute wohl mit einem chinesischen Schriftzug herumliefen, der „Hier öffnen" oder „Ente süß-sauer" bedeutete. Er bezweifelte, dass der durchschnittliche Nadelstecher Chinesisch konnte.

„In manchen Berufen darfst du mit einem sichtbaren Tattoo nicht arbeiten, bei uns ja auch nicht. Also mir gefällt das. Ist toll gemacht, das war bestimmt nicht billig."

„Würdest du dir so was stechen lassen?"

„Wer weiß - vielleicht hab ich auch eins", antwortete sie vieldeutig und verschränkte demonstrativ die Arme vor der Brust.

Jan konnte sich das Grinsen kaum verkneifen, während Brechtl sie entgeistert anschaute. Im Bikini hatte er sie schon gesehen, aber das hieß ja offensichtlich nichts.

„Nicht dein Ernst, oder?"

Sie zuckte nur mit den Schultern und genoss es, ihn im Ungewissen zu lassen.

„Geht dich nichts an. Aber das hier ist sicher nicht irgendwo im Hinterzimmer entstanden. Das hat einer gemacht, der's wirklich kann."

„Und was willst du jetzt machen? Das Bild an alle Tattoo-Studios schicken und fragen, wer es gestochen hat und bei wem?"

„Wäre ein Anfang."

„Das kann doch ewig dauern."

„Ich mach das", erklärte sich Jan bereit. Mit seiner fast stoischen Geduld war er genau der Richtige für so eine Aufgabe. „Aber erst mal geh ich die Vermisstenmeldungen durch und frag mal bei der Schupo, ob die was von einem Unfall in der Gegend wissen."

„Gute Idee!" Brechtl stand auf und klopfte sich auf den Oberschenkel, um Sherlock zu sich zu rufen, der es sich in einer Ecke gemütlich gemacht hatte.

„Na komm!"

Behäbig trottete der Hund hinter ihm her.

„Ach ja", wandte sich Brechtl im Hinausgehen noch an seinen Kollegen, „die Ergebnisse alle auf Sonjas Schreibtisch."

„Warum auf meinen Schreibtisch?", wollte Sonja wissen, als sie wieder im Büro waren.

„Du bist meine Urlaubsvertretung. So steht es auf meinem Urlaubszettel und so soll das auch sein. Ich helf dir, keine Frage, aber der Hermann soll ruhig mal sehen, dass du auch was kannst."

„Aber du bist der leitende Ermittler."

„Jo. Und ich bin dein Chef. Und ich delegiere das jetzt an dich. Punkt."

„Wenn du meinst."

Richtig glücklich blickte sie nicht drein, aber Brechtl hatte sich schon etwas dabei gedacht. Wenn alles glatt lief, konnte Sonja den Fall für sich verbuchen, und wenn nicht, konnte er ja immer noch einspringen. Er hatte praktisch schon so etwas wie eine Inventarnummer und keine großen Ambitionen mehr. Wenn

Sonja aber endlich den Sprung zur Hauptkommissarin schaffen wollte, brauchte sie zählbare Erfolge auf ihrem Konto und sie war leider nicht der Typ, der sich breitbeinig hinstellte und Ansprüche geltend machte.

„Kaffee?", fragte er und legte schon einmal ein Cappuccino-Pad in den Automaten.

„Gerne."

Brechtl schaltete die Maschine ein. Die Geräusche, die das Teil von sich gab, klangen nicht gut.

„Die macht's auch nicht mehr lang", stellte er fest, während er noch eine zweite Tasse für sich zubereitete.

„Ist halt auch nicht mehr die Jüngste. Also - wie fangen wir an?"

Er zeigte auf die Magnetpinnwand gegenüber seinem Schreibtisch. Sie machten sich daran, einige der Fotos auszudrucken und aufzuhängen.

„Hat Regine eigentlich was zum Todeszeitpunkt gesagt?"

„Sonntag. Zwischen achtzehn und vierundzwanzig Uhr."

Brechtl rechnete kurz nach, dann schrieb er das Datum auf die Pinnwand. 17.07.2016. Er trat einen Schritt zurück steckte die Hände in die Hosentaschen und betrachtete sein Werk. Viel zu sehen gab es noch nicht, aber dafür fiel ihm der Zettel von Jan buchstäblich wieder in die Hände.

„Das ist der Jäger. Hat Jan rausgesucht. Ich ruf ihn mal an."

Er setzte sich und griff zum Telefon.

„Bierlein", meldete sich eine sonore Männerstimme. Klang fast wie ein Angebot. Gern, dachte Brechtl, aber er antwortete:

„Hauptkommissar Brechtl von der Kripo Schwabach. Hartmut Bierlein?"

„Ja."

„Ich habe nur eine kurze Frage an Sie. Sie betreuen doch als Jäger das Revier zwischen Ottensoos und Rüblanden, stimmts?"

„Ja, richdich."

„Waren sie da in der Nacht vom siebzehnten auf den achtzehnten Juli? Das war Sonntag auf Montag."

„Naa, dou woari ned draußn. Ich mach des bloß nehmberuflich. Normolerweis bloß am Wochenend, oder wenni Urlaub hob."

Wie immer, wenn er sich mit einem Franken unterhielt, fiel Brechtl in seinen Dialekt.

„Gut, das woars dann aa scho, Herr Bierlein. Dange."

„Wecher derer Leich, wos dou gfundn homm?", fragte der Jäger zurück.

Das hatte sich ja wieder schnell herumgesprochen auf den Dörfern.

„Ja, genau."

„Dou konni Ihner edz ned weiderhelfm. Obber wie issn des - bleibd der Weech edzer gschberrd? Wall ich hob mein Onhänger dou hindn schdeh."

„Naa. Dou werd scho widder aufgmachd, wenn der Erkennungsdiensd ferdich is."

„Dann bassds scho. Obber ich hädd nu a Frooch, wenni Sie scho mol dro hob. Ich hob dou a glaans Broblem in meim Revier. Dou sinn allerwall Mobbedfohrer underwegs, middn in der Nachd. Die verscheing mer die ganzn Viecher mid dem Gwerch vo ihre Geländemobbeder. Wos kommern dou machn?"

„Des is etz nix fier uns. Dou songs amol bei der Bolizeiinspektion Laff Bescheid. Die sinn dou zuschdändich."

„Ach, dou woari doch scho. Die denner doch aa nix."

„Mains hald nommol orufm."

„Ich hob mer scho dachd, amol an Warnschuss odder a boar Drähdler schbanner, na is glei a Rou."

„Des maaners edz ned ernsd, odder?"

„Naa. Obber die Saubangerdn, quer ieber die Wiesn foarns! Des is denner woschd, ob dou a Kitz drin lichd odder obs in Bauern sei Hei kabudd foarn. Dou mou mer doch wos dou. Kenner Sie ned amol bei Ihre Kolleng orufm?"

„Des konni scho machn. Obber Sie denner nix, gell."

„Naa. Woar ja bloß Schbaß. Walls mi hald ärcherd, weecher die Viecher."

„Ja, ich ruf o, verschbrochn."

„Vergelds Godd! Ade!“
„Ade, Herr Bierlein!“
Das war jetzt die Frage, ob die Motorradfahrer nicht schon manchem Reh dadurch das Leben gerettet hatten, dass sie es durch den Wald scheuchten, während der Jäger auf dem Hochsitz saß. Aber selbstverständlich war das nicht in Ordnung und Brechtl hatte versprochen, sich darum zu kümmern. Also schrieb er sich eine Notiz auf den Zettel mit der Telefonnummer des Jägers.
„Nix“, fasste er enttäuscht für Sonja zusammen.
„Was hast du denn erwartet?“
„Ja, nix.“
„Also.“
Wehmütig blickte Brechtl aus dem Fenster: Achtundzwanzig Grad, herrlicher Sonnenschein, kein Lüftchen ... ideales Wetter um sich an den Baggersee zu legen oder seine Modellflugzeuge in den Himmel zu schicken. Stattdessen saß er im Büro herum und wartete darauf, dass ihm jemand sagte, wer die Leiche in Regines Kühlfach war. Er lehnte sich zurück und legte die Füße auf seinen Schreibtisch. Scheißjob.
„Warum dort?“, unterbrach Sonja, die gerade ein Foto des Fundortes an die Pinnwand heftete, seine Gedanken.
Brechtl kratzte sich am Kopf und zuckte mit den Schultern.
„Idealer Platz - abgelegen, mit dem Auto erreichbar. Die Idee, den umgestürzten Baum abzusägen, war ja auch nicht schlecht. Hat halt nur nicht geklappt.“
„Die Frage ist: Hat der Täter den Platz gekannt? Wusste er, dass dort ein umgestürzter Baum liegt, oder war es Zufall, dass er ihn gefunden hat? Ist der Tatort gleich in der Nähe und der Täter hat einfach den nächsten Waldweg genommen, oder ist er extra dort hingefahren?“
„Ich glaube nicht, dass es Zufall war. Ich glaube, der Platz wurde bei Tageslicht ausgesucht und in der Nacht ist er dann gezielt dort hingefahren.“
„Warum?“
„Erstens: Der Weg ist nur die ersten hundert Meter geschot-

tert. Ich würde mich nicht trauen, mit einer Leiche im Kofferraum in einen unbefestigten Waldweg zu fahren, wenn ich nicht sicher weiß, dass ich da wieder rauskomme. Zweitens ist es fraglich, ob man den Baum im Scheinwerferlicht vom Weg aus überhaupt sieht - müsste man mal nachprüfen. Und drittens: Wer hat schon mitten in der Nacht eine Motorsäge dabei? Die muss man ja auch erst organisieren."

„Wenn er die Stelle kennt und weiß, dass da ein Baum umgefallen ist, dann stammt er aus der Gegend", schlussfolgerte Sonja.

„Nicht unbedingt. Es heißt nur, dass er schon einmal in diesem Waldstück war. Irgendwann zwischen dem Tag, an dem der Baum umgefallen ist, und Sonntagnachmittag."

Sonja nickte.

„Stimmt." Nach einer kurzen Pause fügte sie hinzu: „Es könnte auch andersherum gewesen sein: Der Mord war geplant. Der Täter hat das Versteck in Ruhe ausgesucht und dann erst sein Opfer umgebracht."

Auch eine Möglichkeit. Gar nicht so abwegig. Brechtl kannte auch eine Stelle im Pegnitzgrund, die er als Jugendlicher einmal zufällig entdeckt hatte. Wenn er irgendwann eine Leiche entsorgen müsste, dann dort. Ein alter gemauerter Schacht, der inzwischen komplett überwuchert war. Kein Mensch würde sich je durch das Gestrüpp und die dichten Brennnesseln dorthin verirren. Er konnte sich zwar nicht vorstellen, dass er je in die Situation kommen würde, diese Grabkammer nutzen zu müssen, aber er hielt sich die Option offen und hatte die Stelle noch nie jemandem gezeigt.

Sein Telefon klingelte. Nach einem Blick auf das Display meldete er sich:

„Hallo Dagmar, was gibt's?"

„Hallo Kalle. Du bist ja doch da. Ich dachte, du hast Urlaub."

„Hat sich verschoben."

Erstaunlich, dass sie das noch nicht wusste. Dagmar von der Zentrale wusste normalerweise genauestens über alles Bescheid, was sich im Haus ereignete.

„Gut, ich hab nämlich jemanden für dich dran. Ich stell mal durch.“

Es knackte in der Leitung.

„Hauptkommissar Brechtl, Kripo Schwabach.“

„Polizeiobermeister Gschwendner, PI Lauf.“

„Guten Morgen, Kollege, Sie wollten mich sprechen?“

„Ja. Sie haben doch den Fall mit der Leiche in Ottensoos. Ich kann Ihnen sagen, wer das ist.“

Brechtl nahm die Füße vom Tisch und setzte sich aufrecht hin. Mit allem hatte er jetzt gerechnet, aber damit nicht.

„Ja ... und wer ist es?“

„Sie heißt Simone Habereder, wohnt in Fischbach.“

„Moment!“ Brechtl schnappte sich Stift und Papier und notierte den Namen. „Haben Sie auch die genaue Adresse?“

„Den Straßennamen weiß ich jetzt nicht.“

Egal. Das ließ sich einfach herausfinden.

„Und woher kennen Sie sie?“

„Ich hab sie in einem Club kennengelernt.“

Früher hieß das mal Disco, dachte Brechtl, aber das sagte schon lange keiner mehr, weil es so nach Achtzigerjahre klang.

„Können Sie uns noch mehr über sie sagen?“

Nach einer kurzen Pause antwortete Gschwendner:

„Jetzt nicht direkt.“

„Aber Sie sind sich sicher, dass es sich um Simone Habereder handelt?“

„Ja. Ganz sicher. Was ist denn passiert?“

„Das wissen wir auch noch nicht so genau.“

„Mhm. Na dann ... viel Erfolg!“

„Danke. Wiederhörn.“

Brechtl legte auf.

„Wir haben sie!“, triumphierte er. „Simone Habereder aus Fischbach. Der Kollege ist sich ganz sicher. Der Jan soll die Adresse rausfinden und wir fahren schon mal los.“

Er tippte die Nummer des Fuhrparkleiters ins Telefon.

„Hardy - ich brauch a Audo ... ja, eigendlich hobbi scho Urlaub. Ober edz bressierds.“

Brechtl war schon auf dem Sprung.
„Hast du nicht jemand vergessen?"
Sonja zeigte in die Ecke.
„Ach so ... Sherlock komm, du gehst zum Jan!"
Der Hund öffnete träge die Augen, rührte sich aber nicht vom Fleck.
„Hobb edz!"
Keine Reaktion. Sonja ging in die Hocke.
„Na komm, Süßer!"
Der Basset stand auf, streckte sich ausgiebig und wackelte los.
„So ist's brav!"

Das dreistöckige Mietshaus unter der von Jan ermittelten Adresse war eines von vielen in der Straße. Nicht gerade die teuerste Wohngegend, aber ruhig gelegen, mit kleinen, gepflegten Gemeinschaftsgärten. Auf dem Klingelschild stand: Simone Habereder, Franz Habereder. Brechtl drückte auf den Knopf. Niemand öffnete, auch nicht beim zweiten Versuch. Er drückte auf den Knopf daneben. Gleich darauf summte der Türöffner.

Im ersten Stock erwartete sie ein korpulenter Mann im Jogginganzug.

„Ja, bitte?"

„Entschuldigen Sie die Störung. Wir müssten zu Herrn Habereder."

„Ich weiß nicht, ob der da ist. Vielleicht schläft er. Klopfen Sie halt mal."

Der Mann zeigte auf die Wohnungstür seiner Nachbarn. Brechtl klopfte kräftig an.

„Herr Habereder? Machen Sie bitte auf, es ist wichtig."

Er lauschte, aber in der Wohnung rührte sich nichts. Brechtl wandte sich wieder an den Nachbarn.

„Haben Sie ihn heute schon gesehen?"

„Nein. Den habe ich schon ein paar Tage nicht mehr gesehen. Aber der arbeitet Nachtschicht, glaub ich. Den sieht man tagsüber so gut wie nie."

„Wann haben Sie ihn zuletzt gesehen, Herr ..." Brechtl warf

einen Blick auf das Klingelschild. „... Gleichauf?"

„Samstagabend, glaub ich, war's"

Brechtl warf Sonja einen kurzen Blick zu.

„Und danach nicht mehr?"

„Nein. Was wollen Sie denn von ihm."

„Mein Name ist Brechtl, das ist meine Kollegin, Frau Nuschler. Wir sind von der Kriminalpolizei und müssten Herrn Habereder dringend sprechen. Hat jemand einen Schlüssel zu der Wohnung?"

Brechtl zeigte seinen Dienstausweis.

„Die Hausverwaltung. Die Nummer hängt unten, bei der Hausordnung. Hat er was angestellt?"

„Nein, nein. Wie kommen Sie drauf?"

„Das ist ein komischer Typ. Der grüßt nicht, hat's immer eilig."

„Sonja, schaust du mal runter nach der Nummer?"

Sie machte sich auf den Weg.

„Und wie ist Frau Habereder so?", fragte Brechtl weiter.

„Nett. Sehr nett. Sie war sogar beim Blockfest dabei."

„Blockfest?"

„Wir machen jedes Jahr so eine Art Sommerfest hier in der Straße. Da hat sie die Bierbänke mit aufgebaut und organisiert und alles."

„Und Herr Habereder?"

„Der war da krank, glaub ich. Jedenfalls hat er nicht mitgefeiert."

„Und sonst - wie ist das Verhältnis zwischen den beiden? Ich meine, die Wände sind ja nicht dick hier im Haus, haben Sie irgendwann mal was mitbekommen?"

„Nein, eigentlich nicht."

„Irgendetwas Besonderes in letzter Zeit?"

„Besuch war öfter da. Früher haben die nie Besuch gehabt. Ein junger Mann ab und zu und eine junge Frau. Die war öfter da. Aber jetzt muss ich schon mal fragen: Warum wollen Sie denn das alles wissen? Ist was mit der Simone?"

„Frau Habereder hatte einen Unfall."

„Ach du meine Güte." Der Mann wurde blass um die Nase. „Was ist denn passiert?"

„Dazu können wir Ihnen leider nichts sagen. Aber verstehen Sie, dass wir dringend mit Herrn Habereder sprechen müssen?"

„Ja, freilich."

Sonja kam die Treppe wieder hoch.

„Es kommt gleich jemand von der Hausverwaltung."

„Haben die Habereders ein Auto?", erkundigte sich Brechtl.

„Ja, einen silbernen Astra Kombi." Er warf einen Blick durch das Treppenhausfenster. „.Aber auf ihrem Parkplatz steht er nicht."

„Wissen Sie das Kennzeichen?"

„Nürnberg FH irgendwas. Eine rote Beifahrertür hat er. Da ist ihr mal jemand reingefahren."

„Wissen Sie, wie lange das Auto schon nicht mehr da steht?"

„Das kann ich Ihnen jetzt nicht sagen."

Ein älterer Herr stapfte die Treppe hoch.

„Sind Sie das von der Polizei? Ich hab den Schlüssel."

Sonja zeigte ihm ihren Dienstausweis und deutete auf die Tür. „Bitte ..."

Der Nachbar machte Anstalten, mitzukommen.

„Vielen Dank für Ihre Hilfe, aber wenn Sie uns jetzt allein lassen würden. Wenn Ihnen noch etwas einfällt, rufen Sie mich an!"

Brechtl gab ihm seine Visitenkarte und beeilte sich, an die Wohnungstür zu kommen, während der Hausverwalter aufsperrte.

„Vielen Dank! Wenn Sie bitte auch draußen warten würden."

Die Kommissare traten ein und schlossen hinter sich die Tür.

„Herr Habereder? ... Herr Habereder, sind Sie da?"

Offenbar war niemand zu Hause. Die kleine Wohnung war nicht besonders aufgeräumt. In der Küche stand allerlei benutztes Geschirr herum und im Wohnzimmer stapelten sich Papiere und Zeitungen auf dem Tisch. Auf dem Sofa saß zwischen Kissen und einer Fleecedecke ein riesiger Teddybär. An den Wänden hingen ein paar Poster, unter anderem eines mit einem weinenden Clown. Brechtl verstand nicht, wie man sich so was in die Wohnung hängen konnte. Das machte einen doch depressiv.

„Schau mal her!“, rief Sonja, die inzwischen Schlafzimmer und Bad untersucht hatte, Brechtl zu sich.

Sie hatte Einweghandschuhe angezogen und alle Schlafzimmerschranktüren geöffnet. Links war offensichtlich der Schrank von Frau Habereder, rechts der ihres Mannes.

„Fällt dir was auf?“

„Nein, was?“

„Na, ihr Schrank ist gerammelt voll und seiner halb leer.“

„Ist doch normal, oder?“, zuckte Brechtl mit den Schultern.

„Und schau mal ins Bad“, forderte sie ihn auf. „Was siehst du?“

„Ja ... Bad halt.“

„Schau doch hin, Mann. Kein Rasierzeug, nur eine Zahnbürste, das Auto ist weg ... der hat seine Sachen gepackt und ist abgehauen.“

„Mist.“

Brechtl fischte sein Handy aus der Tasche.

„Moin Jan. Wir brauchen eine Fahndung.“

„Ich wollte dich grade anrufen. Ich hab etwas über die Tote.“

„Kannst du mir gleich erzählen, aber jetzt brauche ich erst mal eine Fahndung nach ihrem Mann.“

„Ihrem Mann?“

„Ja, Franz Habereder, gleiche Adresse, vermutlich unterwegs in einem silbernen Opel Astra mit roter Beifahrertür. Kennzeichen Nürnberg FH, Ziffern unbekannt, aber das lässt sich ja schnell rausfinden.“

„Frau Habereder ist nicht verheiratet.“

„Wie, nicht verheiratet?“

„Ja, ledig halt.“

„Hier wohnt aber ein Mann und an der Klingel steht Franz Habereder mit dran.“

„Was weiß ich - vielleicht ihr Bruder?“

„Find das mal raus. Und die Fahndung brauch ich trotzdem. Was hast du sonst noch?“

„Geboren in Dingolfing 1994, hat vorher in Gottfrieding gewohnt. Vor anderthalb Jahren ist sie von Niederbayern dann nach Fischbach gezogen. Polizeilich ein unbeschriebenes Blatt."

„Na, schau mal, ob du noch ein bisschen mehr rausfindest. Und schick uns den Rainer mit seinen Jungs her."

„Mach ich." Jan legte auf.

„Die ist gar nicht verheiratet, oder besser gesagt: War", wandte Brechtl sich wieder Sonja zu.

„Vielleicht der Bruder?"

„Hat der Jan auch schon vermutet."

„Das hat mich schon am Klingelschild gewundert."

„Was?"

„Na ja, normalerweise schreibt man doch: Franz und Simone Habereder oder S und F Habereder oder irgend so was und nicht zweimal den Nachnamen."

Wieder einmal bewunderte Brechtl Sonja heimlich für ihren Scharfsinn. Wie einem solche Kleinigkeiten auffallen konnten? Überhaupt war sie viel schlauer, als ihr mancher zutraute. Eine zierliche Frau mit langen blonden Haaren und Pferdeschwanz. Sie war sportlich, schlank und ziemlich hübsch, wie er fand. Na ja, sie war ja auch fast zwanzig Jahre jünger als er. Jetzt, am Anfang des Sommers, sah man ihre Sommersprossen besonders gut. Die machten sie sympathisch, genau wie ihr gewinnendes Lächeln. Ein Tattoo auf der Brust passte jedenfalls überhaupt nicht zu ihr, so viel stand fest. Manchmal schaute sie etwas verträumt, richtig süß. Jetzt gerade nicht. Jetzt schaute sie ihn eher fragend an und schnipste mit dem Finger.

„Hallo? Bist du noch da?", riss sie ihn aus seinen Gedanken.

„Ja, freilich. Ich überleg nur."

„Sieht man. Und was?"

„Ein Foto. Wir brauchen ein Foto von ihm für die Fahndung."

Er begann, die Wohnzimmerschränke zu durchsuchen. Doch so viel er auch stöberte, es kam kein einziges Fotoalbum zum Vorschein. Nicht ein Bild.

„Das gibt's doch gar nicht. Die muss doch irgendwo ein Fotoalbum haben."

„Kalle - die Frau ist Anfang zwanzig. Da hat man keine antiken Fotoalben mehr."

Sonja setzte sich an den Schreibtisch, der in einer Ecke des Wohnzimmers stand, und schaltete den Computer ein.

„Passwort ..."

„Probier mal das Übliche."

„Wann hat sie Geburtstag?"

„Weiß ich nicht. Ich schau mal, ob ich was finde."

Brechtl durchsuchte den Papierstapel, der auf dem Wohnzimmertisch lag. Das Geburtsdatum fand er dabei zwar nicht heraus, aber die Papiere waren aufschlussreich. Offensichtlich waren die Habereders auf der Suche nach einer neuen Wohnung. In den Zeitungen waren Annoncen angestrichen, einige Ausdrucke von Wohnungsangeboten lagen auch dabei. Unter anderem auch das Schreiben eines Maklers, in dem er einen Besichtigungstermin für eine Eigentumswohnung in Lauf bestätigte. „Sehr geehrte Frau Habereder" stand da als Anrede. Nicht etwa „Herr und Frau" oder „Familie Habereder". War sie alleine auf der Suche nach einer Wohnung? Wollte sie ausziehen, ihn verlassen?

Das war natürlich alles nur Spekulation. Tatsache war, dass der Makler den Termin für Samstagnachmittag vereinbart hatte. Einen Tag vor ihrem Tod.

„Den Makler brauchen wir. Das könnte einer der Letzten sein, der sie lebend gesehen hat."

Brechtl steckte den Brief ein.

„Aber erst mal brauch ich das Geburtsdatum."

Sonja saß immer noch vor dem blauen Bildschirm, der auf die Eingabe des Passworts wartete.

„Ich frag mal Jan."

Noch einmal rief Brechtl seinen Kollegen an.

„Ich noch mal. Sag mir mal den Geburtstag von Frau Habereder."

„Moment ... siebzehnter Juli."

„Siebzehnter Juli? Also vorgestern?"

„Ja."

„Dann ist sie an ihrem Geburtstag umgebracht worden."

„Stimmt. Ist mir gar nicht aufgefallen."
„Gibt's sonst was Neues?"
„Ich bin dran. Aber wenn du mich alle zehn Minuten anrufst, komm ich ja zu nichts."
„Und der Rainer?"
„Ist unterwegs."
„Danke."
„Wart mal!"
„Was?"
„Soll ich mal mit dem Hund raus?"
„Ja, das wär nett." Brechtl legte auf. „Hast mitbekommen?", fragte er Sonja.
„Ja."
Sie tippte bereits alle möglichen Kombinationen aus Name und Geburtsdatum ein, aber ohne Erfolg.
„Lass doch. Der Martin knackt den schon." Damit meinte er Martin Georgis, ihren IT-Spezialisten. „Ich lass mir von dem Nachbarn mal eine Personenbeschreibung geben."
Als Brechtl die Wohnungstür öffnete, zuckten der Hausverwalter und Herr Gleichauf erschrocken zurück.
„Schön, dass Sie noch da sind. Den Wohnungsschlüssel müssen wir behalten."
„Ja, geht das? Das weiß ich jetzt nicht", meldete der Hausmeister seine Zweifel an.
„Sicher geht das. Sie bekommen eine Quittung."
Ganz so einfach war es ohne richterlichen Beschluss natürlich nicht, aber Brechtl wirkte offenbar sehr überzeugend.
„Und von Ihnen hätte ich gerne eine Beschreibung von Herrn Habereder", wandte er sich an den Nachbarn.
„Eine Beschreibung ... Na ja, der ist so normal groß, so vielleicht ..." Er zeigte ungefähr einen Meter fünfundsiebzig. „Läuft immer mit einer Käppi vom FCN rum."
Sehr aussagekräftig.
„Dick, dünn, Brille, Bart ...", half Brechtl ihm auf die Sprünge.
„Ja. Also ... einen Bart hat er. Vollbart. Und eine Brille, glaub ich, auch. Eher schlank, würde ich sagen."

„Sonst irgendwas Auffälliges, eine Tätowierung zum Beispiel?“

„Ach Gott ... so oft habe ich ihn jetzt auch nicht gesehen.“

„Sind die beiden zusammen eingezogen?“

„Nein, er ist erst so ein Vierteljahr später gekommen.“

„Gut. Danke. Wenn Sie merken, dass Herr Habereder nach Hause kommt, sagen Sie ihm bitte nichts, sondern rufen Sie mich sofort an, egal zu welcher Uhrzeit.“

Wie diesen Satz Brechtl hasste - aber er gehörte nun mal zu seinem Job. Er wandte sich wieder an den Hausmeister und ließ sich den Schlüssel geben.

„Unsere Kollegen vom Erkennungsdienst werden gleich noch kommen. Danach sperren wir die Wohnung wieder ab.“

„Ja, und die Quittung?“

„Moment.“

Brechtl ging zurück in die Wohnung.

„Ich brauch eine Quittung für den Wohnungsschlüssel.“

„Eine Quittung?“

Sonja blickte von dem Ordner auf, in dem sie gerade stöberte.

„Ja, irgendwas.“

Sie öffnete den Reißverschluss ihrer Handtasche und kramte kurz darin herum.

„Ich hab einen Beschlagnahmevordruck.“

Sie zog das Formular heraus. Unglaublich. Es war Brechtl schon immer rätselhaft, was Sonja alles mit sich herumschleppte und wie das alles in dieser kleinen Umhängetasche Platz fand. Normalerweise hätte diese das Format eines Reisekoffers haben müssen. Einen Kugelschreiber drückte Sonja ihm auch noch gleich mit in die Hand.

„Super, danke.“

Brechtl füllte einige Zeilen aus und strich den Rest des Formulars durch. Das musste genügen. Er ging wieder nach draußen und übergab das Papier dem Hausmeister.

„Bitteschön. Wir werden noch einige Zeit hier brauchen. Es ist nicht nötig, dass Sie warten. Wir melden uns bei Ihnen, wenn noch etwas sein sollte“, verabschiedete er sich. Die freundliche

Version von „So und jetzt verschwindet, damit wir unsere Arbeit machen können."

Sonja blätterte immer noch in dem Ordner mit der Aufschrift „Bank", den sie im Schlafzimmer gefunden hatte. Darin befanden sich die Kontoauszüge von Frau Habereder. Der aktuelle Kontostand war nicht berauschend und außer einem kleinen Bausparvertrag hatte sie offensichtlich auch keine Ersparnisse.

„Wie will die sich eine Eigentumswohnung leisten? Schau dir mal das Gehalt an."

Sie zeigte auf einen Betrag auf dem Kontoauszug.

„Was arbeitet sie denn?"

„Friseurin anscheinend. Im Bad steht auch eine Plastikkiste mit lauter Friseurkram. Arbeitgeber ist laut Kontoauszug ein Salon Haarmonie."

„Mein Gott, ich frag mich, wer sich solche Namen ausdenkt."

„Ich frag mich, wie man mit so wenig Geld überleben kann."

„Vielleicht hatte er Geld."

Sonja blätterte weiter durch die Kontoauszüge.

„Die Miete geht jedenfalls nicht von ihrem Konto weg und von ihm hab ich gar nichts gefunden. Aber schon überhaupt nichts. Keine Kontoauszüge, keine Papiere, keine persönlichen Unterlagen, null."

Brechtl dachte angestrengt nach.

„Nur mal so ins Blaue hinein überlegt: Wenn du jemanden umbringst und dann das Weite suchst - denkst du daran, deine Kontoauszüge mitzunehmen? Ja wohl eher nicht. Außer, du hast das Ganze vorbereitet, dir vorher schon Gedanken gemacht, was du nach der Tat tun wirst. Keine Fotos, keine persönlichen Papiere ... Außer ein paar Klamotten haben wir nichts, um seine Identität festzustellen."

„Das heißt?"

„Ich gehe davon aus, dass Franz Habereder weder der Mann noch der Bruder von Simone ist. Ich wette sogar, dass der Typ gar nicht so heißt. Er hat sich den Namen nur zugelegt, um hier unterzutauchen."

„Jetzt lehnst du dich aber weit aus dem Fenster."

„Findest du? Wenn man so hört, was der Nachbar sagt, hat er jeden Kontakt vermieden. Er ist nur nachts aus dem Haus gegangen. Ansonsten hat er sich möglichst ruhig und unauffällig verhalten. Das ist doch verdächtig."

„Dann brauch ich doch gar keinen Namen ans Klingelschild zu schreiben. Kommt eh keine Post für mich."

„Aber es ist viel unauffälliger, als gar nichts hinzuschreiben."

Wie aufs Stichwort läutete die Türglocke. Vorsichtig ging Brechtl zum Küchenfenster und schaute hinunter zum Hauseingang. Unten standen vier Männer in weißen Overalls - Rainer und seine Jungs. Er drückte auf den Türöffner.

„Rainer, servus!"

„Servus. Suggsd wos Beschdimmds?"

„Is Übliche hald. Und vor allem brauchi DNA-Brobm vo dem Mo, wo dou gwohnd had."

„Dann binni ja froh, dass du scho widder kanne Hendscher o hasd", meckerte Rainer.

„Ja, sorry, hobbi edz aa ned drodachd."

„Woarsd affm Glo?"

„Naa, warum?"

„Underm Glodeggl find mer immer wos."

Rainer war wirklich nicht um seinen Job zu beneiden.

„Also hobb - naus edz mid eich. Sunsd werri heid nimmer ferdich dou herrinn", verscheuchte er die beiden.

Sie waren kaum losgefahren, als das Gitarrenriff aus „Smoke on the water" ertönte. Brechtls Handy. Er fischte es aus der Brusttasche und reichte es an Sonja weiter, die auf Lautsprecher schaltete, damit sie beide zuhören konnten.

„Ich bins, Jan. Also die Frau Habereder hat tatsächlich einen Bruder, aber der heißt Wolfgang und wohnt immer noch in Niederbayern. Die Eltern sind beide verstorben. Die Mutter schon vor über drei Jahren, der Vater erst vor vier Wochen. Soll ich euch die Adresse geben?"

„Wir kommen sowieso gleich ins Büro", antwortete Sonja.

„Gut. Bis dann."

Sonja gab Brechtl das Handy zurück.

„Aber erst brauch ich was zu essen. Ich bin am Verhungern."

Also hielten sie bei dem chinesischen Imbissstand, der kürzlich gleich am Schwabacher Ortseingang eröffnet hatte. Die Frau, die vor ihnen in der Schlange stand, trug ein rückenfreies T-Shirt. Entlang ihrer Wirbelsäule hatte sie ein Tattoo mit asiatischen Schriftzeichen. Um sich die Wartezeit zu vertreiben, glich Brechtl die Zeichen mit der Speisekarte ab, fand aber keine Übereinstimmung.

3

Jan hatte inzwischen einiges über die Familie Habereder zusammengetragen. Tatsächlich gab es auch einen Franz in der Familie, ein Bruder der Mutter, der hieß allerdings mit Nachnamen Schmidtbauer.

„Keine besonders hohe Lebenserwartung in der Familie“, bemerkte Brechtl. „Scheinbar ist der Wolfgang der letzte Überlebende der Sippe. Habt ihr den schon ausfindig gemacht?“

„Er ist immer noch im Elternhaus in Gottfrieding gemeldet, aber wir haben ihn noch nicht erreicht.“

„Der muss auf jeden Fall herkommen, die Leiche identifizieren. Und ein paar Fragen hab ich auch noch an ihn.“

„Klar.“

Brechtl erzählte Jan von seiner Theorie von dem Mann, der unter falschem Namen bei Simone Habereder untergetaucht war. Der fand sie gar nicht so abwegig, Sonja hielt sie immer noch für gewagt.

„Wird aber schwierig werden, diesen Mann zu finden, wenn wir nicht viel mehr wissen, als welches Auto er fährt. Und nicht mal das ist sicher. Wir haben einfach noch viel zu wenig. Wir brauchen die Vergangenheit von Simone Habereder, ihren Freundeskreis, Kollegen und so weiter. Leute, die unseren Mister X eventuell kennen. Nachdem er seine Siebensachen mitgenommen hat, können wir wohl nicht damit rechnen, dass er uns den Gefallen tut, in die Wohnung zurückzukehren“, stellte Brechtl fest.

„Wenn er sich versteckt, hat er ja wohl einen Grund dafür. Er wird wohl kein unbeschriebenes Blatt sein. Und dann haben wir gute Chancen, dass er auch in der DAD erfasst ist. Rainer wird schon DNA-Proben mitbringen“, ergänzte Jan.

„Kalle, du hast immer zu mir gesagt: Leg dich nicht zu früh auf einen Verdacht fest, sonst verlierst du den Blick für alles andere“, wandte Sonja ein. „Es gibt doch noch tausend andere Möglichkeiten.“

„Natürlich. Aber die meisten Tötungsdelikte passieren nun

mal im direkten familiären Umfeld. Und die Familie ist ja nun nicht mehr besonders groß. Wir machen natürlich in alle Richtungen weiter."

Ein bisschen stolz war er schon, dass Jan seine Theorie unterstützte. Er musste allerdings auch zugeben, dass sie noch ganz am Anfang standen. Es gab noch jede Menge zu tun und ohne Manne musste Jan die ganze Recherchearbeit allein machen: den Bruder ausfindig machen, herausfinden, wer die Miete bezahlt hatte, und außerdem den Makler auftreiben. Brechtl wollte eigentlich mit Sonja noch einmal nach Fischbach fahren, um sich am Arbeitsplatz der Toten umzuschauen.

„Das schaffst du doch auch alleine, oder? Dann bleib ich hier und helfe Jan", schlug Sonja vor.

Brechtl nickte, am liebsten hätte er aber Manne aus dem Urlaub zurückgepfiffen.

Der Salon „Haarmonie" war gar nicht weit von der Wohnung von Frau Habereder entfernt und gut besucht. Hinter dem kleinen Tresen gleich neben der Eingangstür stand eine Frau um die fünfzig.

„Was kann ich für Sie tun?"

Die Frage war wohl ernst gemeint, denn einen Haarschnitt brauchten die paar kurzen Stoppeln, die noch aus Brechtls Kopfhaut sprießten, sicher nicht.

„Sind Sie hier die Inhaberin?"

„Ja."

„Könnte ich Sie einen Moment sprechen? Vielleicht nicht hier vor der Kundschaft."

Die Friseurmeisterin schaute etwas skeptisch, bat ihn dann aber in einen kleinen Nebenraum, in dem sich eine winzige Küche und stapelweise Kartons mit Styling-Produkten befanden.

„Mein Name ist Brechtl. Ich bin von der Kriminalpolizei."

Er zeigte seinen Dienstausweis.

„Helene Schiefer", stellte sich die Geschäftsinhaberin vor. „Worum geht es denn?"

„Schiefer Haarschnitt“ wäre auch ein guter Name für den Friseursalon gewesen. Brechtl riss sich zusammen.

„Simone Habereder, die arbeitet doch hier, stimmt's?“

„Ja, aber sie ist heute nicht da“, antwortete sie unsicher. „Ich weiß auch nicht, warum. Sie wollte eigentlich einen Kuchen mitbringen - sie hat nämlich Geburtstag gehabt, am Sonntag. Aber bis jetzt ist sie noch nicht aufgetaucht und ans Telefon geht sie auch nicht.“

Als Brechtl nichts darauf sagte, fragte sie nach:

„Ist ihr was passiert?“

„Ich muss Ihnen leider mitteilen, dass Frau Habereder verstorben ist.“

Sie legte die Hände vor den Mund.

„Um Gottes willen. Sie war doch noch so jung. Hat sie einen Unfall gehabt?“

„Ja. Sie hatte einen Verkehrsunfall.“

Brechtl beließ es bei dieser Version. Er musste ja nicht gleich jedem den Stand der Ermittlungen auf die Nase binden. Gerade bei Friseurinnen hatte er da so seine Vorurteile. Frau Schiefer setzte sich sichtlich betroffen auf einen der Kartons.

„Das gibt's doch nicht. Wie ist das denn passiert?“

„Das versuchen wir noch herauszufinden. Wie gut kennen Sie denn Frau Habereder?“

„Na ja nur hier, durch die Arbeit eben. Sie war gut, richtig gut, hatte eine Menge Stammkunden. Und sie war immer freundlich, hat sich gut mit der Kundschaft unterhalten. Das ist jetzt ...“

Sie wischte sich die Tränen aus den Augen. „... Tschuldigung.“

„Kein Problem. Hatten Sie auch privat Kontakt zu ihr?“

„Nein, eigentlich nicht.“

„Kennen Sie Herrn Habereder?“

„Die Simone ist nicht verheiratet.“

„Auf dem Klingelschild steht Simone Habereder und Franz Habereder.“

„Ja, das stimmt. Sie hat gesagt, das ist, damit nicht gleich jeder sieht, dass hier eine Frau allein wohnt.“

„Ach so", antwortete Brechtl. „Ist sie vielleicht ab und zu einmal abgeholt worden?"

„Nein. Sie ist immer zu Fuß gekommen. Sie wohnt ja gleich da hinten."

„Und die Kolleginnen? Ist da jemand dabei, zu dem sie näheren Kontakt hatte?"

„Wüsste ich jetzt nicht. Wir sind ab und zu zusammen weggegangen, wenn es was zu feiern gab. An Weihnachten zum Beispiel und zum Betriebsjubiläum. Man hat sich halt unterhalten über alles Mögliche, aber so eine richtige Freundin hatte sie jetzt nicht unter den Kolleginnen."

„Gut. Ich schlage vor, dass Sie den Kolleginnen die Nachricht überbringen. Ich gebe Ihnen ein paar Visitenkarten von mir. Bitte verteilen Sie die und sagen Sie Ihren Mitarbeiterinnen, dass sie mich anrufen sollen, wenn sie irgendetwas über das Privatleben von Frau Habereder wissen. Nur keine falsche Scheu. Ach ja - haben Sie vielleicht die Handynummer von Frau Habereder?"

„Ja, die kann ich Ihnen geben."

Sie holte ein Notizbuch aus der Ladentheke und ließ Brechtl die Nummer abschreiben. Dann kontrollierte sie ihr Make-up und begleitete den Kommissar hinaus.

Wie nicht anders zu erwarten, antwortete die Mailbox unter Simone Habereders Nummer, dass sie momentan nicht erreichbar sei. Das Handy, selbst wenn es noch im Besitz des Mörders sein sollte, würde ihnen nicht den Gefallen tun, sich orten zu lassen. Vermutlich war der Akku, wie bei diesen modernen Smartphones üblich, nach den drei Tagen sowieso schon leer, nörgelte Brechtl auf dem Rückweg vor sich hin.

Jan und Sonja hatten unterdessen ihre Hausaufgaben gemacht. Die Habereders betrieben einen Großhandel für Saatgut und Düngemittel in Dingolfing. Ein gut gehendes, alteingesessenes Familienunternehmen, das ihnen einen relativ luxuriösen Lebensstil ermöglichte. Wenn man sich das Wohnhaus auf Google Earth anschaute, konnte man neidisch werden. Allein der Swimmingpool war so groß wie das komplette Nachbargrundstück. Auf der Homepage des Unternehmens fand sich eine Trauernotiz mit einem Bild des Vaters und dem Hinweis, dass Sohn Wolfgang die Geschäftsführung nun in vierter Generation übernommen hatte.

„Der lebt da in Saus und Braus und seine Schwester verdient sich einen Hungerlohn als Friseuse“, stellte Brechtl fest.

„Die Miete hat übrigens ihr Onkel bezahlt, der Franz Schmidtbauer. Vierhundertachtzig Euro jeden Monat“, hatte Sonja herausgefunden.

„Sogar da war sie auf fremde Hilfe angewiesen. Es muss doch irgendeinen Grund geben, warum hier so mit zweierlei Maß gemessen wird.“

„Auf jeden Fall hat das ein gewisses Konfliktpotenzial. Wenn wir mal ein bisschen weiter denken, ist sie auf jeden Fall Erbin ihres Vaters und selbst wenn sie nur den Pflichtteil bekommt, ist das ein Viertel des Vermögens. Das könnte den Bruder schon in Bedrängnis bringen.“

Ein guter Gedanke. Brechtl nickte zustimmend.

„Habt ihr den jetzt erwischt?“

„Das war auch so ’n Ding“, berichtete Jan. „Ich hab ihn in der Firma erreicht und ihm schonend beigebracht, dass seine Schwester auf nicht natürliche Weise ums Leben gekommen ist. Dann hab ich ihn gebeten, morgen früh zu uns zu kommen. Weißt du, was er gesagt hat? Ob das nicht auch übermorgen geht, morgen früh hätte er schon Termine.“

Brechtl schüttelte den Kopf.

„Was hast du geantwortet?“

„Dass es hier um eine Mordermittlung geht, die nicht bis übermorgen warten kann.“

„Und?“

„Er kommt morgen Mittag.“

„Gut. Was ist mit dem Makler?“

Sonja warf einen Blick auf die Uhr.

„Der müsste gleich kommen.“

„Ach dou seid ihr“, unterbrach Rainer die Unterhaltung. „Also Kalle: Mir homm edz amol die Wohnung durchgschaud. Denn Kombjuder hobbi glei amol zum Maddin nieber. Des

DNA-Zeich foari nacher glei nach Erlangen. Ansonsdn hommer ned vill Verwerdbors. Kanne Bloudschburn und aa sunsd nix, wos auf an Dadord hiedeudn däd. Und wall du nach dem Mo gfroochd hasd - also vill midnander zum du homm die zwaa ned ghabbd."

„Wie maansd edz des?"

„Na, du wassd scho, wossi maan. Im Bedd woar eh bloß aa Kissn, Verhüdungsmiddl hommer kanne gfundn, aff der Madradzn sinn kanne Eiweisschbuurn, wennsd miich frogsd, had der affm Sofa gschlofm. Und vill Glammoddn woarn aa ned dou vo ihn. A boar Husn und a boar Hemmerder, a Käbbi vom Glubb und a boar Schou."

Auf jeden Fall machte Rainer seine Sache gründlich.

„Babiere?"

„Wos mer hald su hadd. Grangnkassa, Finanzamd, Versicherunger und su a Schmarrn. Obber alles blous vo ihr. An Haffm Wohnungsongebode und a Schreim vo an Nodar in Dingolfing weecher an Dermin. Dou gäids scheins um a Erbschafd."

„Wann woarnern der Dermin?"

„Des wär erschd nägsde Wochn gween. Werds woarscheinlich ned hie kenner."

„Dangschenn. Wie weid bisdn mid dem Zeich vom Fundord?"

„Na ja, a boar Dexdielfosern hommer gfundn an denne Äsdler, obber dou breicherdi nadürlich Vergleichsmadderiol. Wenns bläid leffd, sinn die vo denn, wos gfundn had. Anner vo meine Jungs is naus gfoarn und lässd si denn seine Glamoddn gehm. Ach ja, Schdichwodd Glamoddn: An der Ladshuusn, wo die Leich oghabd had, hobbi Ölfleggn gfundn, die schaui mer amol genauer o."

„Subber. Dange derwall."

„Bassd scho."

Rainers Blick fiel auf Sherlock, der regungslos in der Ecke lag.

„Is des der Hund vom Pfulle?"

„Jo. Den hobbi in Pfleeche."

„Bisd sicher, dass der nu lebbd?"

„Des is normol. Der riad si in ganzn Dooch ned."

„Na dann ... scheen Feieromd!“, wünschte Rainer und verabschiedete sich.

Sonja schaute fragend in die Runde.

„Wenn unser Mister X nicht ihr Mann war, nicht ihr Bruder und nicht ihr Liebhaber, wer war's dann?“

Darauf hatte noch niemand eine passende Antwort. Sie wussten noch immer viel zu wenig über Simone Habereder, aber das würde sich hoffentlich morgen ändern, wenn sie ihren Bruder befragen konnten.

Dagmar rief an, um mitzuteilen, dass ein Herr Ellmann bei ihr unten am Haupteingang wartete. Brechtl holte ihn ab. Der Makler war um die sechzig, hatte tiefe Falten im Gesicht und versteckte seine Glatze unter ein paar dünnen, schwarz gefärbten Haaren. Mit seinem Polohemd und dem Sakko, das für dieses Wetter viel zu warm war, versuchte er, gleichzeitig sportlich und seriös zu wirken. Es blieb bei dem Versuch. Er strahlte nichts davon aus. Er schwitzte nur.

„Ellmann“, stellte er sich vor, ohne die Hände von seiner Aktentasche zu nehmen, „Immobilien Im- und Export ... Kleiner Scherz.“

Witzig war er also auch noch. Brechtl führte ihn in sein Büro und stellte ihm Sonja vor.

„Sie wollten mich sprechen. Worum geht es denn?“, erkundigte sich Ellmann.

„Sie hatten am Samstag einen Termin zu einer Wohnungsbesichtigung in Lauf in der Christof-Döring-Straße mit einer Frau Simone Habereder.“ Er zeigte ihm das Schreiben, das er in Frau Habereders Wohnung gefunden hatte. „Hat die Besichtigung stattgefunden?“

„Ja. Das war die Eigentumswohnung im ersten Stock. Sehr schöne Wohnung. Teilmöbliert. Der Eigentümer ist nach Kanada ausgewandert. Die Küche ist fast neu und alles in einem Top-Zustand. Für die Lage ein richtiges Schnäppchen.“

„Das heißt in Zahlen?“

„Vierundneunzig Quadratmeter plus Balkon und Tiefgaragenstellplatz für dreihundertachtzigtausend Euro.“

Unter einem Schnäppchen stellte sich Brechtl etwas anderes vor. Aber die Immobilienpreise waren in die Höhe geschossen, seit die Kreditzinsen so niedrig waren.

„Kennen Sie Frau Habereder schon länger?"

„Vom Telefon, ja, aber gesehen habe ich sie am Samstag das erste Mal."

„War sie alleine da?"

„Nein. Sie waren zu dritt."

„Wer waren die anderen beiden?"

„Ein junger Mann und eine junge Frau."

„Wissen Sie die Namen?"

Er dachte angestrengt nach.

„Der Mann hieß glaub ich Holger und die Frau Lisa oder Lena oder so ähnlich."

„Und die Nachnamen?"

Er zuckte mit den Schultern.

„Tut mir leid."

„Wie haben die beiden ausgesehen?"

„Also er hatte einen Bart, war so groß wie ich ungefähr, sportlich."

Sonja warf Brechtl einen kurzen Blick zu.

„Und die Frau?"

„Das war so eine Kleine, Zierliche, frecher Haarschnitt, ein hübsches Ding."

„Hat Frau Habereder die Wohnung genommen?", wollte Brechtl wissen.

„Sie war auf jeden Fall sehr interessiert. Sie hat gesagt, sie müsse die Finanzierung noch klären und würde sich dann bald bei mir melden."

„Was hat der Mann für einen Eindruck auf Sie gemacht? Denken Sie, die beiden waren ein Paar?"

„Dieser Holger und Frau Habereder, meinen Sie jetzt?"

„Genau."

Er wischte sich den Schweiß von der Stirn. Auf die Idee, sein Sakko auszuziehen, kam er nicht. Genau wie Manne, dachte Brechtl. Der trug auch bei jedem Wetter einen Anzug, auch wenn er die meiste Zeit im Büro verbrachte.

„Glaub ich nicht. Eher ein Bekannter. Er war auch begeistert von der Wohnung, hat sich alles ganz genau angeschaut, hauptsächlich den technischen Kram."

„Und die andere Frau?"

„Hat Vorschläge gemacht, wie man die Zimmer streichen könnte und welche Möbel sie behalten sollte."

„Wollte Frau Habereder die Wohnung für sich alleine?"

„Das weiß ich nicht. Es ist eine Vierzimmerwohnung, also eher was für eine Familie mit Kindern, aber ich hab nicht nachgefragt."

„Würden Sie den Mann wiedererkennen?", erkundigte sich Sonja.

„Ja, ich denke schon."

„Wir möchten gerne mit Ihrer Hilfe ein Phantombild anfertigen."

Ellmann schaute auf die Uhr.

„Wie lange dauert das denn?"

„Unser Kollege hat da ein Computerprogramm, mit dem geht das ganz schnell. Halbe Stunde höchstens."

„Dann müsste ich aber mal schnell telefonieren, meinen nächsten Termin verschieben."

„Danke. Ich geb dem Kollegen gleich Bescheid."

Ellmann holte sein Handy aus der Aktentasche und verschwand im Flur.

„Dreihundertachtzigtausend. Das kann sie sich von ihrem Friseurgehalt aber nicht leisten", stellte Brechtl fest.

„Kommt drauf an, wie viel sie von ihrem Vater erben würde."

„Sie muss noch die Finanzierung klären, hat der Makler gesagt."

„Ich denke, das ist der Notartermin nächste Woche."

Brechtl nickte. Er war gespannt, was ihnen der Bruder von Frau Habereder morgen dazu sagen würde.

„Ich sag Jan mal wegen dem Phantombild Bescheid."

„Okay."

Früher war ein begabter Zeichner notwendig, um solche Bilder anzufertigen, und der brauchte vor allem einen guten Radiergummi. Heutzutage war das viel einfacher: Am Computer konnte man ein Gesicht zusammenbasteln und aus den Daten machte das Programm dann ein 3D-Bild, das aussah wie ein Foto. Das änderte allerdings nichts daran, dass sich hinterher meistens herausstellte, dass die reelle Person bis auf die wirklich herausragenden Merkmale nur wenig mit dem Bild gemeinsam hatte.

„Jetzt muss ich schon mal fragen - warum wollen Sie das alles von mir wissen?“, fragte Ellmann, als er wieder zurückkam.

„Herr Ellmann, Sie können davon ausgehen, dass Frau Habereder die Wohnung nicht nimmt. Sie ist verstorben.“

Ellmann starrte ihn mit großen Augen an.

„Verstorben? Aber sie war doch noch so jung!“

„Sie hatte einen Unfall.“

„Einen Unfall? Was ist denn passiert?“

„Das kann ich Ihnen leider nicht sagen.“

Das war noch nicht einmal gelogen, dachte Brechtl. Sonja bat Ellmann, ihr ins Nachbarbüro zu folgen.

„Der ist ja fast so sympathisch wie der Hermann“, stellte sie fest, als sie wieder zurück war. „Wenn einer schon ‚hübsches Ding‘ sagt. Ein Stück Frau, oder was?“

Das war Brechtl gar nicht aufgefallen. Aber er war sich eh sicher, dass er bei diesem Makler nie eine Wohnung kaufen würde.

„Was denkst du?“

„Liegt auf der Hand. Sie geht davon aus, dass sie einen Haufen Geld erbt, und will sich endlich mal was gönnen.“

„Ist dieser Holger unser Mister X?“

„Die Beschreibung passt jedenfalls. Gut - die passt natürlich auch auf tausend andere Männer. Aber wenn sie sich zusammen eine neue Wohnung anschauen ...“

„Zumindest hätte er dann sein eigenes Zimmer und müsste nicht auf dem Sofa schlafen. Aber warum nennt er sich erst Franz und jetzt Holger?“

„Könnte sein, dass das sein richtiger Vorname ist.“

Sie waren sich einig, dass dieser Mann eine Schlüsselrolle in ihrem Fall spielen musste, und durch sein Verschwinden machte er sich zusätzlich verdächtig.

„Soll das Phantombild gleich mit in die Fahndung?“, fragte Sonja.

„Ja klar. Aber wir fahnden nur nach ihm als Zeugen, nicht gleich als Tatverdächtigen. Sonst jammert uns der Hermann wieder die Ohren voll.“

Eine halbe Stunde später war alles erledigt. Laut Herrn Ellmann sah das Phantombild genauso aus wie der junge Mann, mit dem Frau Habereder die Wohnung besichtigt hatte. Sonja überlegte, damit gleich noch nach Fischbach zu fahren, um die Bestätigung des Nachbarn einzuholen, aber Brechtl beschloss, das auf morgen früh zu vertagen. Sonja sollte sich um die Erstellung der Fallmappe kümmern und er selbst hatte etwas Besseres vor. Schließlich war Dienstag.

Brechtl lud Sherlock ein und fuhr nach Hause. Kurz vor Röthenbach bog er in den Mittelbügweg ab, parkte unten beim Tiergartenhof und machte noch einen kleinen Spaziergang. In der Gegend kannte er jeden Baum, schließlich war er auf die meisten als Kind geklettert. Manches hatte sich schon verändert in den letzten fünfzig Jahren, aber vieles war noch genau so wie früher. Die Stelle, die er suchte, befand sich nicht weit entfernt vom Pegnitzufer, in dem kleinen Wäldchen zwischen Kläranlage und Tiergartenhof. Sie war komplett überwuchert, die Natur hatte sich zurückgeholt, was ein Mensch dort vor hundert Jahren gemauert hatte. Aber er war noch da, der Schacht, zumindest ein paar Backsteine deuteten darauf hin. Um dort jedoch eine Leiche zu verstecken, hätte man sich schon sehr viel Mühe geben müssen. Sherlock stakste beleidigt hinter ihm durchs Unterholz. Er war ja nicht gerade ein Offroad-Hund. Brechtl erlöste ihn und ging auf dem Schotterweg zurück zum Auto.

Zu Hause fütterte er den Hund und sich selbst, dann zog er alte Klamotten an, holte den Modellbausatz aus dem Wohnzimmer und machte sich auf den Weg in die Männergruppe. So nannten er und seine beiden besten Freunde scherzhaft ihr wöchentliches Treffen im Keller von Thomas' Modellbaugeschäft.

„Alles klar, Herr Kommissar?"

Wie lange waren sie jetzt schon befreundet? Weit über dreißig Jahre. Und seit achtundzwanzig Jahren, seit Brechtl bei der Kripo war, bekam er jeden Dienstagabend den selben Spruch zur Begrüßung zu hören.

„Wie läffd is Gschäfd?", fragte er zurück.

„Bassd scho", antwortete Thomas wie üblich.

Auch Markus, der Dritte im Bunde, hatte sich schon im Keller eingefunden. Er saß an der großen Werkbank und bastelte an einem seiner Modellflugzeuge herum.

„Bisd affm Hund kummer?"

Er kraulte Sherlock den Vierten und hatte sofort einen Freund gewonnen.

„Des is der Hund vom Pfulle. Den hobbi in Pflege, hobbi doch derzälld, ledzde Wochn."

„Ja, schdimmd. Du hasd ja Urlaub, gell."

„Schee wärs", winkte Brechtl ab und stellte den Bausatz auf den Tisch. „Mir homm an Mordfall und der Chef had mi reighulld."

„Su a Gligg!"

„Jo. Ich frei mi aa gscheid"

„Wen hads ner derwischd?"

Thomas reichte Brechtl eine Flasche Hoffmann-Bräu.

„A junge Frau aus Fischbach. Woar im Wold gleeng, bei Oddnsuus draußn."

„Wos duds ner dou?"

„Wissmer nunned. Mir sinn eh nu ganz am Onfang mid die Ermiddlunger."

„Die werd in die Pfiffer ganger sei. Dou finds a Haffm dou draußn", überlegte Markus, der selbst oft zum Pilzesuchen ging.

„In die Pfiffer? Bei denn Wedder? Du maani hasd aa aweng die falschn Schwammerler gfressn." Thomas zeigte ihm einen Vogel.

Brechtl fing inzwischen an, den Bausatz auszupacken.

„Der Rhönadler. Den maani hasd edz aa scho drei Johr derhamm lieng“, stellte Thomas fest.

„Ich kumm ja nie derzou. Und edz, woi amol Urlaub hobb, kummd widder a Leich derzwischn.“

„Woars ner a Hübsche?“, war wieder einmal das Erste, was Markus interessierte.

„Des frogsd aa jeds Mol, wemmer a weibliche Leich homm. Des schbilld doch ieberhabds ka Rolln. Hie is hie und Mord is Mord.“

„Mer werd ja nu frong derfm. Also?“

„Na ja, bassd scho. A mords Dadduu hads ghabd, dou, aff der Brust.“

„Ich hob neili a Kundschafd ghabd, die had si su Flammer affs Degulldee däddowiern lassn. Alder, had des scheiße ausgschaud. Und na had sis immer nu su hergreggd, obber ich hob dann exdra ned hiegschaud. Wos had ner deine ghabd?“

„A Bild vo anner Frau mid am Schdogg und zwaa Schlanger.“

„Woar die Abbodeecherin?“

Sie waren eindeutig schon zu lange befreundet, dachte Brechtl, das grenzte an Telepathie.

„Naa. Frisös.“

„Ich wass ned, wer Weiber derzälld had, dass des schee sichd“, schüttelte Markus den Kopf, „wenn ser si zum Beischbill die Aungbrauer wechläisern lassn und derfier an Schdrich hie moln. Zu wos des goud sa soll, des verschdäid aa kanner“

„A Bekannder vo mir had si a Auch under die Gniescheim däddowiern lassn. Edz wenner Fohrrod fährd nau gäid des immer aaf und zou“, gab Thomas zum Besten, „und neili im Freibod hobbi anne gseeng, die had an Wolf bei Sonnerundergang affm Oberarm gabd. Obber dann hads scheins aweng zougnummer, wall des had edz mehr ausgschaud wäi a Mobbs mid Heilichnschein.“

„Simmer ner frou, dass mir Männer vo Nadur aus scho su schee sinn!“, stellte Brechtl fest.

„Des glabbsd! Dou dringn mer draff!“

Hauptsache, sie fanden irgendeinen Grund zum Anstoßen.

Sie saßen schon eine ganze Weile im Bastelkeller, es war halb elf, als Brechtls Handy klingelte. Die Nummer auf dem Display war ihm völlig unbekannt.

„Brechtl."

„Gleichauf. Guten Abend!"

Mit dem Namen konnte er gar nichts anfangen.

„Guten Abend."

„Ich wollte nur sagen, ich geh jetzt ins Bett."

„Aha. Sie gehen jetzt ins Bett." Brechtl musste ein ziemlich dämliches Gesicht machen, die beiden anderen fingen schon an zu kichern. „Und warum erzählen Sie mir das?"

„Na ja, nur dass Sie wissen, dass ich jetzt nicht mehr aufpasse."

„Worauf?"

„Na, ob der Herr Habereder heimkommt. Bis jetzt ist er nicht da und das Auto steht auch nicht unten."

Endlich fiel bei Brechtl der Groschen.

„Ach so. Ja. Gut. Da brauchen Sie mir nicht Bescheid zu sagen. Rufen Sie einfach an, wenn er da ist."

„Ja, mach ich. Gute Nacht."

„Gute Nacht, Herr Gleichauf."

Brechtl legte auf.

„Ich sogs eich: Lauder Bläide aff der Bauschdell!"

Er schüttelte den Kopf und gönnte sich noch ein zweites Bier, bevor er kurz nach Mitternacht mit Sherlock den Heimweg antrat.

4

Am Mittwochfrüh wachte Brechtl auf, als jemand an seine Schlafzimmertür klopfte.

„Ja?", antwortete er im Halbschlaf, doch es klopfte weiter. Vielmehr kratzte es an der Tür.

„Gib Ruhe, Mistvieh!"

Verärgert zog er sein Kopfkissen über die Ohren. Er hatte Sherlock in der Nacht ausgesperrt, weil er nicht noch einmal das Bett mit ihm teilen wollte. Der dachte aber nicht daran, Ruhe zu geben. Im gleichmäßigen Rhythmus schlug er seine Pfote gegen das Türblatt.

„Schluss jetzt! Aus!"

Brechtl schleuderte das Kissen gegen die Tür. Erfolglos. Er quälte sich aus dem Bett und riss die Tür auf. Vor ihm stand Sherlock mit einem Gesichtsausdruck, der Eisberge hätte schmelzen können.

„Was?"

Ja, was wohl? Es gab prinzipiell nur zwei Dinge, die dem Basset wichtig waren. Seine Ruhe und sein Futter. Die Ruhe konnte es ja offensichtlich nicht sein. Jede Gefälligkeit rächt sich. Aber Brechtl hatte Pfulle nun einmal versprochen, sich um den Hund zu kümmern. Also warf er das Kissen zurück ins Bett, schlurfte mit halb geöffneten Augen in die Küche und öffnete eine Dose Hundefutter. Wie man so etwas schon in aller Früh zu sich nehmen konnte! Er versuchte, seine Nase möglichst weit vom Napf fernzuhalten. Sherlock der Vierte tat das Gegenteil.

Brechtl zog sich wieder in sein Schlafzimmer zurück. Er hatte noch eine Stunde, bis der Wecker klingeln würde, und die wollte er nutzen. Tatsächlich gab der Hund Ruhe und Brechtl überlegte, ob er eine Zeitsteuerung basteln konnte, die das Füttern morgen früh automatisch übernehmen würde. Man soll vor dem Einschlafen nicht an einen solchen Mist denken. Tatsächlich war Brechtl froh, als der Wecker dann seinen wüsten Albtraum von einer hundefutterüberfluteten Wohnung beendete.

Er stand auf, ging ins Bad, zog sich an und machte sich auf zur morgendlichen Gassi-Runde. Schon nach hundert Metern klingelte sein Handy. „Sonja“ stand auf dem Display.

„Brechtl.“

„Moin Kalle, ich bin’s. Brauchst gar nicht erst nach Schwabach zu kommen. Ich hol dich zu Hause ab.“

„Aha. Wieso?“

„Wir müssen nach Lauf. Wir haben einen DNA-Treffer.“

„Wer?“, fragte er aufgeregt.

„Holger Gschwendner, genauer gesagt: Polizeiobermeister Holger Gschwendner.“

In der DAD waren auch alle Polizisten erfasst. Eigentlich, um sie bei der Analyse von Tatortspuren aussortieren zu können.

„Das ist doch der, der uns gesagt hat, wer die Leiche ist“, erinnerte sich Brechtl.

„Genau der. Anscheinend kennt er sie doch besser. Jedenfalls war er in ihrer Wohnung. Das Phantombild passt auch.“

„Bingo. Wann kommst du?“

„Bin gleich da.“

Brechtl beeilte sich, wieder nach Hause zu kommen, ließ den Hund in die Wohnung und ging gleich wieder hinunter auf die Straße.

„Moin“, begrüßte er Sonja noch einmal, als er zu ihr in den BMW stieg. „Weiß er, dass wir kommen?“

„Nö. Soll ’ne Überraschung werden.“

Sehr überrascht wirkte Holger Gschwendner allerdings nicht, als sie ihm dann in der Polizeiinspektion Lauf gegenüberstanden. Er war Ende zwanzig, hatte einen sehr gepflegten Vollbart und eine sportliche Figur.

„Guten Morgen. Ich habe mein Bild schon in der Fahndung gesehen. Gut getroffen, muss ich sagen. Ich hätte Sie sowieso angerufen, aber das hat sich ja jetzt erledigt. Kommen Sie doch mit hoch, da können wir uns ungestört unterhalten.“

Er führte die Kommissare in einen spärlich eingerichteten Raum im ersten Stock.

„Darf ich unser Gespräch aufzeichnen?“ Sonja legte ihr Smartphone auf den Tisch.

„Ja, natürlich. Möchten Sie einen Kaffee?“
„Gerne.“
Zwei Minuten später stellte Gschwendner drei Becher Kaffee auf den Tisch und setzte sich.
„Danke. Sie können sich denken, weshalb wir hier sind?“, eröffnete Brechtl die Vernehmung.
„Natürlich. Was möchten Sie wissen?“
„Seit wann leben Sie mit Simone Habereder zusammen?“
„Ich? Gar nicht.“
„Herr Gschwendner ... Wir haben Ihre DNA in der Wohnung der Toten gefunden.“
„Das kann schon sein. Ich war öfter dort, aber ich wohne hier, in Lauf.“
„Warum geben Sie sich in Fischbach als Franz Habereder aus? Warum dieses Versteckspiel?“
„Tu ich nicht.“
„Nach Aussage der Nachbarn wohnen Sie seit über einem Jahr dort unter diesem Namen. Er steht sogar auf dem Klingelschild.“
„Ich?“
Langsam wurde es Brechtl zu blöd.
„So kommen wir nicht weiter, Herr Gschwendner. Sie wissen genau, was für Sie auf dem Spiel steht. Ich rate Ihnen also dringend, eine Aussage zu machen.“
„Herr Brechtl, mit Verlaub, Sie sind auf dem völlig falschen Dampfer. Ich bin nicht Franz Habereder und Sie brauchen auch nicht weiter nach ihm zu suchen. Franz Habereder ist tot.“
Gschwendner warf einen Blick auf die Tür, um sicherzugehen, dass sie geschlossen war.
„Franz Habereder ist ein Transmann.“
„Ein was?“, fragte Brechtl.
„Ein Transmann. Eigentlich ist es noch komplizierter, aber er ist ein Mann, der gezwungen wurde, im Körper einer Frau zu leben. Als Simone.“
Brechtl brauchte einen Moment, um seine Gedanken zu sortieren.

„Sie wollen uns also sagen, Franz und Simone Habereder sind ein und dieselbe Person."

„Genau so ist es."

„Das ist doch Quatsch. Die beiden sehen völlig unterschiedlich aus."

„Haben Sie Franz je als Franz gesehen? Er war gut in seinem Job als Friseur. Eigentlich wollte er ja mal Maskenbildner werden."

„Und der Bart?"

„Angeklebt."

Brechtl tauschte einen Blick mit Sonja, die nicht weniger verdutzt dreinschaute.

Wenn es stimmte, was ihnen der Kollege da erzählte, rückte es den Fall in ein ganz anderes Licht.

„Gibt es Zeugen, die mir Ihre Angaben bestätigen können?"

„Sicher. Es sind nicht besonders viele, die Bescheid wissen, aber ich kann Ihnen die Namen geben."

„Warum dieses Doppelleben? Heutzutage gibt es doch Möglichkeiten, sein offizielles Geschlecht ändern zu lassen", interessierte sich Sonja.

„Das ist eine längere Geschichte, ein bisschen kompliziert."

„Wir haben Zeit."

Gschwendner nahm einen Schluck Kaffee und fing an zu erzählen.

„Sehen Sie, Franz wurde als Intersexueller geboren."

„Als Zwitter?", unterbrach ihn Brechtl gleich beim ersten Satz.

„So sagt man landläufig dazu, aber das ist natürlich nicht ganz korrekt. Franz hat DAIS, das ist eine genetische Variante, die gar nicht mal so selten ist."

Brechtl erinnerte sich daran, dass Sonja diese Abkürzung schon bei der Besprechung der Obduktion erwähnt hatte.

„Und das heißt?"

„Er hat einen XY-Chromosomensatz, wie bei einem Mann, aber der Körper reagiert nicht auf die männlichen Hormone. Die sorgen normalerweise dafür, dass aus dem Embryo ein Junge wird, aber so sieht das Baby aus wie ein Mädchen. Manchmal wird dann erst in der Pubertät festgestellt, dass es eben keines ist."

Man lernt nie aus, dachte Brechtl, der sich mit diesem Thema noch nie beschäftigt hatte.

„Bei Franz wurde das CAIS schon relativ früh entdeckt, nach einem Fahrradunfall mit fünf oder sechs Jahren", erzählte Gschwendner weiter. „Die Ärzte haben den Eltern dazu geraten, alle männlichen Anlagen operativ entfernen zu lassen und ihn weiterhin als Mädchen großzuziehen. Also haben sie ihn operieren lassen und dann jahrelang mit Östrogenen gefüttert."

„Wann hat Frau Habereder davon erfahren, dass sie ... anders ist?"

„Mit vierzehn oder fünfzehn, als er sich eben nicht so zur Frau entwickelt hat wie alle anderen Mädchen in dem Alter. Irgendwann mussten seine Eltern es ihm sagen. Das hat ziemlichen Zoff gegeben. Franz wollte ein Junge sein, beziehungsweise ein Mann. Eigentlich war er ja auch einer."

Es machte Brechtl ganz wirr, wenn Gschwendner immer von „ihm" sprach. Tatsache war einfach, dass es sich bei der Leiche um eine Frau handelte. Sonja hatte da offenbar weniger Probleme.

„Warum nennt er sich ausgerechnet Franz?"

„Sein Lieblingsonkel. Der Einzige in der Familie, der ihn so akzeptiert hat, wie er war."

„Und warum lässt er sich nicht noch mal operieren?"

„Die Kasse zahlt so was nicht. In Deutschland ist es auch nicht zulässig, ihn hormonell zu behandeln. Wäre auch fraglich, ob das funktioniert. So ist das. Wenn du einmal zur Frau gestempelt worden bist, dann bleibst du eine."

„Woher wissen Sie das alles?"

„Einige sehr lange Abende, an denen wir uns unterhalten haben."

„Sie waren befreundet?"

„Ja, kann man so sagen."

„Also waren Sie öfter bei ihr zu Hause."

„Nein, meistens haben wir uns im LFA getroffen."

„Was ist das?“ Die Landesförderbank ja wohl sicher nicht, dachte Brechtl.

„Das steht für ‚Liebe für alle‘, ein Verein in Nürnberg. Eine Organisation, in der Leute zusammenkommen, die nicht in Schubladen passen. Wir haben uns da im Clubheim kennengelernt.“

„Sie sind da auch Mitglied?“

„Ja.“

Brechtl hätte zu gerne gewusst, warum, aber er wagte nicht, direkt danach zu fragen.

„Wie muss ich mir das vorstellen?“

„Anders“, war die lapidare Antwort. Nach einer kurzen Pause fügte Gschwendner hinzu:

„Wir sind ganz normale Menschen, die aber dazu gezwungen werden, ein Doppelleben zu führen. Wir hätten sonst keine Chance in einer Gesellschaft, die nur festgelegte Rollen kennt. Deshalb war Franz auch die meiste Zeit Simone.“

„Und Sie sind auch so ein ...“, traute sich Brechtl endlich.

„Ich bin ein Mann“, antwortete Gschwendner mit einem breiten Grinsen, „und ich war auch schon immer einer, wenn Sie das wissen wollen.“

„Sie haben kurz vor ihrem Tod zusammen eine Wohnung in Lauf angeschaut. Wer war die andere Frau, die dabei war?“

„Luisa. Luisa Kreutzer. Eine Freundin von uns.“

„Wie kann sich Frau Habereder so eine Wohnung leisten?“

„Sein Vater ist vor Kurzem gestorben. Franz hätte eine Menge Geld geerbt. Die Familie hat eine Firma in Niederbayern, wo er herkommt.“

„Können wir uns vielleicht darauf einigen, von Simone Habereder als Frau zu sprechen? Rein rechtlich gesehen ist sie schließlich eine“, wurde es Brechtl zu bunt.

„Wenn Sie darauf bestehen. Ich finde allerdings jetzt, nach seinem Tod, könnten wir ihm die Ehre erweisen, endlich der Mensch sein zu dürfen, der er war.“

„Trotzdem müssen wir uns an die Tatsachen halten“, und damit basta, dachte Brechtl, ohne es auszusprechen. „Wann haben Sie Frau Habereder zuletzt gesehen?“

„Samstagabend, oder besser gesagt Sonntagfrüh. So gegen halb drei.“

„Dann erzählen Sie uns bitte, wie die letzten Stunden, in denen Sie sie gesehen haben, abgelaufen sind.“

Gschwendner nahm noch einen Schluck Kaffee.

„Wir haben uns in Lauf getroffen, bei der Wohnung. Ich habe Luisa mitgenommen und Franz ist selber hingefahren ...“

Simone, dachte Brechtl, aber er wollte ihn nicht unterbrechen.

„Die Wohnung war echt schön und top in Schuss. Auch die Möbel alle einwandfrei. Ein bisschen teuer vielleicht, aber Franz meinte, das wäre ihm egal, er hätte keine Lust zu feilschen. Er wollte sie unbedingt. Luisa war auch ganz begeistert, hat gleich Pläne geschmiedet, wie sie die Möbel stellen wollen und in welcher Farbe sie die Wände streichen.“

„Wie sie die Möbel stellen?“, hakte Sonja nach. „Wollte Frau ...“

„Kreutzer“, ergänzte Brechtl, der sich den Namen notiert hatte. Auf seinem Notizblock, der ja im Gegensatz zu Sonjas elektronischem Tausendsassa immer zur Verfügung stand.

„Wollte Frau Kreutzer mit einziehen?“

„Ja. So hatten die beiden das geplant. Natürlich nicht gleich, ein bisschen was zu renovieren gab es schon noch.“

„Waren die beiden ein Paar?“

„Sehen Sie, das ist genau das Problem, mit dem wir es zu tun haben. Zwei Leute, die sich lieben, müssen ein Paar sein. Und ein Paar besteht genau aus zwei Personen. Einem Mann und einer Frau im Idealfall. Die müssen heiraten, ein Leben lang zusammenbleiben, ein paar Kinder in die Welt setzen und dürfen nie mehr jemand anderen lieben. Außer natürlich, sie lassen sich scheiden. Dann muss man seinen Ex-Partner hassen und darf wieder nur den neuen lieben. Das ist so verbohrt.“

„Wie dem auch sei ...“, Brechtl wollte sich da auf keine Grundsatzdiskussionen einlassen, „... waren die beiden nun zusammen oder nicht?“

„Luisa ist ein Mensch, wie es leider nur wenige gibt. Sie hat auch die Schnauze voll von diesem scheinheiligen Getue. Ihr war es auch egal, ob Franz nun ein Mann oder eine Frau ist. Sie hat ihn geliebt, wie er war. Als Mensch. Und sie wollte mit ihm zusammen sein."

„Wie ging es dann weiter, nach der Wohnungsbesichtigung?"

„Wir sind alle wieder nach Hause gefahren und abends haben wir uns dann im Clubhaus getroffen, um Franz' Geburtstag zu feiern."

„Der hatte doch erst am Sonntag." Jetzt sage ich auch schon „er", erwischte sich Brechtl.

„Ja. Wir haben rein gefeiert. Sonntag ist ja immer blöd, weil die Leute am nächsten Tag arbeiten müssen. Wir haben uns um elf getroffen und so ungefähr bis halb drei gefeiert."

„Wer war sonst noch dabei?"

„Einige. Fast der ganze Club war da, bestimmt fünfzehn Leute. Franz war sehr beliebt."

„Können Sie uns eine Liste mit den Namen geben?"

„Das kann ich machen, aber es wird Ihnen nicht viel nutzen."

„Warum?"

„Bei uns sucht sich jeder einen Namen aus. Das ist ja gerade die Idee. Es spielt keine Rolle, wer man draußen ist. Im Club ist man der, der man sein möchte."

„Schreiben Sie trotzdem einmal zusammen, wer alles da war. Nicht jetzt gleich, aber möglichst heute noch."

Gschwendner nickte.

„Was haben Sie nach der Feier gemacht? Vor allem Frau Habereder natürlich. Ist sie nach Hause gefahren?"

„Er ist mit der S-Bahn gekommen. Aber um die Zeit fährt ja keine mehr. Lotti hat ihn dann heimgefahren."

„Wer ist Lotti?"

„Auch eine gute Bekannte aus dem Club. Trinkt grundsätzlich nie Alkohol."

„Mann oder Frau?"

„Mann, wenn Sie so fragen. Wir haben noch rumgealbert, weil Franz so einen riesigen Teddybären geschenkt bekommen hat und Lotti fährt nur einen Smart. Wurde ganz schön eng da drin."

„Da haben Sie sie zum letzten Mal gesehen?"

Gschwendner nickte. Zum ersten Mal sah er traurig aus.

„War Frau Habereder auf der Feier als Simone oder als Franz? Also mit oder ohne Bart?"

„Im Club war er nie als Frau. Sie haben die Idee noch nicht verstanden, oder?"

„Doch, sicher. Ich wollte nur noch mal nachfragen. Wir brauchen auf jeden Fall die Adresse von diesem Club, die von Frau Kreutzer und die Liste mit den Namen der Leute, die auf der Feier waren."

„Ja, klar." Gschwendner machte eine kurze Pause. „Wie ist er eigentlich umgebracht worden?"

„Gewaltsam. Wie genau, das konnten wir noch nicht ermitteln."

„Und wo haben Sie ihn gefunden?"

„Im Wald, in der Nähe von Ottensoos."

Gschwendner schüttelte ungläubig den Kopf.

„Kann ich ihn noch mal sehen? Ich frage auch für Luisa, die möchte das bestimmt auch."

„Im Moment nicht. Aber wenn der Leichnam zur Bestattung freigegeben ist, wird das eventuell möglich sein. Darüber bestimmen die Angehörigen."

„Sein Bruder also?"

„Genau. Kennen Sie ihn?"

„Nicht persönlich. Ich weiß nur, was Franz über ihn erzählt hat. Demnach ist er so ziemlich das Gegenteil von Franz."

„Warum haben Sie mir das alles nicht schon gestern erzählt, als wir telefoniert haben?"

Gschwendner schaute noch einmal zur Tür, dann sagte er leise: „Die Kollegen hier, die wissen nichts vom LFA und all dem, die müssen das auch nicht wissen. Deswegen wollte ich mich da eigentlich raushalten und ich bitte Sie auch eindringlich, die ganze Sache vertraulich zu behandeln."

„Auch das hätten Sie mir schon gestern sagen können", antwortete Brechtl grantig.

„Ja. Tschuldigung. Ich wollte einfach nicht, dass irgendwas die Runde macht, verstehn Sie?"

Nein, verstand Brechtl nicht. Hier ging es schließlich um die Aufklärung eines Verbrechens und die hatte man, gerade als Polizist, gefälligst zu unterstützen. Trotzdem beließ er es dabei und schob Gschwendner sein Notizbuch hin.

„Bitte schreiben Sie mir die Adressen vom Club und von Frau Kreutzer auf, und Ihre Privatadresse auch."

Das Clubhaus war in Gostenhof, Luisa Kreutzer wohnte bei ihrem Vater in Speikern.

„Und die Gästeliste schicken Sie mir bitte heute noch als E-Mail. Ich brauche Ihnen ja nicht zu sagen, dass Sie sich zur Verfügung halten müssen", verabschiedete sich Brechtl.

„Natürlich."

Gschwendner begleitete sie noch zur Tür.

„Das ist ja 'n Ding", fasste Brechtl zusammen, als er wieder mit Sonja im Auto saß.

Sie genehmigten sich noch ein ordentliches Frühstück im Brothaus, bevor Sonja Brechtl zu Hause absetzte. Er musst noch Sherlock abholen, der konnte ja schlecht den ganzen Tag alleine in der Wohnung bleiben.

Als Brechtl das Wohnzimmer betrat, lag der Hund inmitten von tausend Schaumstoffflocken auf dem Boden. Die Überreste eines Sofakissens. Was aber noch viel schlimmer war: Er kaute genüsslich auf Brechtls Funkkopfhörer herum. Die Stereoanlage war Brechtls Heiligtum. In diesem Moment hätte er das Tier umbringen können. Er stürmte auf ihn zu, riss ihm den Kopfhörer aus dem Maul und holte mit der Hand aus. Der Hund zuckte nicht einmal. Sein Gesichtsausdruck lag irgendwo zwischen „Das machst du ja sowieso nicht" und „Kann ich das wieder haben, ist eh schon kaputt?".

„Ich glaab du schbinnsd aweng", brüllte Brechtl. „Schau bloß, dassd auf dei Deggn kummst!"

Er schubste ihn in Richtung des Handtuchs, das er in einer Ecke des Zimmers ausgebreitet hatte. Sherlock stand auf, kratzte sich erst einmal hinter dem Ohr, um dann ganz gemütlich zu seiner Decke zu tapsen, wo er sich gähnend wieder hinlegte.

„Schauder mol die Sauerei o, du Hundsgribbl!“

Brechtl legte den Kopfhörer, oder das, was davon übrig geblieben war, weit oben ins Regal und fing an, die Flocken einzeln aus dem Teppichboden zu zupfen. Das konnte ja ewig dauern. Er holte den Staubsauger. Damit ging es zwar erheblich schneller, aber nach kurzer Zeit war der Staubbeutel voll. Er warf einen Blick in den Garderobenschrank, dann schrieb er „Staubsaugerbeutel“ auf seine Einkaufsliste. Dieses Mistvieh! Er schnappte sich die Leine und zerrte Sherlock ins Treppenhaus.

„Hobb, kumm, du Fregger!“

„Homm Sie neierdings an Hund, Herr Brechtl?“, grüßte die Nachbarin freundlich.

„Grüß Gott, Frau Schneider. Bloß in Bfleeche, zwa Wochn.“

„Gell, du bisd a ganz a Braver. Jooo!“, streichelte sie Sherlock.

„Sulang er schleffd, scho. Obber mir missn weider. Scheener Dooch nu, Frau Schneider.“

Er ging hinunter zur Garage und hob den Hund auf den Beifahrersitz. Dann stieg er ein und schaute ihn so böse an, wie er nur konnte.

„Aans sochi der: Is Middoochessn is gschdrichn.”

Sherlock der Vierte schien zu lächeln. Er hatte offensichtlich nur das Wort „Mittagessen” verstanden.

Eine halbe Stunde später traf Brechtl im Büro ein.

„Bin da!“, rief er zu Sonja hinüber.

„Wo bleibst du denn so lange?“

„Ach - frag lieber nicht. Gibt’s was Neues?“

Sonja hatte inzwischen Jan gebeten, so viel wie möglich über den Verein „Liebe für alle“ herauszufinden. Regine hatte bestätigt, dass die Aussagen Gschwendners über die Geschlechtsoperation mit dem Obduktionsbefund übereinstimmten. Sonja hatte ihr daraufhin den Auftrag erteilt, das Gesicht der Toten nach Klebstoffspuren zu untersuchen, die ein falscher Bart hinterlassen haben musste und die das Doppelleben von Frau Habereder bestätigen würden. Aus demselben Grund sollte noch einmal jemand vom Erkennungsdienst nach Fischbach fahren und den Friseurkoffer sicherstellen.

„Die Aussage von Gschwendner habe ich auch schon abgetippt."

Sonja reichte Brechtl das Protokoll, der es kopfschüttelnd durchlas.

„Ganz ehrlich, da wäre ich nie draufgekommen. Wer denkt denn an so was. Dass die Nachbarn das nicht gemerkt haben ..."

„Das glaub ich schon. Schau mal mit rüber. Der Gschwendner hat mir Fotos gemailt."

Offensichtlich waren die Bilder in Frau Habereders Wohnung aufgenommen worden. Der Mann darauf war wirklich auf den ersten Blick nicht als Frau zu identifizieren, auch nicht auf den zweiten.

„Was so ein Bart ausmacht. Na ja, wenn man es weiß, sieht man es schon."

„Aber wenn sie sich jetzt noch eine Mütze aufsetzt und vielleicht eine Brille ..."

„Auf jeden Fall steht fest, dass sie in der Nacht lebendig in ihrer Wohnung angekommen ist", stellte Sonja fest. „Der Teddybär war auf dem Sofa und sie hat sich von Franz wieder in Simone verwandelt."

Brechtls Telefon klingelte. Auf dem Display stand die Nummer der Pforte.

„Brechtl. Grüß dich, Dagmar."

„Mahlzeit, Kalle. Bei mir ist ein Herr Habereder für dich."

„Danke. Ich hol ihn ab."

Wolfgang Habereder war das, was man in Bayern unter einem gschdandnen Mannsbild versteht. Er war ein ganzes Stück älter als seine Schwester, Brechtl schätzte ihn auf Mitte dreißig. Zwar trug er weder Lederhose noch Gamsbart, sondern eine schwarze Stoffhose und ein helles Hemd, aber man konnte ihn sich gut darin vorstellen. Er hatte ein grobschlächtiges, wenn auch nicht unfreundliches Gesicht und einen Händedruck wie ein Hufschmied. Brechtl führte ihn ins kleine Besprechungszimmer, wo Sonja schon auf sie wartete, und bot ihm einen Platz an.

„Danke, dass Sie gekommen sind, Herr Habereder. Das ist meine Kollegin, Frau Nuschler. Zunächst einmal unser herzliches Beileid zum Tod Ihrer Schwester."

Er nickte nur.

„Möchten Sie vielleicht einen Kaffee oder ein Glas Wasser?"

„Danke, nix."

„Es ist Ihnen ja bekannt, dass Ihre Schwester keines natürlichen Todes gestorben ist. Wir müssen die näheren Umstände deshalb untersuchen."

Wieder nur ein Nicken.

„Bitte erzählen Sie uns doch von Ihrer Schwester."

„Was wollns denn wissen?"

Er bemühte sich, Hochdeutsch zu sprechen, doch sein niederbayrischer Akzent war deutlich herauszuhören.

„Im Moment wissen wir noch nicht besonders viel über sie, also ist alles interessant. Ihr Lebenslauf und vor allem natürlich alle Vorkommnisse in den letzten paar Wochen, die uns vielleicht Hinweise auf einen möglichen Täter geben könnten."

Habereder fing an, bereitwillig zu erzählen. Simone war tatsächlich zwölf Jahre jünger als er, nicht unbedingt ein Wunschkind. Als sie dann auf der Welt war, war sie das süße Mädchen, das von früh bis spät verwöhnt wurde. Ein Prinzesschen. Während er selbst schon im elterlichen Betrieb schuftete, seit er sechzehn war, stand das für seine Schwester nie zur Debatte. Das lag nicht an ihr, gab Habereder zu, sie hätte schon gerne mitgeholfen, als sie älter wurde, aber die Eltern waren der Ansicht, dass das nichts für sie war. In der Pubertät wurde das Verhältnis dann immer schwieriger. Simone tat sich schwer, bei Gleichaltrigen Anschluss zu finden, und zog sich immer mehr zurück. Die schulischen Leistungen ließen zu wünschen übrig, sie schaffte nicht einmal den qualifizierten Hauptschulabschluss.

Mit ihrem Vater hatte sie sich inzwischen so zerstritten, dass dieser nicht bereit war, sie im eigenen Betrieb auszubilden. Stattdessen machte sie eine Ausbildung zur Friseurin. Nach dem Tod ihrer Mutter wollte sie unbedingt weg aus der Provinz, am liebsten nach München ans Theater. Als auch daraus nichts wurde, zog sie nach Nürnberg.

„Sie wissen von ihrer Intersexualität?", fragte Brechtl nach.

Habereder winkte ab.

„Sie hätten es ihr gar nicht erzählen sollen. Aber wie sie dann in der Pubertät war und bei ihren Freundinnen ist es dann losgegangen – Sie wissen schon –, dann hat's die Mama ihr halt gsagt."

„Wie hat sie reagiert?"

„Des können Sie sich gar nicht vorstellen. Ausgeflippt ist sie. Egal was war, an allem war nur diese Operation schuld. Sie hat den Eltern nix wie Vorwürfe gmacht. Jeden Tag. Sie hätten ihr Leben zerstört und was weiß ich alles."

„Und sie war nicht mehr zu Hause, seit sie nach Nürnberg gezogen ist?"

„Nicht einmal, wie der Vater dann krank geworden ist. Kein einziges Mal hat sie ihn besucht, nicht einmal, wie er schon im Hospiz war."

„Woran sind Ihre Eltern verstorben, wenn ich fragen darf?"

„Meine Mutter bei einem Autounfall, wobei wir da nie sicher waren. Sie war schwer depressiv. Ich mein immer noch, dass sie absichtlich gegen den Baum gefahren ist."

„Und Ihr Vater?"

„Krebs. Nichts mehr zu machen."

Brechtl nickte verständnisvoll.

„Und jetzt führen Sie den Betrieb?"

„Wir haben fünfunddreißig Angestellte. Ich kann doch nicht so einfach zusperren."

„Wann haben Sie Ihre Schwester zuletzt gesehen?"

„Sie war auf der Beerdigung vom Vater. Ich dachte noch, wenigstens so viel Anstand hat sie, aber sie war wohl hauptsächlich da, um nach der Erbschaft zu fragen."

„Das ist jetzt natürlich eine ganz schöne Belastung für Sie."

„Ich hab ja schon im letzten Jahr fast allein das Geschäft geführt, weil der Vater ja die meiste Zeit im Krankenhaus war."

„Ich meinte jetzt auch die finanzielle Belastung durch die Erbschaft Ihrer Schwester."

„Das hat der Vater schon geregelt. Das war ja eh klar, dass ich als Erstgeborener die Firma übernehm. Die Simone hat ja vom Tuten und Blasen keine Ahnung."

„Wenn ich das richtig heraushöre, ist das Verhältnis zwischen Ihnen und Ihrer Schwester nicht das beste."

„Ganz ehrlich? Was meine Schwester macht, ist mir scheißegal. Von mir aus kanns mit ihre schwulen Freund jedn Tag auf irgendeiner Parade tanzn, wenns ned wieder im Fernsehn kommt. Die hat noch nie was Vernünftigs zammbracht. Die weiß ned, was Arbeit ist und Verantwortung und dass im Leben auch noch was anderes gibt wie bloß a Gaudi."

Er machte eine kurze Pause.

„Man soll ned schlecht redn über die Totn. Aber was sie unserer Mutter angetan hat und unserem Vater, des ist mehr als nur Undankbarkeit."

„Wie meinen Sie das?"

„Alles hat sie ghabt. Alles. Aber anstatt dass sie ihre Chancen genutzt hätte, hat sie den Eltern nur Vorwürfe gmacht. Sie pfeift auf das Geld, hat sie gsagt. Sie will ihre Freiheit. Freiheit ... Zwei Tag nach der Beerdigung von der Mama ist sie ausgezogen. Zum Onkel Franz, weil der sie versteht, hat sie gsagt. Danach hat sie sich nicht ein einziges Mal mehr blicken lassen und jetzt kommt sie daher und fragt nach dem Geld. Des is so eine Unverschämtheit ..."

„Und Sie hatten gar keinen Kontakt mehr zu ihr?"

„Am Anfang, wie sie noch bei unserem Friseur gearbeitet hat, hab ich sie gesehen, wenn ich da war. Aber viel geredet haben wir nicht. Ich hätt auch nicht gewusst, was wir hätten reden sollen."

„Ihre Schwester hatte einen Termin bei einem Notar, nächste Woche. Wissen Sie, worum es dabei gehen sollte?"

„Die Testamentseröffnung. Ich bin ja auch eingeladen."

„Wissen Sie, was drinsteht?"

„Ich schon, aber sie nicht."

„Und was steht drin?"

„Dass ihr der Schnabel schön sauber bleibt, weil der Vater noch zu Lebzeiten die Firma auf mich überschrieben hat."

„Und das Privatvermögen?"

„Das haben wir schon so gemacht, dass es passt. Aber das spielt ja jetzt eh keine Rolle mehr."

„Wissen Sie, ob Ihre Schwester Feinde hatte?"

„Nein, beim besten Willen nicht. Ich kenn ihre Freunde nicht und ihre Feinde schon gleich gar nicht."

„Ich muss Sie natürlich trotzdem fragen, wo Sie am letzten Wochenende waren."

„Auf der Landwirtschaftsausstellung in Neumarkt."

„Oberpfalz?"

„Ja. Wir hatten da einen Messestand. Wir vertreiben Saatgut und Düngemittel. Und neuerdings auch Maschinen."

„Und da waren Sie das ganze Wochenende?"

Habereder nickte.

„Bis Sonntagabend, da bin ich heimgefahren."

„Wann genau?"

„So um neun."

„Und wann waren Sie zu Hause?"

„Halb elf ungefähr."

„Das kann uns ja sicher jemand bestätigen."

„Natürlich. Meine Frau."

„Dann vielen Dank, dass Sie gekommen sind, Herr Habereder. Ich möchte Sie noch bitten, mit einem unserer Kollegen nach Erlangen zu fahren und Ihre Schwester zu identifizieren."

Brechtl stand auf und gab ihm die Hand.

„Das hat man mir schon am Telefon gsagt. Wiederschaun, Herr Kommissar, Frau Kommissarin."

Brechtl bat Jan, mit Habereder in die Gerichtsmedizin zu fahren. Er selbst ging mit Sonja und Sherlock über einen kleinen Umweg durch den Stadtpark in die Innenstadt zu ihrem Stammitaliener. Der Umweg bot sich nicht nur an, damit der Hund sein Geschäft verrichten konnte, sondern auch, weil sie an einem Drogeriemarkt vorbeikamen, in dem sich Brechtl Staubsaugerbeutel kaufen konnte. Den Grund dafür verriet er Sonja nicht.

Die brauchte auch nicht alles zu wissen.

„Geschwisterliebe ist was anderes", stellte Brechtl fest, als sie dann bei Pizza und Radler im Freien saßen.

„Kommt er für dich infrage?"

„Natürlich. Ich bin ja kein Experte für Erbrecht, aber ich kann mir nicht vorstellen, dass seine Schwester wirklich leer ausgegangen wäre. Wir sollten uns seine finanziellen Verhältnisse anschauen und vor allem bei dem Notar nachfragen, was genau in dem Testament steht."

„Das Alibi ist auf jeden Fall ziemlich wackelig. Von Neumarkt aus ist man schnell zu uns hergefahren."

„Moolzeid!" Rainer Zettner klopfte auf die Tischplatte.

„Moolzeid. Wou kummsdn du her?"

„Ich woar edz aweng affm Volgsfesd und dernooch im Buff ..."

Die beiden anderen schauten ihn mit großen Augen an.

„Wo werrin herkummer? Aus der Erberd. Hob mer scho dengd, dass ihr dou seid ... Salvadore!", rief er dem Besitzer des Lokals quer über den kleinen Garten zu. „Gäi, bring mer aa a Gwadroschdazione und a Seidler!"

Salvatore winkte und bog in Richtung Küche ab. Nach all den Jahren hier verstand er auch fränkische Bestellungen.

„Ich woar gesdern bei der Regine drom weecher die DNA-Schburn. Dou hobbi mer die Leich numol ogschaud. Des Dadduu, wo die aff die Diddler hod, wissder scho, wos des hassd?"

„Naa", antwortete Brechtl.

Rainers derbe Art war in Gegenwart einer Frau manchmal etwas peinlich. Aber Sonja schien sich nicht besonders daran zu stören.

„Griechische Müddologie is ned su deins, gell? Des is der Teiresias, a Kumbl vom Zeus. Des woar a Mo, der had a Schlanger derschlong, na isser a Frau worn, und na hadder nummol a Schlanger derschlong, na isser widder a Mo worn. Und nachdem er aff dem Dadduu a Frau is, hassd des fier mich, unser Dode wär gern a Mo gween."

„Reschbegd, Rainer. Du kennsd di aus!"

„Frooch ner, wennsd wos wissn willsd!"

„Wir wissen inzwischen, wer sie ist“, teilte Sonja ihm mit, „und sie war wohl auch in der LGBT-Szene unterwegs.“

„Wo?“ Brechtl konnte mit der Abkürzung nichts anfangen.

„Lesbm, Schwule, Bisexuelle und Dransdschender. Du wassd ja goar nix“, stellte Rainer fest.

„Sie hatte auch keinen Mann, sondern hat sich nur als einer verkleidet“, klärte Sonja weiter auf.

„Des erglärd Einiches. Wall mir hom ja bragdisch nircherds fremde DNA gfundn. Bloß affm Glo und am dreggerdn Bschdegg in der Schbülmaschiner. Dou hads ganz schee wos zum du ghabbd, die Regine. Ach ja - scheene Grieß solli ausrichdn.“

„Dangschee. Sooch amol, kennsd di du dou aus, mid denne Dransdschender?“

„Iich? Schau ich su aus?“

„Na ja, mid deine langer Hoar ...“, witzelte Brechtl.

„Fraale. Und omds renni dann midn Röggler rum und dreed beim Song-Contest auf.“ Er zeigte Brechtl den Vogel. „Vo mir aus konn a jeder machn wosser will, sulang er mir mein Rou lässd.“

Sie diskutierten noch eine Weile, ob der sogenannte Gender-Wahnsinn wirklich sein musste. Ob man „Radfahrende“ statt „Radfahrer“ sagen musste und ob es nicht einfacher wäre, Toiletten grundsätzlich nicht nach Geschlechtern zu trennen. Nach Rainers Meinung waren es bestimmt nur ein paar wenige, die mit solchen Haarspaltereien einen Kleinkrieg führten. Die meisten, die nicht nach der Norm lebten, wollten sicher einfach auch nur in Ruhe gelassen werden.

Diese Menschen waren zwar eine mit Vorurteilen behaftete Minderheit, aber wirkliche Feinde hatten sie eigentlich nicht. Zumindest war es bei dem zurückgezogenen Lebensstil, den Simone Habereder geführt hatte, unwahrscheinlich, dass sie damit Aggressionen auf sich gezogen hatte.

Nach der Mittagspause trugen Brechtl und Sonja alle Fakten und auch die Ungereimtheiten des Falls zusammen. An die

Pinnwand hefteten sie ein Foto von „Franz" Habereder neben das der Leiche und schrieben ein großes „=" dazwischen. Auf der Homepage der Firma fanden sie ein Bild von Wolfgang Habereder und im Organigramm der Polizei Mittelfranken eines von Holger Gschwendner. Auch die kamen an die Pinnwand. Das war's aber auch schon. Nicht besonders viel, wie Brechtl nörgelte, aber doch schon genug, um einige Fragen anzustoßen.

Wenn Simone Habereder noch keine Ahnung hatte, wie viel sie erben würde, warum hatte sie sich schon nach einer Eigentumswohnung umgeschaut? Hatte ihr Bruder wirklich keinen Kontakt mehr zu ihr oder spielte er ihnen nur den Desinteressierten vor? War der Kollege Gschwendner so harmlos, wie er aussah? Und schließlich die wichtigste Frage: Was passierte zwischen Sonntagfrüh und Sonntagabend. Wo und warum traf Simone Habereder ihren Mörder?

„So viel steht fest: Sie ist irgendwann am Sonntag mit dem Auto weggefahren - das steht ja nicht mehr vor dem Haus."

„Oder auch nicht", widersprach Brechtl. „Was, wenn sie gar nicht selber gefahren ist?"

„Wie meinst du das?"

„Also: Sie kommt um ... sagen wir drei Uhr nachts nach Hause. Sie setzt den Teddybären aufs Sofa und schminkt sich ab. Wer sagt uns, dass sie dabei alleine war und dass sie die Nacht zu Hause verbracht hat? Nehmen wir mal an, dieser Lotti ist mit ihr in die Wohnung gegangen, es kommt zum Streit, er bringt sie um. Wie schafft er dann die Leiche weg? In seinem Smart eher nicht."

„In der Wohnung haben Rainers Jungs nichts gefunden, was auf einen Tatort hindeutet. Der Todeszeitpunkt war auch viel später und außerdem: Was hätte dieser Lotti denn für ein Motiv?"

„Ja, weiß ich auch nicht. Ich will nur sagen: Wir sollten uns nichts zusammenreimen, sondern uns an die Tatsachen halten. Uns bleibt nur die Möglichkeit, uns Stück für Stück an den Tatzeitpunkt und den Tatort heranzuarbeiten. Und da stehen wir bei Sonntag drei Uhr, sie ist zu Hause und sie lebt noch. Wir müssen weiter Daten sammeln."

„Da fällt mir ein: Wie sieht es eigentlich mit dem PC aus?"

Um das als Erstes zu klären, statteten sie Martin Georgis einen Besuch ab. Dessen Büro, das mehr einem Computerbastelzimmer glich, lag ebenfalls im ersten Stock, allerdings auf der anderen Seite des Gebäudes. Wie gewöhlich starrte er auf einen Bildschirm und brummte vor sich hin.

„Maddin, servus! Wie schauts denn mit dem Rechner von unserm Mordopfer aus? Bist nei kummer?"

„Hmm. Passwort war kein Problem. Aber das da. Lies dir mal die E-Mail durch!"

Brechtl las laut vor, was auf dem Bildschirm stand.

„Geehrte Kunde T-online, bitte sie bestätigen unsere Information zu nutzen das email Teiresias@t-online weiter ohne der Schaden. Besuchen sie Kundenbetreuung während klicken sie auf diesen link. Sonst sie erwarten Kontoaussetzung in zwei Tagen. Vielen Dank, T-online ... Ja und? Eine ganz normale Spam-Mail."

„Ja - sie hat draufgeklickt. Wie kann man denn so bescheuert sein?"

„Und jetzt?"

„Schluss mit Lustig. Die kompletten Daten verschlüsselt. Sie soll fünfhundert Dollar zahlen, dann wird die Verschlüsselung rückgängig gemacht."

„Das muss man doch irgendwie knacken können."

„So einfach ist das nicht. Da sind schon ganz andere dran gescheitert."

„Na dann zahlen wir halt die Rechnung in Gottes Namen. So viel wird dem Steuerzahler die Aufklärung eines Mordes schon noch wert sein."

„Die Verantwortung kannst du von mir aus übernehmen. Was meinst du denn, was dann passiert?"

„Vermutlich gar nichts", gab Brechtl zu.

„Davon kannst du ausgehen. Irgendwo ist einer um fünfhundert Dollar reicher und dem ist es scheißegal ist, ob du an deine Daten kommst."

„Und jetzt?"

„Ich schick das Teil mal ans LKA. Aber viel Hoffnung mach ich dir nicht."

„Mist! Na ja - trotzdem danke."

„Da siehst du mal, wie wichtig das ist, was ich euch jedes Jahr in der IT-Sicherheitsunterweisung vorbete."

„Hab ich ja nie bezweifelt."

„Aber du bist eingeschlafen, letztes Mal. Brauchst nicht meinen, ich hätte das nicht bemerkt. Die Ganoven werden immer dreister. Das geht ruckzuck, wenn man da nicht aufpasst."

„Ich pass schon auf. Ich hätte da jedenfalls nicht draufgeklickt."

„Komm ...", winkte Martin ab. „Jedenfalls kann ich euch in dem Fall nicht weiterhelfen."

Ziemlich enttäuscht machten sich die beiden auf den Rückweg.

„Bin ich echt eingeschlafen?"

„Du hast sogar geschnarcht, bis ich dir ans Schienbein getreten hab."

„Brechtl!", schallte es vom Ende des Flurs. Der Chef stand dort und winkte ihn energisch zu sich.

Warum war Brechtl am Montagfrüh ans Telefon gegangen? Er hätte es einfach ignorieren können. Zu spät. Er schnaufte durch und drehte um.

5

Eine Viertelstunde hatte Brechtl gebraucht, um den Chef auf den neuesten Stand zu bringen. Dass es sich bei Gschwendner um einen Kollegen handelte, hatte er aber nicht erwähnt.

„Also Brechtl, ich muss schon sagen, bei allem Verständnis dafür, dass Sie eigentlich Urlaub hätten, ein bisschen mehr Elan in der Angelegenheit könnten Sie schon an den Tag legen. Das, was Sie mir bis jetzt erzählt haben, ist ja wohl noch recht dünn. Dieser Zeuge, der Ihnen erzählt hat, dass Frau Habereder ein Transvestit wäre, ist der glaubwürdig?"

„Absolut."

„Haben Sie den überprüft?"

„Selbstverständlich."

„Und das Alibi von dem Bruder?"

„Werden wir natürlich auch prüfen."

„Und dieser komische Club, in dem sie war, wie sieht's damit aus?"

„Da sammeln wir noch Informationen."

„Tatort, Tatzeit - muss ich Ihnen denn alles aus der Nase ziehen?"

„Ist noch nicht abschließend geklärt."

„So, so. Und jetzt soll ich Herrn Hermann anrufen und ihm bitte was erklären? Dass wir nach zwei Tagen überhaupt nichts haben, außer einem Hauptkommissar, der nicht aus dem Urlaubsmodus kommt?"

Brechtl spürte seinen Blutdruck steigen. Der Hauptkommissar wird seinen Urlaub gleich wieder antreten, dachte er.

„Sie schauen sich heute noch diesen Club an und morgen will ich eine Liste mit möglichen Tatverdächtigen."

Der Chef klopfte fordernd mit dem Zeigefinger auf die Tischplatte, genau wie Brechtls Mutter, wenn er als Kind nicht aufessen wollte. Heute wog er gut neunzig Kilo, das kam bestimmt davon.

Brechtl überlegte kurz, ob er zum Gegenangriff übergehen

sollte, aber das hätte wohl wenig Sinn gehabt. Wenn der Chef in so einer Laune war, half nur eins: Ihm recht geben und schauen, dass man Land gewinnt.

„Mach ich“, antwortete er deshalb nur kurz, drehte sich um und war schon aus der Tür, bevor dem Chef noch weitere dienstliche Anordnungen einfallen konnten.

Als er an Jans Büro vorbeikam, saß der schon wieder an seinem Schreibtisch.

„Schon zurück?“

„Jo. Das ging ziemlich schnell. Der Habereder hat seine Schwester zwei Sekunden angeschaut, dann hat er gesagt: ‚Ja, das ist sie‘, hat sich umgedreht und ist wieder rausgegangen.“

„Na gut, Hauptsache, er hat sie identifiziert. Sag mal, hast du noch was über diesen Club rausgefunden?“

„Ja, aber nichts Weltbewegendes.“

Den Verein „Liebe für alle“ gab es schon seit 2001. Das Haus in Gostenhof, das als Clubheim diente, lag in einem der zahllosen Hinterhöfe in der Nähe des Rochusfriedhofs. Es gehörte einer gewissen Paula Winter, die offenbar viel Geld in der Gastronomie verdient und sich inzwischen zur Ruhe gesetzt hatte. Bis auf ein paar Schmierereien an der Hauswand und einer Anzeige wegen Lärmbelästigung war die Adresse noch nicht polizeilich aufgefallen. Die Gostenhofer waren ein tolerantes Völkchen. Der ehemals zwielichtige Ruf des Viertels hatte sich in den letzten Jahren deutlich gewandelt. Inzwischen war es hip, dort zu wohnen. Entsprechend stiegen auch die Immobilienpreise.

„Ich schau mir das heute Abend mal an.“

Brechtl tat seinem Kollegen gegenüber so, als sei die Idee auf seinem Mist gewachsen.

„Vielleicht kann dir Sonja ja die passende Garderobe ausleihen“, witzelte Jan.

„Kannst gerne mitkommen“, gab Brechtl zurück.

„Ach ne, lass mal. Ich hab ’ne Prosecco-Unverträglichkeit.“

„Na dann überprüf bitte das Alibi von Wolfgang Habereder.“

„Finanzen auch?“

„Auf jeden Fall.“

„Da brauch ich aber das jüngste Gericht."

Das war der abteilungsinterne Spitzname für Staatsanwalt Hermann, der schon als junger Kerl in seinen Anfangszeiten von seiner eigenen Unfehlbarkeit überzeugt gewesen war.

„Dann merkt er wenigstens, dass wir hier nicht auf der faulen Haut liegen."

„Ach - Stichwort faule Haut: Schöne Grüße von Manne!"

Er öffnete ein Foto im Anhang einer E-Mail. Manfred Gruber in einer geblümten Boxershort mit einem Longdrink in der Hand im Liegestuhl am Strand. Sein Oberkörper hatte ungefähr die Farbe eines Feuerwehrautos. Das war kein Wunder bei jemandem, der das ganze Jahr im Anzug herumlief. Eines musste man aber neidlos anerkennen: Seine regelmäßigen Fitnessstudiobesuche sah man seiner Figur schon an.

„Der kann heut Nacht im Stehen schlafen", bemerkte Brechtl. „Vom Ozonloch hat der auch noch nichts gehört. Wart mal ... ich glaub, ich spinn! Mach mal den Arm größer!"

Tatsächlich, in der Vergrößerung konnte man es sehen: Manne hatte ein Tattoo auf dem Oberarm. Irgendeinen Schriftzug, aber die Auflösung war zu schlecht, um ihn lesen zu können.

„Was is'n das?"

„Kann ich auch nicht erkennen."

„Hast du das gewusst?"

„Nö."

Brechtl drängelte sich an die Tastatur und antwortete auf die E-Mail.

Moin Manne

Schickes Outfit! Was ist das für ein Tattoo auf deinem Oberarm?

Schönen Urlaub noch!

Kalle

„Bin mal gespannt, was er antwortet. Wann kommt der wieder?"

„Montag."

Brechtl feixte still in sich hinein. Er freute sich schon diebisch darauf, Manne am Montag auszufragen.

„Also, kümmerst du dich um den Habereder, ja?"

„Mach ich. Und du gehst heut Abend in den Club? Viel Spaaaß!"

Jan klimperte mit den Wimpern, zog die Schultern hoch und winkte ihm mit einem vielsagenden Grinsen nach. Doldi.

Zugegebenermaßen war Brechtl nicht ganz wohl in seiner Haut, wenn er daran dachte, dass er sich unter diese seltsamen Leute mischen musste. Er konnte sich selbst nicht erklären, warum. Vermutlich war es einfach Erziehungssache. Seine Eltern waren zwar nicht streng katholisch, aber doch ziemlich konservativ. Auf Menschen, die nicht in ihr Weltbild passten, reagierten sie mit Wegschauen und Kopfschütteln. Politiker, ja sogar Fußballspieler, die zugaben, dass sie schwul waren, oder Paraden, auf denen sich Homosexuelle und andere Perverse ungeniert in der Öffentlichkeit zeigten - so etwas hatte es früher angeblich nicht gegeben. Wie konnte man darauf auch noch stolz sein? Das war doch nur peinlich! So war es ihm vorgelebt worden.

Er überlegte, wie er die Sache anpacken sollte. Einfach hingehen, den Polizeiausweis vorzeigen und mit den Zeugenvernehmungen beginnen? Das hätte fast den Charakter einer Razzia. Er konnte sich nicht vorstellen, dass er auf diese Art und Weise an nützliche Hintergrundinformationen kommen würde. Nein, er brauchte das Vertrauen der Leute und er hatte auch eine Idee, wie er es gewinnen konnte.

In seinem Büro weihte er erst Sonja ein, dann griff er zum Telefon.

„Polizei Lauf, Gschwendner."

„Brechtl. Grüß Gott, Herr Gschwendner. Ich brauche Ihre Hilfe."

„Gerne. Was kann ich tun?"

„Ich möchte mit den Freunden und Bekannten von Simone Habereder sprechen. Können Sie Frau Nuschler und mich heute Abend mit in den Club nehmen? Treffen wir da jemanden an unter der Woche?"

„Das ginge schon. Im Clubhaus ist immer Betrieb. Aber wer genau heute da ist, kann ich Ihnen nicht sagen."

„Wo treffen wir uns?"

„Ich komme mit der Bahn und steige am Plärrer aus. Sagen wir um sieben vor dem Planetarium?"

„Gut. Abgemacht."

Brechtl beschloss, früher nach Hause zu gehen. Im Urlaub auch noch Überstunden zu schieben, kam überhaupt nicht in die Tüte. Den Rest des Nachmittags verbrachte er damit, sein Wohnzimmer wieder auf Vordermann zu bringen, und mit dem Versuch, seinen Kopfhörer zu reparieren. Zwar funktionierten die Lautsprecher noch, aber die Polsterung war dermaßen durchgekaut, dass er keine Lust hatte, sie auf seine Ohren zu setzen. Zum Glück fand er das Ersatzteil dafür nach einigem Suchen im Internet. Der Hund lag dabei die ganze Zeit auf seiner Decke und ließ Brechtls Schimpftiraden teilnahmslos über sich ergehen.

Fast pünktlich, um fünf nach sieben, traf er am Planetarium ein. Sonja und Gschwendner warteten schon.

„Hier einen Parkplatz zu finden ist auch eine Lebensaufgabe", entschuldigte er seine Verspätung.

„Deshalb fahr ich immer mit der Bahn."

Gschwendner gab ihm die Hand.

„Warum hast du den Hund mitgenommen?", erkundigte sich Sonja.

„Ja, was soll ich denn sonst machen?"

„Na, ihn zu Hause lassen. Der wird doch mal ein paar Stunden allein bleiben können."

Und seine Wohnung würde dann vermutlich erneut aussehen wie ein Schlachtfeld.

„Nee, der mag das nicht so gern. Ist doch egal, jetzt ist er halt dabei. Gehn wir?"

„Also, im Club, da duzen wir uns alle", erklärte Gschwendner, während sie auf dem Weg zum Clubheim waren. „Ich weiß, ich bin der Jüngere, aber ..."

„Kein Problem. Wir sind ja Kollegen. Ich bin Sonja."

„Karl-Heinz. Oder besser Kalle. Haben Sie ... hast du nicht gesagt, jeder sucht sich seinen Namen dort selber aus?"

„Ja, wenn man will. Aber ich bin der Holger. Ich hab da kein Problem damit."

Brechtl fasste sich ein Herz und fragte:

„Und warum bist du in diesem Verein?"

„Ich lebe polyamor."

„So wie die Achtundsechziger, freie Liebe und so?"

Wie ein Hippie sah Holger Gschwendner beim besten Willen nicht aus.

„Nein, so eben nicht. Es geht nicht darum, dass man mal mit dieser und mal mit jener ins Bett geht. Ganz und gar nicht. Es heißt nur, dass man mehrere Menschen gleichzeitig liebt und mit ihnen in einer Beziehung lebt."

„Und wie viele sind das bei dir?"

„Drei."

„Frauen?"

„Ja, heterosexuell bin ich schon", lächelte Gschwendner.

„Und die lassen sich das gefallen? Da gibt's keinen Zickenkrieg?"

„Warum? Wir lieben uns, wir wohnen zusammen, sorgen für einander, alles o.k."

„Gibt's dann da eine Reihenfolge, irgendwie? Musst schon entschuldigen, wenn ich blöd frage. Interessiert mich halt."

„Hast du Kinder?", fragte Gschwendner zurück.

„Nein." Brechtl hatte noch nicht einmal eine Freundin. Die Welt war ungerecht.

„Dann nehmen wir halt mal an, du hättest welche. Würdest du die nicht auch alle gleich lieben?"

„Hm. Vermutlich schon."

„Warum soll man dann nicht auch mehrere Partner gleich lieben können? Liebe ist doch nicht begrenzt - noch nicht einmal durch das Gesetz. Nur durch die gesellschaftlichen Zwänge."

„Und du? Hast du Kinder?"

„Noch nicht. Aber Mitte November werde ich Vater. Julia ist schwanger."

„Und was sagen da die anderen beiden dazu?"

„Sarah freut sich schon, dass sie Tante wird. Und Nici ist sowieso total vernarrt in Kinder. Sie ist Erzieherin."

„Tante?"

„Sarah ist die Schwester von Julia."

Sodom und Gomorrha. Brechtl wusste nicht recht, ob er neidisch sein oder Mitleid haben sollte. Wenn er an die ewigen Streitereien mit seiner Ex-Freundin dachte, konnte er gerne auf die dreifache Ausführung verzichten. Andererseits, wenn er sich vorstellte, wie ...

„Da sind wir", unterbrach Gschwendner seine Gedanken.

Das Haus sah von außen völlig unauffällig aus. Ein zweistöckiges Gebäude mit einer ganz normalen Haustür, an der allerdings kein Namensschild neben der Klingel angebracht war. Gschwendner drückte auf den Knopf. Eine sehr dicke Frau öffnete ihnen.

„Hallo Holger."

„Hey, Paula!" Er drückte ihr einen Kuss auf die Wange. „Das sind Sonja und Kalle. Kollegen von mir."

„Immer rein in die gute Stube. Und wer bist du?"

Sie beugte sich zu Sherlock hinunter.

„Das ist Sherlock", erklärte Brechtl.

„Na du bist ja ein Süßer!" Sie fütterte ihn mit irgendetwas, das sie aus ihrer Hosentasche gezaubert hatte. „Ich hab zwei Yorkshire-Terrier zu Hause."

Gschwendner führte sie durch das Erdgeschoss und zeigte auf die verschiedenen Türen.

„Hier ist die Umkleide, daneben das Klo, eine Küche haben wir auch. Da vorne ist der große und hier der kleine Clubraum und oben haben wir noch ein Bad, ein Computerzimmer, ein Fernsehzimmer, ein Raucherzimmer und einen Abstellraum, wo so allerlei drin ist."

Brechtl hatte sich mehr so etwas wie einen Nachtclub mit Bar und Vorhängen vor den Separees vorgestellt. Alles war blitzsauber und wirkte total normal. Dieser Eindruck änderte sich allerdings schlagartig, als Gschwendner sie in den kleinen Clubraum führte. Dort saßen vier Personen auf gepolsterten Stühlen um einen Holztisch herum und spielten Karten. Ein Mann im ärmellosen T-Shirt, der quasi flächendeckend tätowiert war, ein weiterer mit langen schwarzen Haaren in Bluse und Rock, daneben eine ältere Frau mit blonder Perücke im weißen Kleid und ein weiterer Mann um die fünfzig, der splitternackt war. Brechtl warf einen kurzen Blick zu Sonja, die sich offenbar genau wie er anstrengte, den nötigen Ernst zu bewahren.

„'N Abend!" Gschwendner klopfte zur Begrüßung auf den Tisch. „Ich hab zwei Kollegen von mir dabei, Kalle und Sonja. Die führen die Ermittlungen wegen der Sache mit Franz. Kalle, das ist Lotti", stellte er den Mann mit den langen schwarzen Haaren vor.

Brechtl machte gleich weiter in der Vorstellungsrunde und streckte der blonden Frau die Hand entgegen. „Marilyn, nehme ich an?"

Die Frau strahlte ihn förmlich an.

„Richtig."

„Ich bin der Horsd", stellte sich der Nackte vor.

Jacko war der Name des Tätowierten.

Auch Sonja gab der illustren Gesellschaft ringsum die Hand.

„Du, Holger, die Luisa ist oben im Fernsehzimmer und heult wie ein Schlosshund. Mit uns will sie nicht reden. Kannst du vielleicht mal zu ihr hoch gehen?", bat Lotti.

„Ist sonst noch jemand da, heute?"

„Nö, nur Paula."

„Kann ich euch hier alleine lassen, dann schau ich mal nach Luisa", wandte sich Gschwendner an die Kommissare.

„Ja, sicher. Geh ruhig hoch. Tut mir leid, wenn wir Ihre Kartenrunde unterbrechen", entschuldigte sich Brechtl. „Sie wissen ja vermutlich alle, was mit Simone Habereder, also mit Franz, passiert ist. Meine Kollegin und ich versuchen, die Tat aufzuklären, und dazu brauchen wir Ihre Hilfe. Wir würden uns gerne mit Ihnen unterhalten, einzeln, wenn das hier irgendwo möglich ist."

„Wir können in den großen Clubraum gehen. Da ist niemand. Ist nicht viel los, heute", schlug Lotti vor und führte sie ins Nachbarzimmer. „Eine Frage noch: du oder Sie?"

Noch bevor Brechtl antworten konnte, sagte Sonja:

„Du ist schon in Ordnung."

Brechtl war da zwar eigentlich anderer Ansicht, nickte aber trotzdem zustimmend. In dem großen Zimmer sah es schon mehr nach Club aus. In einer Ecke befand sich eine kleine Bar mit vier Hockern, im Raum verteilt standen mehrere Sitzgruppen, die aus unterschiedlichsten Sofagarnituren zusammengewürfelt waren, und von der Decke hing eine Spiegelkugel, die Brechtl an seine Jugendzeit Anfang der Achtziger erinnerte.

„Möchtet ihr was trinken?", erkundigte sich Lotti und ging hinter die Bar.

„Gern. Wasser bitte", antwortete Sonja.

„Für mich Cola, wenn Sie eins haben."

Sonja gab ihm unauffällig einen Rempler.

„Wenn du eins hast", verbesserte sich Brechtl.

Sie schlossen die Tür und nahmen an einer der Sitzgruppen Platz.

„Diese Befragung hier hat natürlich einen offiziellen Charakter. Deshalb brauche ich auch deinen bürgerlichen Namen."

„Lothar Mannheimer." Lotti diktierte Sonja Adresse und Geburtsdatum.

„Wie lange kennst du Franz schon?", fragte Sonja.

„Seit er hier aufgetaucht ist. Das war vor zwei Jahren ungefähr. Er hat sich vom ersten Moment an hier wohlgefühlt. Weißt du, wir sehen vielleicht aus wie ein Haufen Verrückter ..."

Da hätte ihm Brechtl nicht widersprochen.

„... aber wir sind alle ganz normale Leute. Was wir gemeinsam haben, ist die Unzufriedenheit mit dem Leben, das wir im Alltag führen müssen. Hier im Club kann jeder so sein, wie er will. Deshalb sind die Menschen hier viel zufriedener. Es gibt natürlich auch hier Regeln, an die man sich halten muss. Aber die kommen allen zugute und dadurch hat keiner Probleme damit."

„Was sind das für Regeln?"

„Wenn ein neues Mitglied aufgenommen werden will, müssen alle damit einverstanden sein. Jeder akzeptiert den anderen, so wie er ist. Niemand ist gezwungen zu erzählen, welche Rolle er außerhalb dieser Mauern spielt, denn - sind wir mal ehrlich - wir spielen alle nur irgendwelche Rollen da draußen. Die einen mehr, die anderen weniger. Die meisten geben es nur nicht zu. Du zum Beispiel, du kommst doch hier aus der Gegend, oder? Trotzdem sprichst du Hochdeutsch. Zu Hause machst du das sicher nicht, oder?"

Brechtl nickte.

„Aber als Polizist musst du natürlich sachlich und korrekt rüberkommen. Du spielst eine Rolle. Ist ja nicht schlimm. Aber wenn du dich dein ganzes Leben lang um hundertachtzig Grad verbiegen musst, immer, überall, so wie ich oder Horst oder eben auch Franz, dann wird das irgendwann zur Qual. Wenn du hier zur Tür reingehst, bist du endlich für ein paar Stunden mal du selbst. Das ist, wie sich abends nach der Arbeit aufs Sofa zu setzen und die Füße auf den Tisch zu legen. Nur eben viel, viel intensiver. Die Leute hier sind zufrieden. Ich bin seit sechs Jahren hier und ich habe noch nie jemanden streiten sehen."

„Welche Regeln gibt es sonst noch?"

„Keine Drogen, kein übermäßiger Alkoholgenuss, kein Sex hier im Haus und Rauchen nur im Raucherzimmer. Die Freiheit des Einen hört da auf, wo die des Anderen beginnt. Leben und leben lassen in Reinstkultur, sozusagen."

„Und das funktioniert?"

„Das funktioniert!"

Eine Insel der Glückseligkeit also, dachte Brechtl, und trotzdem ist jemand aus diesem Kreis umgebracht worden.

„Wer kümmert sich darum, dass die Regeln eingehalten werden?"

„Im Prinzip alle. Und wenn es tatsächlich mal Meinungsverschiedenheiten gibt, ist Paula die oberste Instanz. Ihr gehört schließlich das Haus."

Ganz ohne Hierarchie ging es also auch hier nicht.

„Ist schon mal jemand rausgeworfen worden?"

„Wir hatten mal einen, der sich hier eingeschlichen und dann Fotos und Videos ins Internet gestellt hat. Das ist natürlich ein No-Go. Seither gibt es auch ein Fotografierverbot."

Das war nachvollziehbar. Sicher waren viele der Rollenspieler nicht begeistert, wenn Fotos von ihnen veröffentlicht wurden. Brechtl bemühte sich, Lotti weiterhin zu duzen.

„Wie stehst du zu Frau Habereder, also Franz?"

„Wir haben uns von Anfang an gut verstanden und oft Scherze darüber gemacht, ob bei uns beiden irgendwas vertauscht worden ist. Wir sind nämlich im selben Krankenhaus geboren. Vielleicht wollten sie ihren Fehler wieder gutmachen und haben mir das angenäht, was bei Franz übrig geblieben ist."

Obwohl seine Mundwinkel ein leichtes Lächeln andeuteten, sah er unglaublich traurig aus.

„Er war so glücklich an seinem Geburtstag. Ich habe ihn noch nie so glücklich gesehen. Und dann ... Das kann doch nicht wahr sein. Sag mir, dass das nicht wahr ist."

Er lehnte sich an Brechtls Schulter und schluchzte herzzerreißend. Brechtl war das unangenehm, aber als Sonja ihm einen aufmunternden Wink gab, nahm er Lotti in den Arm. Zum Glück kam Sherlock angetapst und stellte seine Vorderpfoten auf Lottis Knie. Der beugte sich zu dem Hund und fing an, ihn zu streicheln.

„Ich würde euch so gerne helfen. Ich würde alles tun, um diesen Mistkerl zu erwischen. Aber ich kann mir das nicht erklären. Ich habe Franz nach Hause gebracht, hab ihm noch den Teddy hochgetragen und mich dann verabschiedet. Da war er noch glücklich und am Leben. Das war das letzte Mal, dass ich ihn gesehen habe."

„War sonst noch jemand in der Wohnung?"

„Nein. Also ... ich war nur an der Tür, aber es war alles dunkel."

„Weißt du, ob Franz irgendwelche Feinde hatte?"

„Das kann ich mir beim besten Willen nicht vorstellen. Er hat das perfekte Doppelleben geführt. Als Simone war er auch recht beliebt. Ja, mit seiner Familie hatte er Schwierigkeiten, aber die hatten ja praktisch keinen Kontakt mehr."

„Und als sein Vater gestorben ist?"

„Er war auf der Beerdigung, das ist jetzt ein paar Wochen her.

Besonders traurig darüber war er nicht. Ich frag mich, warum er überhaupt hingefahren ist."

„Weißt du, dass er sich eine Wohnung kaufen wollte?"

„Klar. Er hat ja den halben Abend über nichts anderes geredet."

„Woher hatte er das Geld?"

„Er hatte es noch nicht, aber sein Vater war stinkreich. Von der Erbschaft hätte er sich wahrscheinlich drei Wohnungen leisten können."

„Hat er das gesagt?"

„Nein, aber er hat gesagt, dass er sich ums Geld jetzt keine Sorgen mehr zu machen braucht, und er hat überlegt, ob er sich selbstständig macht."

„Als was?"

„Ganz egal, Hauptsache nicht Friseur. Einer hier aus dem Club hat eine Fensterbau-Firma. Da hätte er einsteigen können."

Lotti hatte sich wieder etwas beruhigt.

„Danke für deine Hilfe. Ich versprech dir, dass wir unser Bestes tun werden. Schickst du uns bitte den Nächsten rein?"

„Wen?"

„Egal."

Kurz darauf kam der Mann, der eben noch nackt im Nebenzimmer gesessen hatte, durch die Tür.

Allerdings trug er jetzt einen ausgewaschenen Jogginganzug.

„Horsd Mauser", stellte er sich vor und gab seine Adresse an. „Ich hob mer dachd, ich ziech mer doch wos o, vielleichd is es der Frau Kommissarin ja unangenehm."

Sonja lächelte nur kurz.

„Dange. Mir wolln aa goar ned lang schdörn, bloß a boar Frong", fiel Brechtl sofort in den fränkischen Dialekt. „Kenner Sie die Simone, beziehungsweis den Franz, gud?"

„Vom Glubb hald. Woar a nedder Kerl. Had mer immer die Hoar gschniddn, ganz ummersunsd. Obwoll er ja aa ned vill Geld ghabd had. Obber ich kennerd mer an Frisör ned leisdn. Ich grich Hadz vier, scho seid drei Joar. Drum binni immer naggerd, dann kommer kanner in die Husndaschn langer", scherzte er.

„Und was haben Sie vorher gemacht?“, erkundigte sich Sonja.

„Ich woar Pfleecher im Diergaddn draußn. Ich mooch die Viecher.“ Er kraulte Sherlock, der sich an ihn schmiegte. „Die denner ned lang rum. Dou kummd kans aff die Idee, dass mer si schämer misserd, wemmer kanne Glamoddn o had.“

„Und weiter?“

„Des woar im Summer zwaadausndzehn, dou hommer neie Nachbern gräichd, so zugreisde Saubreißn. Ich hob mi in mein Gaddn gleechd, naggerd, wäi immer, wall dann brauchd mer ka Bikinifigur. Und der Debb fiard si auf wie die Sau, weecher seine Kinder, die kennerdn mich ja seeng. Na sollns hald ned hie schauer, hobbi gsachd. Na hadder die Bolizei ghuld und had mi ozeichd. Des is dann aweng eskalierd. Der Onwald had an Haffm Geld kosd, na is mer mei Frau dervoo, na hobbi is Saufm ogfangd und su weider. Ircherdwann binni dann im Diergaddn amol bsuffm naggerd auf an vo meine Esl griddn. Des is ned lang goud ganger, dann hads mi nunder ghaud. Is Schlüsslbaa hobbi mer aa nu brochn derbei. Der Chef woar ned su begeisderd, wall des woar an ern Sunndoochnammidooch. Und edz hoggi hald derham, bei Hadz vier und Dosnbier. Außer, wenni dou bin. Dou driffd mer wenigsdns nedde Leid, wo an ned grumm oschauer denner, und die Baula machd mer meisdns aa nu wos zum Essn.“

„Waren Sie auf der Geburtstagsfeier von Franz?“

„Fraale. Ich bin ja die massde Zeid dou. Woar lusdich, mir homm sugoar dandsd. Obber sunsd konni Ihner ned vill song iebern Franz. Dud mer leid.“

„Haben Sie mitbekommen, ob er an dem Abend mit irgendjemandem Streit hatte?“

„Naa. Der woar goud draff, die ganze Zeid. Mir hom ja gfeierd bis in die Bubbm.“

„Des woars dann aa scho“, verabschiedete ihn Brechtl. „Schiggns uns in Negsdn rei, biddschen.“

„Machi. Ade Frau Kommissarin, Herr Kommissar.“

Er gab beiden die Hand. Schon im Hinausgehen zog er die Jacke wieder aus. Brechtl grinste vor sich hin.

„Hast du schon mal so viele wirre Gestalten auf einem Haufen gesehen?"

„Mir gefällt es hier irgendwie", antwortete Sonja.

„Kannst ja einen Mitgliedsantrag stellen. Musst dir nur noch eine Macke zulegen."

Der Nächste war der tätowierte Mann, der ihnen als Jacko vorgestellt worden war und eigentlich Jacob Reichelt hieß.

„Guten Abend", begrüßte ihn Brechtl. „Was machen Sie, wenn Sie nicht gerade hier sind?"

„Das können Sie in Ihren Akten nachlesen. Bis vor vier Monaten war ich im Bau. Achtzehn Monate."

„Wofür?"

„Paragraph neunundzwanzig."

„Drogenhandel?"

Jacko nickte.

„Ja ... da hab ich was falsch gemacht. Ist eigentlich nicht meine Welt. Ich bin da so reingerutscht."

Das sagten so ziemlich alle, die mit Drogen zu tun hatten. Vom kleinen Kiffer bis zum großen Dealer.

„Und wie?"

„Ganz ehrlich - ich kann nicht besonders viel. Aber zeichnen, das kann ich. Zum Studieren hats nicht gereicht. Ich hab in der Fußgängerzone Leute portraitiert, hab mich bei Verlagen beworben, bei Zeitungen - ist alles nichts geworden. Dann hab ich das Tätowieren gelernt. Hab mich mit einem Kumpel selbstständig gemacht. Genial. Das Geld machst du mit dämlichen rosa Einhörnern oder Schmetterlingen und Kindernamen. Aber der eigentliche Reiz sind die großen Tattoos. Kunstwerke. Da kannst du zeigen, was du drauf hast. Und dabei lernst du eben nicht achtzehnjährige Mädchen oder frischgebackene Familienväter kennen ... Ich sag ja: Ich bin da so reingerutscht."

„Haben Sie das Tattoo auf Frau Habereders Brust gestochen?"

„Teiresias. Wenn er die Brüste schon nicht wegmachen konnte, wollte Franz ihnen wenigstens zeigen, dass er sie hasste."

„Eine schöne Arbeit, hat mir gefallen", lobte ihn Sonja.

„Danke.“

„Hat Ihnen Franz irgendwann etwas erzählt, dass er in Schwierigkeiten war oder dass er bedroht wurde? Hatte er Angst vor irgendjemandem?“

„Nicht, dass ich wüsste.“

„Waren Sie auch auf der Geburtstagsfeier?“

„Klar. Fast alle waren da. Franz war ja auch ein toller Kerl.“

„Und ist Ihnen da etwas Ungewöhnliches aufgefallen? Gab es Streit?“

„Bei uns gibt es keinen Streit und keinen Neid und keine Aggression. Wenn man anderthalb Jahre im Knast war und vorher mit Leuten zusammen, die alles gemacht hätten, um an ihren Stoff zu kommen, weiß man das zu würdigen. Glauben Sie mir.“

„Gut, dann vielen Dank, Herr Reichelt“, verabschiedete ihn Brechtl.

Wieder nichts. Brechtl war immer mehr der Ansicht, dass sie hier ihre Zeit verschwendeten. Es war vielleicht interessant, einen Einblick in das Privatleben von Simone Habereder zu gewinnen, aber bei ihren Ermittlungen brachte sie das hier keinen Zentimeter weiter. Niemandem hier traute er einen Mord zu und niemand konnte ihnen einen wirklich entscheidenden Hinweis geben.

Die Letzte aus dem Quartett war Marilyn. Sie strahlte immer noch, als sie auf Brechtl zuging. Und noch mehr, als er ihr galant die Hand küsste. Sie war bestimmt schon Ende sechzig, aber aufgrund der dicken Schicht Schminke und des knallroten Lippenstifts konnte man sie nur schwer schätzen.

„Verraten Sie uns Ihren Namen, Marilyn?“

„Roswita Pöhlmann“, antwortete sie und diktierte Sonja ihre Adresse.

„Wie kommt es, dass eine Frau wie Sie hier Mitglied ist?“, fragte Brechtl charmant.

Sie lächelte ihn an, strich das Haar der lockigen Perücke nach hinten und klappte den Kragen ihres Kleides zur Seite, sodass man ihren Hals sehen konnte. Darauf war ein großes Feuermal zu erkennen.

„Das geht bis hier." Sie zeigte eine Fläche auf ihrer Wange bis zur Nase und knapp unter das Auge. „Ich bin hässlich."

„Ich bitte Sie - Sie sind doch nicht hässlich."

„Doch, doch, und ich kann nicht einmal was dafür. Das Ding ist einfach da, seit meiner Geburt. Es wird nicht größer und nicht kleiner, es tut nicht weh, aber es geht auch nicht weg. Es macht sich einen Spaß daraus, einfach da zu sein und mich bei jedem Blick in den Spiegel auszulachen. Guten Morgen Rosi! Du bist hässlich! Ha, ha! Ziemlich gemein, oder?"

Sie sagte das in einem Tonfall, als würde sie aus einem Kinderbuch vorlesen.

„Ich wollte Tänzerin werden als Kind, oder Schauspielerin, so wie die Monroe. Aber der Fleck hat mich ausgelacht, nicht einmal in der Laienspielgruppe wollten sie mich. Ich wollte einen Mann und Kinder, ein ganz normales Leben eben. Nichts davon habe ich bekommen. Egal, wem ich begegne, niemand schaut mir in die Augen. Alle starren nur auf diesen Fleck. Ich habe in einem Büro in einem Hinterzimmer gearbeitet, nur damit mich niemand von der Kundschaft sieht."

„Unter der Schminke sieht man ihn doch gar nicht."

„Aber deswegen ist er ja nicht weg. Nur versteckt. Soll ich alle Menschen anlügen?"

„Und hier? Warum schminken Sie sich, wenn Sie hier sind?"

„Ich schminke mich nicht immer - je nachdem, wie es mir geht. Aber wenn ich schön sein will, dann bin ich schön."

„Sind Sie oft hier?"

„So oft ich kann. Hier sind meine Freunde."

„Wie gut kannten Sie Simone Habereder?"

„Franz? Er war oft hier. Wir haben uns nett unterhalten, was nicht unbedingt heißt, dass ich ihn wirklich gut kannte. Wir reden nicht viel über Probleme. Wir wissen, dass jeder, der hier ist, welche hat. Aber es ist ein Ammenmärchen, dass Probleme verschwinden, nur weil man darüber redet. Wir sind hier, um sie zu verdrängen, vielleicht sogar eine Zeitlang zu vergessen. Lösen können wir sie deshalb nicht. Egal, wie viel Schminke man aufträgt: Franz hat den Körper einer Frau, Lotti den eines Mannes und ich bin hässlich. Daran ändert sich nichts."

Dafür, dass sie sich als Glamourgirl verkleidete, war sie bedrückend realistisch. Und das in dieser surrealen Umgebung, in der sie sich gerade befanden. Dies war kein Club für Verrückte, es war ein Sammelbecken für gestrandete Existenzen. Für Menschen, die an der Gesellschaft und ihrer Unerbittlichkeit gegenüber Andersdenkenden und Andersfühlenden gescheitert waren. Die heile Welt hatte für sie nur hundertfünfzig Quadratmeter. Alles außerhalb war eine Tortur. Um nicht weiter ins Grübeln zu verfallen, besann sich Brechtl wieder auf den eigentlichen Grund ihres Besuchs.

„Hat sich Franz in letzter Zeit irgendwie anders verhalten als sonst?"

„Oh ja. Er war schwer verliebt. Luisa und er waren glücklich miteinander, das hat man gespürt. Und jetzt, wo sie zusammenziehen wollten, haben die beiden so viel positive Energie versprüht, das hat uns allen gutgetan."

„Warum ist Luisa hier?"

„Um nicht zu Hause zu sein. Ihr Vater ist ein Tyrann. Ich verstehe beim besten Willen nicht, warum sie wieder zu ihm zurückgegangen ist."

„Wo war sie denn vorher?"

„Na bei Holger."

„Holger Gschwendner?"

„Sie hat ein halbes Jahr in seiner WG gewohnt. Aber das war nicht das Richtige für sie, wenn Sie mich fragen." Sie machte eine abwehrende Handbewegung. „Also, das ist jetzt meine Meinung. Besser als bei ihrem Vater hatte sie es dort allemal. Der Holger ist ja ein lieber Mensch, der tut keiner Fliege was zuleide. Aber sie hätte halt jemanden gebraucht, der nur für sie da ist und mit dem Baby wäre sie dann erst recht das fünfte Rad am Wagen gewesen."

Brechtl nickte verständnisvoll.

„Wann war das? Wann ist Luisa bei Holger ausgezogen?"

„Vor sechs Wochen ungefähr."

„Und war sie da schon mit Franz zusammen?"

Brechtl ertappte sich dabei, dass er immer öfter Franz anstatt Frau Habereder sagte.

„Die beiden waren schon immer gute Freunde."

„Und Holger hatte nichts dagegen, dass Luisa ihn verlassen hat?"

„Was heißt verlassen - sie ist halt wieder aus der WG ausgezogen. Ich glaube, so eng war ihre Beziehung nicht."

„Danke, Frau Pöhlmann. Wir kommen vielleicht noch einmal auf Sie zurück."

„Sagen Sie Marilyn. Heute will ich schön sein."

Sie hielt Brechtl die Hand zum Kuss hin. Er tat ihr den Gefallen.

„Auf Wiedersehen, Marilyn."

Sie lächelte Sonja zu und verließ den Raum.

Wenigstens etwas war bei der Befragung herausgekommen. Luisa Kreutzer, die Ex-Freundin von Holger Gschwendner, wollte mit Simone Habereder zusammenziehen. Da war Eifersucht doch programmiert. Für Gschwendner, der mit seiner Vielweiberei prahlte, war es doch eine Schmach, wenn er eine seiner Frauen an einen Nebenbuhler abgeben musste. Das zumindest war Sonjas Sicht der Dinge. Brechtl war da anderer Auffassung. Warum sollte er dann zusammen mit den beiden die Wohnung anschauen und anbieten, bei den anstehenden Arbeiten zu helfen? Außerdem hatte er ja noch drei andere Frauen. Mehr als genug, wie Brechtl fand. Trotzdem wollte er Holger und Luisa dazu befragen. Den Weg in den ersten Stock konnten sie sich allerdings sparen, denn noch während sich Sonja und Brechtl darüber unterhielten, klopfte es an der Tür.

„Ja, bitte!"

Holger Gschwendner betrat den Raum mit einer zierlichen Frau an der Hand, der man deutlich ansah, dass sie geweint hatte.

„Kalle, Sonja ... das ist Luisa Kreutzer. Sie möchte euch was sagen."

Doch Luisa blieb stumm. Sie blickte die Kommissare nur mit ihren verheulten Augen an und atmete schwer.

„Luisa, du musst es sagen. Sonst mach ich es", forderte Gschwendner sie auf.

Noch immer zögerte sie und presste die Lippen zusammen. Schließlich fasste sie sich ein Herz und erklärte:

„Mein Vater war es. Mein Vater hat Franz umgebracht."

6

Die Vehemenz, mit der Luisa Kreutzer diese Behauptung in den Raum stellte, war beeindruckend. Doch Brechtl hatte immerhin achtundzwanzig Dienstjahre bei der Kripo auf dem Buckel und in denen hatte er so manche Anschuldigung gehört, die sich im Nachhinein als völlig frei erfunden herausgestellt hatte. Er blieb also gelassen, bat Frau Kreutzer, sich zu setzen, und Gschwendner, die Tür zu schließen.

„Warum glauben Sie, dass Ihr Vater Frau Habereder umgebracht hat?"

Sie stellte eine schwarze Ledertasche auf den Tisch.

„Die gehört Franz. Ich hab sie bei uns zu Hause im Müll gefunden."

Brechtl ließ sich von Sonja ein paar Einweghandschuhe geben und leerte die Tasche aus.

Unter anderem kamen ein Schlüsselbund, ein Handy und eine Geldbörse mit rund fünfzig Euro, Personalausweis und Führerschein von Simone Habereder zum Vorschein.

„Wann haben Sie die gefunden?"

„Heute Mittag."

„War sie irgendwie versteckt?"

„Ich hab den Müll rausgebracht, weil er ja morgen abgeholt wird, und ich habe die Müllsäcke in der Tonne ein bisschen zusammenschieben müssen, damit noch was reinpasst. Dabei ist dann die Tasche zum Vorschein gekommen."

„Sie war nicht in einem Müllsack?"

„Nein."

Brechtl untersuchte das Handy von Frau Habereder. Das Smartphone ließ sich einschalten.

„Kennen Sie die PIN-Nummer?"

„Eins, sieben, null, sieben, sein Geburtstag."

Kaum hatte Brechtl die PIN erfolgreich eingegeben, war das Display schon wieder dunkel. Der Akku war offensichtlich leer. Er legte es zurück in die Tasche und fragte ausgesprochen ruhig weiter.

„Welchen Grund hätte Ihr Vater, Frau Habereder zu ermorden?“

„Mich“, antwortete sie kurz.

„Wie darf ich das verstehen?“

„Er betrachtet mich als sein Eigentum. Er hat sich gestritten mit Franz, am Sonntag.“

Sonja brachte ein Glas Mineralwasser und stellte es vor Luisa auf den Tisch. Sie trank die Hälfte davon in einem Zug leer.

„Bitte erzählen Sie uns die ganze Geschichte, Frau Kreutzer.“

„Franz und ich waren verabredet, am Sonntag. Ich dachte, es wäre Zeit, ihn meinem Vater vorzustellen. Deswegen haben wir uns bei mir zu Hause getroffen.“

„Wann?“

„Nachmittags, um drei.“

Brechtl hätte sie nicht gleich unterbrechen sollen. Jetzt hing sie ihren Gedanken nach und es dauerte eine Weile, bis sie weiterredete.

„Wir haben uns das alles genau überlegt. Ich wäre ja nicht weit weg gewesen. Ich hätte meinem Vater helfen können und jeden Tag die Tiere versorgen. Und Franz hätte ja auch mithelfen können, nach Feierabend.“

„Luisas Vater hat eine kleine Landwirtschaft“, übernahm Gschwendner die Erklärung.

Brechtl brachte ihn mit einem kurzen Seitenblick zum Schweigen. Er sollte Luisa reden lassen.

„Ich bin Schuld an allem.“ Wieder schüttelte sie den Kopf. „Ich hätte es wissen müssen.“

„Was ist passiert am Sonntag, Frau Kreutzer?“

„Franz ist kurz nach drei gekommen. Mein Vater und ich waren grade beim Kaffeetrinken. Das machen wir immer Sonntagnachmittag. Da ist er eigentlich immer einigermaßen ansprechbar. Ich hab gleich für drei gedeckt und ihm gesagt, dass noch jemand zu Besuch kommt. Am Anfang war auch alles gut. Wir haben uns zusammengesetzt und übers Wetter geplaudert.“

„Wie haben Sie Franz vorgestellt? Als Franz oder als Simone? Ich meine: War er als Mann da oder als Frau?“

„Als Simone. Wir hatten das so abgesprochen, Franz und ich. Mein Vater ist da ... schwierig.“

Brechtl nickte.

„Nach einer Weile habe ich ihm dann gesagt, dass wir zusammenziehen wollen. Kommt überhaupt nicht infrage, hat er gesagt. Wir haben angefangen zu streiten und sind ziemlich laut geworden. Franz hat sich eingemischt und gesagt, dass mein Vater darüber nicht bestimmen kann und dass ich zusammenleben kann, mit wem ich will. Dann hat mein Vater ihn rausgeworfen. Mich hat er erst einmal angebrüllt und dann oben in meinem Zimmer eingesperrt. Ich hab gehört, wie Franz sturmgeklingelt hat und wie er sich noch weiter mit meinem Vater gestritten hat.“

„Was haben die beiden gesagt? Das ist wichtig, Frau Kreutzer.“

„Franz hat gesagt, dass wir uns lieben und dass er ohne mich hier nicht weggeht. Dann ist mein Vater erst richtig ausgerastet. Du spinnst wohl, hat er geschrien und dass Franz verschwinden soll. Dann ist die Haustür zugeknallt. Ich hab nicht mehr gehört, was sie gesagt haben.“

„Ist er gleich wieder gekommen?“

„Nein. Erst um halb sechs ungefähr.“

„Hat er Sie dann wieder rausgelassen?“

Sie nickte.

„Was hat er gesagt?“

„Dass ich mir bloß nicht einbilden soll, dass die blöde Kuh noch einmal auf seinen Hof kommt und dass ich gefälligst meine Arbeit machen soll, anstatt mich ständig mit irgendwelchen Verrückten abzugeben.“

„Ist Ihnen sonst irgendetwas aufgefallen?

„Er hatte eine Pflaster auf der Backe.“

„Wissen Sie, warum?“

„Das geht mich nix an, hat er gesagt.“

„Haben Sie versucht, Franz zu erreichen?“

„Mein Vater hat mein Handy versteckt und die Autoschlüssel auch. Wenn ich wieder zur Besinnung komme, kann ich sie wieder haben, hat er gesagt.“

„Macht Ihr Vater so was öfter?"

„Früher. Aber so ausgerastet ist er schon lange nicht mehr."

„Leben Sie beide allein auf diesem Hof? Was ist mit Ihrer Mutter?"

„Meine Mutter ist in Erlangen, in der forensischen Psychiatrie."

„Weshalb?"

„Vor zweieinhalb Jahren hat sie meinen Vater mit einem Küchenmesser schwer verletzt. Das Gericht hat sie einweisen lassen."

Brechtl tauschte einen kurzen Blick mit Sonja. Sie nickte. Morgen würde sie die Akten zu dem Fall anfordern.

„Wie alt sind Sie, Frau Kreutzer?"

„Vierundzwanzig."

„Dann waren Sie damals schon volljährig. Warum sind Sie nicht ausgezogen?"

„Jemand musste sich doch um ihn kümmern und um den Hof. Er hat seine Hand fast ein Jahr praktisch überhaupt nicht benutzen können."

„Aber letztes Jahr sind Sie trotzdem ausgezogen, zu Holger Gschwendner."

Gschwendner wirkte überrascht, dass Brechtl das wusste, und nahm Luisa die Antwort ab.

„Ja, das ist richtig. Zu der Zeit war er schwer alkoholabhängig. Es war einfach nicht auszuhalten mit ihm."

„Bitte Holger, überlass Frau Kreutzer die Antworten", ermahnte ihn Brechtl.

„Es stimmt schon, was er sagt. Mein Vater war jeden Abend betrunken und aggressiv. Ich wollte nur noch weg."

„Warum sind Sie dann zu ihm zurück?"

„Er hat mir leid getan. Immerhin ist er trotzdem mein Vater. Und er hat eine Entziehungskur gemacht, er war wirklich trocken. Ich hatte das Gefühl, dass er sich wirklich geändert hat. Und jetzt, wo Julia schwanger ist - Holger braucht doch den Platz für das Baby."

Sie warf ihm einen verständnisvollen Blick zu.

„Und ist das gut gegangen?“

„Bis Sonntag schon. Aber Sonntagabend hat er dann wieder getrunken.“

„Ist er am Sonntagabend oder nachts noch mal aus dem Haus gegangen?“

„Das weiß ich nicht. Ich bin in meinem Zimmer oben geblieben. Wenn er betrunken ist, geht man ihm besser aus dem Weg.“

„Aber es könnte sein?“

„Ja, schon.“

„Wann sind Sie hierher in den Club gefahren?“

„Heute Nachmittag.“

„Warum sind Sie nicht schon früher von zu Hause weg?“

„Ich hab gedacht, wenn er sich wieder beruhigt hat, könnte ich noch mal mit ihm reden. Aber wie ich dann heute Mittag die Tasche gefunden hab, hab ich das Fahrrad genommen und bin zum Bahnhof gefahren. Ich bin erst nach Fischbach und wollte Franz die Tasche bringen. Bei ihm in der Arbeit hab ich dann erfahren, dass er tot ist. Dann bin ich hierher gefahren. Die haben das alle schon gewusst, bloß ich nicht.“

Sie fing wieder an zu weinen. Sonja gab ihr ein Taschentuch.

„Ich hab’s Paula erzählt“, mischte sich Gschwendner erneut ein, „Luisa hab ich nicht erreicht.“

„Wo ist Ihr Vater jetzt vermutlich?“, fragte Brechtl weiter.

„Zu Hause, er muss sich ja um die Tiere kümmern.“

„Wie hat er das gemacht, als er auf Entziehung war?

„Die LKK hat einen Betriebshelfer geschickt. Das war ein ziemliches Desaster. Auch ein Grund, warum ich zurückgegangen bin.“

„Weiß Ihr Vater, wo Sie jetzt sind?“

„Gott bewahre. Vom Club hat er keine Ahnung.“

„Können Sie heute Nacht hier bleiben?“

Sie nickte.

„Dann werden wir Ihrem Vater morgen früh einen Besuch abstatten. Es versteht sich von selbst, dass Sie ihn darüber nicht informieren.“

„Natürlich.“

„Kann ich mitkommen?“, fragte Gschwendner. „Ich kenne ihn und ich kenne mich auf dem Hof aus.“

Brechtl stimmte zu. War vielleicht keine schlechte Idee.

„Ich werde das mit der PI Lauf absprechen, wir treffen uns dann dort morgen früh.“

Es war nur ein kurze Nacht. Für seine Verhältnisse viel zu früh war Brechtl aufgestanden und mit dem Hund spazieren gegangen. Um fünf Uhr dreißig. Im Urlaub. Seine Laune war unterirdisch.

„Guten Morgen!“, grüßte ihn freundlich ein völlig verschwitzter Jogger, der an ihm vorbeitrabte.

„Ja, ja“, brummte Brechtl zurück.

Guten Morgen ... Ein guter Morgen ist ein Paradoxon. So wie eine gesunde Krankheit, dachte er. Wie konnte man um diese Zeit fröhlich durch die Gegend rennen? Freiwillig! Sport war sowieso nicht sein Ding. Früher hatte er einmal Squash gespielt und Fußball. Aber jetzt, wo sowohl sein fünfzigster Geburtstag als auch die Neunzig-Kilo-Marke längst hinter ihm lagen, hatte er einfach keine Lust mehr. Ob er keinen Sport trieb, weil sein Bauch zu dick war oder andersrum - jedenfalls würde er nicht in der Freizeit-Fußballmannschaft der Inspektion mitspielen, auch wenn ihn seine Kollegen dauernd damit nervten.

„Hopp, kumm edz!“

Er zerrte Sherlock zurück nach Hause, füllte seinen Wassernapf auf und sperrte ihn in der Küche ein. Dort gab es nicht viel, was er kaputt machen konnte. Dann stieg er in seinen TTS und machte sich auf den Weg zur PI Lauf. Er war der Letzte. Sonja war schon da, Rainer und drei seiner Jungs auch. Zwei Streifenwagen sollten mögliche Fluchtwege absichern. Brechtl und Gschwendner fuhren bei Sonja im Dienst-BMW mit.

Der Bauernhof der Kreutzers lag etwas östlich von Speikern. Ein geschotterter Weg war die einzige Zufahrtsmöglichkeit. Einer der Streifenwagen sicherte die Kreuzung zur Landstraße, der andere folgte den Kripo-Beamten. Der Hof bestand aus einem großen Wohnhaus, zwei Stallungen und zwei Scheunen, alle schon sehr in die Jahre gekommen. Das Holz der Scheunen war schon lange nicht mehr gestrichen worden, die Fachwerkfassade des Wohnhauses war von Efeu überwuchert. Überall standen rostige landwirtschaftliche Maschinen herum, die nicht gerade den Eindruck machten, als wären sie in letzter Zeit bewegt worden. Die Besatzung des Streifenwagens wartete neben ihrem Auto, während Brechtl, Sonja und Gschwendner zur Tür des Wohnhauses gingen und klingelten. Nichts rührte sich. Brechtl klopfte kräftig an die schwere Holztür.

„Herr Kreutzer, machen Sie bitte auf!"

Keine Antwort.

„Herr Kreutzer, machen Sie auf. Polizei."

„Was wollen Sie denn?", rief Kreutzer, der allerdings nicht im Wohnhaus war, sondern aus der gegenüberliegenden Scheune kam. In der rechten Hand hielt er eine Axt.

Noch bevor Brechtl antworten konnte, riss Gschwendner seine Dienstwaffe aus dem Holster und zielte auf Kreutzer.

„Weg mit der Axt!", schrie er.

„Was willst du denn hier? Wo ist Luisa?"

Kreutzer, der noch gut zehn Meter von den Beamten entfernt war, machte keinerlei Anstalten, die Axt wegzulegen.

„Die Axt weg, hab ich gesagt!", brüllte Gschwendner und gab einen Warnschuss in die Luft ab.

„Hey hey hey!", versuchte Brechtl ihn zu beruhigen.

Aber Gschwendner zielte sofort wieder auf Kreutzer.

„Letzte Chance!"

„Ist ja schon gut", erwiderte Kreutzer und legte die Axt auf den Boden.

Gschwendner lief auf ihn zu.

„Auf den Bauch legen. Hände hinter den Kopf!"

Kreutzer tat, was ihm befohlen wurde. Gschwendner kniete sich auf seinen Rücken, steckte die Pistole wieder ins Holster, drehte ihm die Arme herunter und fesselte ihn mit Handschellen. Eine Festnahme wie aus dem Lehrbuch. Trotzdem etwas zu ruppig, wie Brechtl fand. Er warf Gschwendner einen missbilligenden Blick zu.

„Stehen Sie bitte auf", bat er Kreutzer.

„Sag mal, spinnst du? Du hast wohl nicht mehr alle Tassen im Schrank!", keifte der in Richtung Holger Gschwendner.

„Ganz ruhig, Herr Kreutzer. Ich habe einige Fragen an Sie", versuchte Brechtl, ihn zu beruhigen, und winkte die beiden Streifenpolizisten heran.

„Das kann man ja auch sagen, oder? Was wollen Sie denn von mir?"

„Das erfahren Sie gleich."

Er übergab Kreutzer an die beiden Polizisten und führte Gschwendner einige Meter weg vom Ort des Geschehens.

„Das war ja wohl jetzt ziemlich unnötig, Holger."

„Wie bitte? Der war bewaffnet."

„Mit einer Axt - auf zwanzig Meter! Der hat niemanden bedroht. Du kannst doch nicht auf jeden Bauern schießen, nur weil er eine Axt in der Hand hält."

„Ich hab ja nicht auf ihn geschossen."

„Bringen sie euch das heutzutage so auf der Polizeischule bei? Na dann gut Nacht! Deeskalation", betonte Brechtl, „schon mal gehört davon? Meinst du, der ist jetzt noch besonders kooperativ bei der Vernehmung? Echt ... Das ist doch hier kein Til-Schweiger-Tatort! Wenn ich gewusst hätte, dass du so einen Scheiß baust, hätte ich dich nicht mitgenommen. Schlüssel!"

Er hielt die Hand auf und ließ sich von Gschwendner die Schlüssel für die Handschellen geben. Damit ging er zu Kreutzer und öffnete dessen Fesseln.

„Können wir ins Haus gehen?"

„Ja, freilich. Was soll denn das Ganze? Der Gschwendner hat sie doch nicht mehr alle, oder? Und bei so einem hat meine Tochter gewohnt. Wo ist sie?"

„Ihrer Tochter geht es gut, keine Sorge. Aber ich muss Ihnen ein paar Fragen stellen und hier habe ich einen Durchsuchungsbeschluss für Ihren Hof."

Brechtl hielt ihm das Papier vor die Nase, das Sonja noch in der Nacht über den diensthabenden Jour-Richter besorgt hatte.

„Durchsuchung? Was wollen Sie denn hier suchen?"

„Gehn wir erst mal rein."

Im Wohnhaus wirkte alles sauber und aufgeräumt. Die Kommissare und Kreutzer nahmen an einem massiven Holztisch Platz, während die beiden Streifenpolizisten an der Tür stehen blieben, um im Notfall eingreifen zu können. Brechtl klärte Kreutzer kurz über seine Rechte auf, dann eröffnete er die Vernehmung.

„Es geht um Simone Habereder."

„Um wen?", fragte Kreutzer nach.

„Simone Habereder."

„Kenn ich nicht."

„Ich glaube schon, dass Sie sie kennen. Frau Habereder war am letzten Sonntag hier."

„Ach die."

„Genau die."

In diesem Moment kam Gschwendner ins Zimmer. Brechtl unterbrach das Gespräch.

„Herr Gschwendner, wenn Sie bitte draußen bleiben würden", forderte er ihn unmissverständlich auf.

„Aber ich ...", wollte er protestieren.

„Ich führe hier die Vernehmung durch und Sie helfen den Kollegen vom Erkennungsdienst. Und zwar draußen."

Beleidigt zog Gschwendner wieder ab.

„Der ist nicht ganz sauber, oder?", wisperte Kreutzer.

„Das habe ich jetzt mal überhört, Herr Kreutzer. Zurück zu Frau Habereder. Was war denn der Grund für ihren Besuch?"

„Die Luisa hat sie zum Kaffeetrinken eingeladen."

„Und dann haben Sie gemütlich miteinander Kaffee getrunken?"

„Gemütlich war's nicht. Aber nach einer halben Stunde war sie wieder weg."

„Sie ist einfach so wieder gegangen?"

Kreutzer verzog den Mundwinkel.

„Rausgeschmissen hab ich sie."

„Weshalb?"

„Kinder", winkte Kreutzer ab, „nix wie Flausn im Kopf."

„Sie hatten Streit. Worum ging es dabei?"

„Ach, nix. Schon rum ums Eck."

Brechtl wurde es zu dumm.

„So, Herr Kreutzer, jetzt mal Tacheles. Wir haben die Handtasche von Frau Habereder gefunden. In Ihrer Mülltonne. Die wird sie ja nicht selber da hineingeworfen haben, mitsamt Geld und Papieren."

Kreutzer schaute etwas nervös zwischen den beiden Kommissaren hin und her, sagte aber nichts weiter.

„Ich wette, wir werden Ihre Fingerabdrücke darauf finden, und ich will eine Erklärung dafür."

Kreutzer zögerte noch einen Moment, dann entfernte er mit der rechten Hand umständlich ein Heftpflaster, das auf seiner linken Wange klebte. Darunter kam eine kräftige Schramme zum Vorschein.

„Da hat sie mir das Ding um die Ohren gehauen, die blöde Kuh."

„Und warum?"

„Weil sie spinnt, genauso wie der ander!" Er zeigte zur Tür.

„Warum hat Frau Habereder Sie angegriffen?"

Kreutzer drehte sich um und öffnete eine Schublade.

„Stopp!", rief Brechtl.

Die beiden Streifenpolizisten reagierten sofort und machten einen Schritt auf Kreutzer zu. Der hob abwehrend die Hände.

„Ich wollt nur eine rauchen. Darf ich doch, oder?"

Tatsächlich befanden sich nur Zigaretten, ein Aschenbecher und ein paar Feuerzeuge in der Schublade. Kreutzer steckte sich eine Zigarette an.

„Also - warum haben Sie sich gestritten?"

„Meine Luisa hätt zu ihr ziehen sollen, hat sie gemeint. Ja freilich. Jetzt ist sie grad endlich von dem Hallodri weg ..." Er nickte in Richtung Tür. „... und dann tät sie mit so einer zammwohnen. ‚Wir lieben uns'", äffte er sie nach. „Meine Luisa ist doch nicht lesbisch. Da hört sich doch alles auf."

Langsam geriet er in Rage. Brechtl war das gar nicht unrecht. In der Aufregung sagten Beschuldigte oft etwas Unüberlegtes - im besten Fall die Wahrheit.

„Warum nicht? Das ist doch nichts Schlimmes", reizte er ihn deshalb weiter.

„Meine Tochter ist ganz normal, dass das klar ist!" Er haute mit der Faust auf den Tisch. „Bei uns gibt's so was nicht!"

„Und das haben Sie auch Frau Habereder klargemacht."

„Aber sicher. Die soll hingehen wo der Pfeffer wächst, aber nicht mit meiner Luisa!"

Sein Kopf war schon knallrot.

„Und was sagt die dazu?"

„Die war genauso hysterisch wie die ander. Ich hab sie auf ihr Zimmer geschickt."

„Und eingesperrt."

„Da kann's einmal drüber nachdenken, wie man mit seinem Vater redet."

„Und Frau Habereder?"

„Die hätt am liebsten noch das Raufen angefangen. Ich hab sie zur Tür rausgeschoben. Und dann ist sie mit der Tasche auf mich losgegangen."

„Was haben Sie gemacht?"

„Ich hab ihr eine geschmiert und gesagt, sie soll schaun, dass sie verschwindet."

„Und dann?"

„Sie ist die Stufen vorm Haus hinuntergestolpert und dann ist sie aufgestanden und davongelaufen."

„Was haben Sie dann gemacht?"

„Ich bin wieder ins Haus und hab mir ein Pflaster draufgemacht. Das hat ja geblutet wie die Sau."

„Und die Tasche?"

„Die hab ich erst danach gefunden, neben der Treppe, und dann weggeworfen. Ich werd sie ihr noch hinterhertragen, oder was?"

Brechtl tauschte einen kurzen Blick mit Sonja, dann wandte er sich wieder an Kreutzer:

„Wir gehen jetzt mal an die Haustür und spielen die ganze Szene nach."

„Warum?"

„Weil ich das genau wissen will, was sich da abgespielt hat."
„Hat die mich angezeigt, die dumme Kuh?"
„Kommen Sie einfach mit und zeigen Sie uns, was genau passiert ist."
„Wenn's sein muss."
Vor der Tür befand sich ein etwa drei Quadratmeter großer Absatz, von dem aus vier Stufen hinunter in den Hof führten. Die steinerne Treppe war überdacht und hatte einen eisernen Handlauf auf der rechten Seite. Sonja spielte die Rolle von Simone Habereder, während Brechtl und die zwei Schutzpolizisten die Szenerie beobachteten. Kreutzer stand direkt vor der geöffneten Haustür, Sonja hatte ihre Tasche in der Hand und ging auf ihn los.
„Ich will da rein, ich will zu Luisa!", schrie sie ihn an.
Kreutzer machte keine Bewegung.
„Ja, soll ich jetzt wirklich?", fragte er nach.
„Natürlich. Nur bitte nicht echt zuschlagen", fügte Brechtl hinzu.
„Schau dassd verschwindst!"
Kreutzer schubste Sonja leicht weg.
„Lassen Sie mich rein. Ich will da rein!", rief Sonja und tat so, als würde sie mit der Tasche zuschlagen.
„Spinnst du?"
Kreutzer gab ihr in Zeitlupe eine Ohrfeige und warf Brechtl einen fragenden Blick zu.
„Ja und? Weiter!", forderte der ihn auf.
„Na ja, sie ist erst recht auf mich losgegangen."
Sonja fing an, mit der Faust und der Tasche auf ihn einzuschlagen. Sie hatte wirklich schauspielerisches Talent. Das Ganze sah sehr echt aus.
„Dann hab ich sie weggeschubst", erklärte Kreutzer und deutete einen weiteren Schubser an, „und dann ist sie da die Treppe hinuntergestolpert."
„Wo haben Sie die Tasche gefunden?", wollte Brechtl wissen.
Kreutzer deutete neben das Geländer. Sehr langsam und theatralisch fiel Sonja die Treppe hinunter und ließ dabei ihre Handtasche los.

„So ungefähr?“, fragte Brechtl.

„Genau so.“

„Und weiter?“

„Sie ist aufgestanden und davongelaufen und ich bin wieder rein.“

Brechtl suchte die Treppe ab und betrachtete sich den Handlauf genauer.

„Kommen Sie mal zu mir, Herr Kreutzer! Wofür halten Sie das hier? Nicht anfassen!“

Er zeigte auf das geschwungene Ende des Handlaufs.

„Keine Ahnung!“

Brechtl winkte die Kollegen von der Schupo zu sich.

„Festnehmen!“

Mit ein paar schnellen Griffen packten sie Kreutzer an den Armen.

„Ich sage Ihnen, was das ist. Das ist Blut. Und zwar das Blut von Frau Habereder. Die Sache lief nicht so harmlos ab, wie Sie uns erzählen wollen. Komm mal her, Sonja!“

Er ging mit ihr die Treppe hoch und packte sie am Hals.

„Du bekommst meine Luisa nicht! Niemals!“, brüllte er sie an, zerrte sie die Treppe hinunter und tat so, als würde er ihren Kopf gegen das Geländer schlagen. Dann ließ er sie wieder los und half ihr auf.

„War es nicht eher so, Herr Kreutzer?“

„Nein, nein!“

„Und wie erklären Sie sich dann den Blutfleck?“

Inzwischen hatte das Geschrei auch Gschwendner und Rainers Team zum Wohnhaus gelockt.

„Ich weiß nicht, das wird wohl von mir sein, von der Wunde.“

„Gerade haben Sie mir noch erzählt, sie wären die ganze Zeit oben an der Treppe gestanden.“

„Vielleicht bin ich auch runtergegangen, so genau weiß ich das auch nicht mehr. Doch, ja, genau. Ich bin ihr ein paar Schritte hinterhergelaufen, aber da war sie schon bei ihrem Auto.“

„Also was jetzt? Waren Sie oben gestanden oder sind Sie ihr nachgelaufen?“, versuchte Brechtl, ihn in die Enge zu treiben.

„Erst war ich oben und dann bin ich runtergegangen."
„Und dann wieder rauf?"
„Ja, genau."
„Ich glaube Ihnen kein Wort, Herr Kreutzer. Sie haben Simone Habereder ermordet und das werden wir Ihnen nachweisen."
„So ein Schmarrn. Die ist quicklebendig. Die ist davongefahren wie die gsengte Sau."
Mit hochrotem Kopf lief Gschwendner auf Kreutzer zu, packte seine Weste mit beiden Händen und drückte ihn an die Hauswand.
„Du hast ihn umgebracht, du Schwein!"
Brechtl drängte sich dazwischen. Gschwendner versuchte, an ihm vorbeizukommen, aber jetzt waren Brechtls zweiundneunzig Kilo Lebendgewicht sehr hilfreich.
„Dich krieg ich!", drohte Gschwendner noch, als Sonja und Rainer eingriffen und ihn wegzogen.
„Herr Kreutzer, Sie sind vorläufig festgenommen wegen des Verdachts auf Totschlag an Simone Habereder. Kollegen, nehmt ihn mit und erklärt ihm, was das heißt. Danach bringt ihr ihn zu uns nach Schwabach. Und schickt mir bitte die andere Streifenbesatzung runter."
Während die beiden Polizisten Kreutzer, der lautstark seine Unschuld beteuerte, zum Streifenwagen führten, ging Brechtl zu Gschwendner und packte ihn am Oberarm.
„Du kommst jetzt mal mit! Kümmert ihr zwei euch um die Blutspuren?", wandte er sich an Rainer und Sonja.
Brechtl führte Gschwendner um das Wohnhaus herum, bis sie außer Hörweite der anderen waren. Dort, unter einem Obstbaum, drückte er ihn in einen klapprigen Gartenstuhl und fing an, ihm die Leviten zu lesen.
„So was hab ich ja noch nicht erlebt. Bist du von allen guten Geistern verlassen?"
Gschwendner blickte verlegen auf den Boden.
„Du bist Polizist, verdammt noch mal! Was du in deinem Privatleben so treibst, ist mir scheißegal, aber das hat hier nichts

verloren. Hier bist du im Dienst! Da hast du zu funktionieren und dich an die Regeln zu halten. Ist das klar?"

„Tschuldigung", nuschelte Gschwendner.

„Ja, Tschuldigung. Da muss dir schon ein bisschen mehr einfallen. Die ganzen Kollegen haben gesehen, wie du auf ihn losgegangen bist. Ich kann doch nicht so tun, als wär nichts gewesen. Was soll ich denn deinem Dienststellenleiter erzählen? Mann, Mann, Mann, wie kann man sich so in die Scheiße reiten?"

„Er hat Franz umgebracht. Da kann ich doch nicht ... Da bin ich ...", stotterte Gschwendner und lief rot an.

„Jetzt fang nicht auch noch an, zu heulen wie ein Schulmädchen. Das hilft uns auch nicht weiter."

Brechtl tigerte vor ihm auf und ab. Inzwischen war der andere Streifenwagen auf den Hof gefahren. „Also hopp. Wir fahren jetzt zusammen nach Lauf."

Er zog Gschwendner aus dem Stuhl. Am liebsten hätte er ihm links und rechts ein paar runtergehauen.

„Ich regle das mit deinem Chef und du sagst gar nichts, wenn du nicht gefragt wirst. Sonst redest du dich noch um Kopf und Kragen. Verstanden?"

Gschwendner nickte und folgte Brechtl mit gesenktem Kopf zum Streifenwagen.

Der Dienststellenleiter der PI Lauf war ein alter Bekannter von Brechtl. Sie kannten sich von zahlreichen gemeinsamen Einsätzen, schließlich betreute die PI Lauf einen großen Teil der Fläche, für die die Kripo Schwabach zuständig war. Brechtl erklärte ihm die Situation und konnte ihn zumindest davon abhalten, ein Disziplinarverfahren einzuleiten. Im Gegenzug erklärte sich Gschwendner bereit, sich völlig aus der Sache herauszuhalten und erst einmal eine Woche Urlaub zu nehmen. Brechtl legte ihm eindringlich nahe, nicht in den Club zu gehen und auch den Kontakt zu Luisa zu vermeiden, bis die Sache abschließend geklärt war. Dann fuhr er bei sich zu Hause vorbei, um Sherlock abzuholen. Der Hund lag apathisch in einer Ecke der Küche.

Offensichtlich hatte er sich diesmal anständig benommen, zumindest waren keine Schäden zu erkennen.

„Hopp komm! Gemmer!"

Brechtl zeigte ihm die Leine. Sherlock schaute kurz hoch, bewegte sich aber keinen Millimeter vom Fleck. Brechtl legte ihm die Leine an.

„Na los, komm!"

Auch Ziehen nutzte nichts. Der Basset hatte beschlossen, die beleidigte Leberwurst zu spielen. Was blieb Brechtl also anderes übrig, als diesen halben Zentner fleischgewordene Lethargie die Treppe hinunterzutragen und in seinen Audi TTS zu verfrachten. Es wurde höchste Zeit, dass er nach Schwabach kam. Kaum war er fünfzig Meter weit gefahren, musste er schon wieder stehen bleiben.

Ein gelber DHL-Lieferwagen blockierte die Straße. Brechtl drückte auf die Hupe und rief aus dem Fenster:

„Hallo! Geht's dou vielleichd amol weider?"

„Da weiß man, warum es Zusteller heißt, gell", witzelte ein junger Mann, der mit seinem Fahrrad auf den Bürgersteig auswich.

Brechtl überlegte, ob er umdrehen sollte, schließlich war der Schumacherring ja eine Ringstraße, wie der Name schon sagte. Aber hinter ihm standen bereits zwei weitere Autos.

„Sooch amol, du Haumdaucher", beschwerte sich Brechtl lautstark, als der Paketbote endlich zurückkam, „konnsd du dich ned vernünfdich hie schdelln?"

„Ja fraale", kam es zurück, „iebern Baketdienst schimbfm, obber is Globabier bei Amazon beschdelln. Des simmer die Richdichn. Wersders derwaddn kenner mid deim Aushilfs-Borsche."

Er stieg ein und fuhr langsam weiter.

„Wenn der jetzt gleich wieder stehen bleibt, wird das meine erste Führerschein- und Fahrzeugkontrolle seit dreißig Jahren", brummte Brechtl.

So weit kam es nicht, der Laster bog in die nächste Seitenstraße ab. Brechtl fuhr noch beim Metzger vorbei und besorgte zwei Leberkäsweggler für sich und ein Wienerle für Sherlock. Er hielt dem Hund die Wurst unter die Nase.

„Simmer widder Freind?"

Sherlock drehte demonstrativ den Kopf weg.

„Dann hald ned", erwiderte Brechtl und aß das Würstchen selber.

In Schwabach wurde er schon erwartet. Dagmar, die wie üblich um diese Zeit unten am Eingang in ihrem Glashäuschen saß, empfing ihn mit den Worten:

„Da bist du ja, Kalle. Deine Festnahme von heut Nachmittag randaliert im Keller. Oh Gott ... Hast einen Hund überfahren?" Sie zeigte auf Sherlock, der regungslos in Brechtls Armen hing.

„Naa. Der lebt schon noch. Kannst du mal kurz auf ihn aufpassen? Ich schau gleich mal runter."

Dagmar drückte auf den Türöffner und Brechtl legte den Hund in ihrem Kämmerchen auf den Boden. Auf dem Weg in den Keller konnte er schon aus einiger Entfernung hören, wie Kreutzer gegen die Stahltür der Arrestzelle hämmerte.

„Wos issn los?", fragte er den entnervten Schutzpolizisten, der die unangenehme Aufgabe hatte, dort unten aufzupassen.

„Gut, dass du kommst. Der will mit dir reden."

Brechtl schob die kleine Klappe in der Tür zur Seite.

„Herr Kreutzer, ich bin's. Hauptkommissar Brechtl. Was soll der Radau? Das bringt Sie auch nicht weiter."

Kreutzer hörte auf, gegen die Tür zu schlagen.

„Sie können mich da nicht so einfach einsperren!"

„Doch. Wir haben allen Grund dazu. Sie bleiben erst einmal hier, bis Sie dem Haftrichter vorgeführt werden."

„Und meine Viecher? Es muss sich doch jemand um die Viecher kümmern! Wo ist die Luisa? Die Luisa muss auf den Hof!"

„Ich werde das veranlassen. Aber Sie hören auf, hier so zu randalieren. Haben Sie einen Anwalt?"

„Brauch keinen Anwalt, ich bin unschuldig."

„Trotzdem würde ich Ihnen einen empfehlen. Wenn Sie keinen haben, können wir Ihnen einen besorgen."

„Meinetwegen. Aber kümmern Sie sich drum, dass die Viecher versorgt werden."

„Ja, mach ich."

Brechtl ging hoch in sein Büro und suchte die Nummer des Clubs aus seinen Unterlagen. Als Luisa Kreutzer am Apparat war, erklärte er ihr kurz, was passiert war, und bat sie, schnellstmöglich nach Hause zu fahren. Danach rief er beim Gericht an, organisierte einen Pflichtverteidiger für Kreutzer und machte einen Haftprüfungstermin für den morgigen Nachmittag aus. Maximal bis morgen um Mitternacht konnten sie Kreutzer hier festhalten. Da blieb nicht viel Zeit, um Indizien zu sammeln.

„Und - wie sieht's aus?" erkundigte er sich bei Sonja, während er die Kaffeemaschine in Gang setzte.

„Auf der Tasche ..."

Weiter kam sie nicht. Die Kaffeemaschine machte einen ohrenbetäubenden Lärm, bevor sie sich mit einem lauten Knall verabschiedete.

„Scheiße. Das war's wohl." Brechtl zog den Stecker aus der Dose. „Dabei war die gar nicht billig."

„Bist du sicher, dass die schon in Euro bezahlt wurde?"

„Klar. Die haben wir gekauft, da warst du schon hier."

„Also zweitausendvier. Die hat ihr Geld verdient."

„Ich schau mal, ob ich noch was reparieren kann."

Brechtl kramte in den unergründlichen Tiefen seiner Schreibtischschubladen nach Werkzeug.

„Auf der Tasche", kam Sonja zurück zum Thema, „da waren tatsächlich Kreutzers Fingerabdrücke."

„Und der Blutfleck?"

„War tatsächlich Blut. Ist schon in Erlangen. Wo warst du eigentlich so lange?"

„Bei der PI Lauf. Hab Gschwendner den Hals gerettet."

„Das ist schon ein Idiot, wenn ich das mal so sagen darf", bemerkte Sonja.

Inzwischen hatte Brechtl einen Schraubenzieher gefunden, den Wassertank abgenommen und die Maschine auf die Seite gelegt. Ein Rest Wasser lief heraus.

„Mist!"

Fluchend holte er schnell ein paar Papiertücher aus dem Spender neben dem Waschbecken und wischte den Wasserfleck auf. „Ich weiß auch nicht, was den geritten hat. Hat der Rainer noch was gefunden?"

„Er hat drei oder vier Motorsägen mitgenommen. Damit will er Probeschnitte machen und die Späne vergleichen."

„Der hat Ideen. Aber wenn er meint."

„Und das Auto von Kreutzer hat er auch herschleppen lassen, für die KTU. Ist ein ziemlich alter Hobel, aber spezielle Unfallschäden hat er auf die Schnelle nicht gefunden."

„Na dann soll er sich mal beeilen, wir haben nicht so viel Zeit."

Brechtl stocherte weiter mit dem Schraubenzieher in der Maschine herum. Mit einem lauten Knacken brach ein Stück des Plastikgehäuses ab und irgendein undefinierbares Teil fiel Brechtl entgegen.

„So ein Glumb! Glaubsders! Was ist das denn?"

Er kramte seine Lesebrille aus der Schublade und versuchte, das Innenleben der Maschine zu ergründen.

„Jetzt lass doch mal das blöde Ding in Frieden. Wir haben echt Wichtigeres zu tun", meckerte Sonja.

„Ja, was denn?"

„Du könntest inzwischen mal dem Chef Bericht erstatten und in meinem Büro liegt die Akte Hedwig Kreutzer, schwere Körperverletzung von zweitausenddreizehn."

Brechtl legte den Schraubenzieher weg und blies die Backen auf.

„Zum Chef gehst du", bestimmte er. „Da hab ich jetzt echt keinen Nerv dafür. Aber erzähl ihm nicht so viel von Gschwendner. Ich les mir derweil die Akte durch."

Er legte das Trümmerfeld, das vor Kurzem noch eine Kaffeemaschine war, auf das Sideboard und holte sich den Aktenordner aus Sonjas Zimmer.

Der Fall Hedwig Kreutzer offenbarte das wenig harmonische Familienleben. Während eines heftigen Streits war Frau Kreutzer mit einem Küchenmesser auf ihren Mann losgegangen und hatte ihn schwer an der Hand verletzt. Sie selbst hatte keine Verletzungen davongetragen. Das Gericht sah es als erwiesen an, dass der Schnitt durch eine Abwehrbewegung entstanden war. Aufgrund eines psychiatrischen Gutachtens wurde Hedwig Kreutzer für schuldunfähig befunden und in eine geschlossene Klinik zur Behandlung eingewiesen. Nach dem, was Brechtl bisher über Kreutzer wusste, gab es für sie bestimmt einen Grund, zum Messer zu greifen. Aber das Gericht hatte über die Körperverletzung zu verhandeln und da spielte nur der psychische Zustand der Täterin eine Rolle, nicht der des Opfers.

7

Der Chef ist zufrieden", teilte Sonja mit, als sie wieder zurückkam.

„Kannst du das bitte noch mal wiederholen?", fragte Brechtl ungläubig.

„Ich hab ihm die Liste der Zeugen gebracht, die wir gestern vernommen haben, und ihm gesagt, dass wir aufgrund der Zeugenaussagen heute einen dringend Tatverdächtigen festgenommen haben. Er war mächtig stolz darauf, weil er den richtigen Riecher gehabt hat. Keine Ahnung, was er meint, jedenfalls hat er gegrinst wie ein Honigkuchenpferd."

Brechtls PC zeigte mit einem leisen „Ding-Dong" eine neue E-Mail an. Als er das Mailprogramm öffnete, waren da sechs neue Nachrichten. Er war einfach zu selten im Büro. Sonja hatte ihm schon geraten, die Mails doch auf sein Handy umzuleiten, damit er immer auf dem Laufenden blieb, aber er sträubte sich dagegen. Wenn er draußen war, musste er sich auf seine Arbeit konzentrieren und wollte nicht mit der Brille auf der Nase auf seinem Smartphone herumwischen. Mit einem Blick überflog er die Betreffzeilen und fand die einzige, die ihm wichtig war.

„Obduktionsbericht."

Sonja stellte sich hinter ihn, um gleich mitzulesen. Es war schon erstaunlich, was die forensische Medizin alles ermitteln konnte, und was Regine herausfand, war hieb- und stichfest, darauf konnte man sich verlassen. Der Bericht bestätigte im Prinzip alles, was sie Sonja schon während der Obduktion mitgeteilt hatte. Einige Details waren aber doch noch interessant.

Simone Habereder war vor ihrem Tod geschlagen, gewürgt und an den Handgelenken festgehalten worden. Ihr Hinterkopf wies eine Verletzung durch einen scharfkantigen Gegenstand auf. Die Wunde verlief fast senkrecht von oben nach unten, was auf einen Schlag hindeutete, nicht auf eine Sturzverletzung. Laut Regine war dadurch eine Gehirnblutung verursacht worden, die nicht sofort, sondern erst nach einiger Zeit zum Tode geführt hatte. Simone Habereder hatte ihr eigenes Blut an den Händen.

Das ließ darauf schließen, dass sie zwischen dem Schlag auf den Kopf und ihrem Tod zumindest zeitweise bei Bewusstsein gewesen war. Über die Reihenfolge, in der die Verletzungen entstanden waren, ließ sich im Nachhinein keine Aussage mehr treffen. Sicher war jedoch, dass Simone Habereder erst nach ihrem Tod von einem Auto überfahren wurde, und zwar auf einer asphaltierten Straße, wie sich anhand der in der Oberhaut befindlichen Schmutzpartikel feststellen ließ. Sie wurde im Bereich des Unterbauchs überrollt, was zu einigen postmortalen Verletzungen des Skeletts und der inneren Organe geführt hatte. Das Einzige, was eventuell auf ein versuchtes Sexualdelikt hätte hindeuten können, waren die Kratzer auf den Unterseiten ihrer Brüste, aber die hatte Frau Habereder sich offenbar selbst zugefügt. Die Hautpartikel, die Regine unter den Fingernägeln der Toten gefunden hatte, enthielten keine Fremd-DNA, sondern die des Opfers. Es gab keine Hinweise auf eine Vergewaltigung. Durch die Erde, in der die Tote gelegen hatte, wimmelte es nur so von mikrobiotischer DNA auf ihrer Haut. Dazwischen menschliche Zellen zu finden, die vielleicht dem Täter zuzuordnen waren, war praktisch unmöglich.

„Also, da hast du es schwarz auf weiß. Das deckt sich genau mit dem Tathergang. Er hat sie geohrfeigt, festgehalten, gewürgt und schließlich ihren Kopf gegen das scharfkantige Geländer geschlagen. Dann hat er sie versteckt und in der Nacht in den Wald geschafft. Vorher ist er noch mal mit dem Auto drübergefahren, um ganz sicherzugehen, dass sie tot ist."

„Puh, ganz schön brutal", merkte Sonja an.

„Ist ja auch eine ziemliche Metzgernatur. Bin gespannt, wie er sich da rausreden will."

„Hat er einen Anwalt?"

„Der Ruckdäschl müsste gleich da sein."

In jedem Beruf gibt es ja solche und solche. Anwalt Ruckdäschl war zum Glück einer von der angenehmeren Sorte. Brechtl kannte ihn bereits von früheren Pflichtverteidigungen und schätzte seine Art. Ein Schwabe mit Herz und Seele, zuverlässig, in der Sache unnachgiebig, aber trotzdem menschlich und nicht so abgehoben wie einige seiner Berufskollegen.

In seiner gewohnt unaufdringlichen Art hatte er nach dem Bericht der Rechtsmedizin gefragt, diesen genau studiert und sich danach rund eine halbe Stunde mit Kreutzer in dessen Zelle unterhalten. Daraufhin ließ er sich einige Unterlagen zufaxen. Nach gut einer Stunde fragte er höflich, wie es denn mit einer Vernehmung aussieht, genauer gesagt, wie „esch“ denn mit einer Vernehmung aussieht, er wäre jetzt so weit.

Brechtl ließ Kreutzer daraufhin in den kleinen Besprechungsraum bringen, verlas ihm ordnungsgemäß seine Rechte und ließ ihn das übliche Formular für Beschuldigte unterschreiben.

„Herr Kreutzer, Sie werden beschuldigt, körperliche Gewalt gegen Frau Simone Habereder ausgeübt zu haben, was letztendlich zu deren Tod geführt hat.“ Brechtl legte ein Bild der Toten in die Mitte des Tisches. „Die Leiche ist am Montag in einem Waldstück zwischen Ottensoos und Rüblanden aufgefunden worden. Herr Ruckdäschl, Sie kennen ja den Obduktionsbericht. Unsere Recherchen haben ergeben, dass das Opfer kurz vor seinem Tod auf dem Hof von Herrn Kreutzer war und dass es dort zum Streit und zu einer handgreiflichen Auseinandersetzung zwischen den beiden gekommen ist. Herr Kreutzer hat uns das unter Zeugen bestätigt. Im Verlauf dieses Kampfes kam es dann zu der letztendlich tödlichen Kopfverletzung. Wir gehen davon aus, dass Herr Kreutzer die Leiche in der Nacht dann im Wald versteckt hat.“

Ruckdäschl fuhr sich mit der Hand durch seine zerzausten, fast vollständig grauen Haare.

„Ja hot mai Klient denn auch ausgsagt, dass er der Frau Habredr die Kopfverletzung zugfügt hot?“

„Nein.“

„Wie kommet Sie dann drauf?“

Es war für Sonja immer erheiternd, wenn der Schwabe und der Franke aufeinandertrafen. Brechtl konnte seinen Dialekt bei solchen Gesprächen ganz gut unterdrücken, Ruckdäschl gelang es weniger gut. Er hörte sich immer ein bisschen an wie Jogi Löw bei einer Pressekonferenz. Aber die Angelegenheit war ernst, also verkniff sie sich das Schmunzeln.

„Die Spuren am Tatort sprechen für sich. Herr Kreutzer hat sich im Verlauf der ersten Vernehmung in Widersprüche verstrickt, was den Ablauf der Handgreiflichkeiten mit Frau Habereder betrifft."

„Und zwar?"

„Er hat zunächst behauptet, dass er die ganze Zeit oben an der Haustür stand. Wir haben aber unten am Geländer Blutspuren sichergestellt. Daraufhin hat er ausgesagt, doch hinuntergegangen zu sein."

Zur Erläuterung legte Brechtl Ruckdäschl einige Fotos vom mutmaßlichen Tatort vor.

„Und stammt des Blut vom Opfr?"

„Da erwarten wir jeden Moment die DNA-Analyse-Ergebnisse."

„Könnet Sie sich vorstelle, dass mei Klient zu dem Zeitpunkt der Aussage a bissle nervös gwese isch? Untr anderem vielleicht deschhalb, weil er vorher von oim Ihrer Kollege mit der Waffe bedroht worde isch? Des war doch so, odr net?"

Gschwendner, du Idiot, dachte Brechtl.

„Der Kollege fühlte sich seinerseits bedroht, weil Herr Kreutzer - immerhin Tatverdächtiger in einem Mordfall - eine Axt in der Hand hielt. Die Situation hat sich dann ja schnell geklärt."

„Ach so, Sie däded sage, wenn ich an Schuss aus einer scharfe Pistole abgeb, dann aus kurzer Entfernung auf Sie ziel und Sie zwing sich aufn Boden zum lege, sind Sie fünf Minutn spätr schon wiedr ganz entspannt und wisset auf den Metr genau, wie Sie vor vier Tag Ihr Haustreppn a nondr ganga sind?"

Der Anwalt verstand sein Fach, das musste man ihm lassen.

„Tatsache ist, dass zwischen Herrn Kreutzer und Frau Habereder ein Kampf stattgefunden hat, auf besagter Treppe. Der genaue Ablauf wird noch zu rekonstruieren sein, aber das Ergebnis steht fest. Frau Habereder ist tot und Herr Kreutzer ist ja nicht das erste Mal in gewalttätige Auseinandersetzungen verwickelt."

„Gut, dass Sie des ansprechen. Dann wissed Sie, dass mei Mandant schon oimol Opfr häuslicher Gewalt gworde isch?"

„Ich habe die Akte vorliegen, ja."

„Und drum kann mer des nachvollziehe, dass er jede Frau umbringt, wo auf sein Hof kommt?"

„Herr Ruckdäschl - jetzt bleiben Sie doch mal sachlich", ermahnte ihn Brechtl.

„Haida nai aber au - also gut, bleibe mer sachlich."

Der Anwalt schob das Foto der Leiche in die Mitte des Tisches.

„Wenn ich mir des so anschau, dann isch die arme Frau heftig gwürgt worde. Ma sieht ja hier die zwoi Hämatome, wo der Tätr zudrückt hat, odr?"

Er zeigte auf die dunkelblauen Flecken, die sich auf beiden Seiten des Kehlkopfs abzeichneten.

„Richtig", antwortete Brechtl.

„Des derfet ja wohl in direkte Zusammenhang stehe mit der tödlichen Verletzung, net wahr, so wie die andere Blessure?"

„Natürlich."

Brechtl wusste nicht recht, worauf der Anwalt hinaus wollte.

„Wenn ich Ihna dann au oimol was zeige darf ..."

Ruckdäschl nahm die linke Hand seines Mandanten und drehte sie um. Auf der Handfläche waren zwei große Narben zu sehen, der Daumen wirkte seltsam gestreckt und der Ballen war nicht halb so groß, wie man erwartet hätte.

„Als Folge von dem Messerangriff von Weihnachte zwoitausenddreizehn isch mai Mandant in der Beweglichkeit seiner linke Hand stark eingschränkt. Ich hab hier a ärztliches Atteschτ, des bescheinigt, dass er mit sein Daume maximal mit oiner Kraft vo drei Newton zudrücke kann. Des sinn drei Däferle Schokolad, so merk ich mir des immer. Also dreihundert Gramm, net wahr? Ich kann mir net erkläre, wie er damit a solches Hämatom hätt verursache könne."

Ruckdäschl legte das Attest auf den Tisch.

„Wenn die Frau also vor ihrm Tod gwürgt worde isch, dann gwiss net von mein Mandande, net wahr? Sondern von ihrm Mörder. Und des isch gwiss net der Herr Kreutzer. Weil d Frau

Habredr isch gsund und muntr vo seim Hof gfahre. No ja, grad muntr vielleicht nit, abr quicklebendich.“

Ruckdäschl lehnte sich zurück und wartete auf Brechtls Antwort. Die blieb aus. Er hatte ihn überrumpelt.

„Mir gebbed zu, dass er ihr oine glangd hot in Notwehr und au die versuchte fahrlässige Vernichtung von de Ausweispapiere, des isch högschdens a Ordnungswidrigkeit. Aber no lang koi Grund, mein Mandande hier feschtzuhalte. Feschtr Wohnsitz, koi Fluchtgfahr, ich muss Ihna des ja nit erkläre. Morge zum Haftprüfungstermin sinn mer freilich do, wenn Sie noch denged, dass des notwendig isch.“

Brechtl überflog das Attest. Er bat um eine kurze Unterbrechung und ging mit Sonja in sein Büro. Dort knallte er das Papier auf seinen Schreibtisch und ließ sich auf seinen Stuhl fallen.

„Scheiße, und jetzt?“

Sonja zuckte mit den Schultern.

Brechtl raufte sich seine verbliebenen paar Haare, dann griff er zum Telefon, um Regine anzurufen, und schaltete auf Lautsprecher, damit Sonja mithören konnte.

„Ich bin's, der Kalle. Hast du schon die DNA von dem Blutfleck?“

„Wollte ich dir grade schicken. Das Blut stammt nicht von Frau Habereder, sondern von einem Mann mit Blutgruppe A. Der DAD-Abgleich läuft noch.“

„Hmm. Danke trotzdem. Ich hab noch eine Frage: Wie stark muss man zudrücken, um solche Hämatome wie am Hals von Frau Habereder zu verursachen?“

„Ganz schön kräftig. Wenn du darauf hinaus willst, ob es auch eine Frau gewesen sein könnte - dann höchstens eine, die gut trainiert ist.“

„Und sie wurde mit zwei Daumen gewürgt, so wie man sich's halt vorstellt?“

„Ja, mit beiden Händen, die Daumen am Kehlkopf.“

„Links und rechts gleich stark?“

„Also ich kann dir jetzt nicht sagen, ob der Täter Links- oder Rechtshänder ist. So groß sind die Unterschiede da nicht.“

„Danke. Das war schon alles, was ich wissen wollte. Bis bald."
„Ciao, Kalle. Ich fax dir den Bericht."
Brechtl legte auf und schlug wütend auf die Armlehnen seines Schreibtischsessels. Das F-Wort lag ihm auf den Lippen. Bei dieser Beweislage konnte er den Haftbefehlsantrag auch gleich wieder zurückziehen.
„Geh rüber und lass ihn laufen", sagte er in einem Tonfall, der Sonja gegenüber eigentlich nicht angebracht war. Sie kannte ihren Brummbären und verließ kommentarlos das Büro.
Kurz darauf streckte Ruckdäschl seinen Kopf durch die Tür.
„Nix für ungut, Herr Brechtl. Bis zum nägschde Mal."
Brechtl hob nur kurz die Hand. Sollte er selbst einmal einen Anwalt brauchen, würde er ihn nehmen.
Er war noch nicht ganz fertig mit Brummen, als Sonja ihn schon auf das nächste Problem hinwies:
„Luisa ist daheim und wenn er eins und eins zusammenzählen kann, weiß Kreutzer, dass sie uns den Tipp gegeben hat."
„Verdammt!"
Er wählte die Handynummer von Luisa Kreutzer.
„Luisa Kreutzer."
„Hallo Frau Kreutzer, Brechtl hier. Haben Sie Ihr Handy wieder?"
Blöde Frage. Sonst hätte sie das Gespräch ja wohl kaum annehmen können.
„Ja, ich hab's gefunden."
„Ich wollte Ihnen nur mitteilen, dass wir Ihren Vater wieder auf freien Fuß gesetzt haben."
„Was? Warum?" Sie war völlig aus dem Häuschen.
„Nach der aktuellen Beweislage kann er nicht der Mörder von Frau Habereder sein."
„Aber Holger hat gesagt, Sie haben ihn verhaftet."
Der Kollege Gschwendner ging Brechtl langsam, aber sicher auf die Nerven.
„Wir haben ihn vorläufig festgenommen. Aber wie gesagt, ist er erwiesenermaßen unschuldig."
„Holger - die haben ihn laufen lassen!", hörte Brechtl vom an-

deren Ende der Leitung. „Das gibt's doch nicht!"

„Frau Kreutzer ... Frau Kreutzer", versuchte Brechtl, wieder zu ihr durchzudringen, „ist Holger Gschwendner bei Ihnen?"

„Ja."

Brechtl ballte die Faust, versuchte aber, ruhig und sachlich zu bleiben.

„Eine Frage noch. Es ist wichtig! Am Sonntagabend, als ihr Vater sie wieder rausgelassen hat, stand da das Auto von Frau Habereder noch auf dem Hof?"

Sie überlegte kurz.

„Nein. Ich bin um halb sieben in den Stall, da war es nicht mehr da."

„Danke. Und jetzt geben Sie mir bitte Holger."

Es dauerte nicht lange, bis Gschwendner am Telefon war.

„Ja."

„Hör mal, jetzt reicht's mir aber langsam. Ich hab dir gesagt, du sollst dich raushalten!"

Gschwendner ging gar nicht darauf ein.

„Warum hab ihr ihn laufen lassen?"

„Er war's nicht, verdammt noch mal. Und du siehst jetzt zu, dass du von der Bildfläche verschwindest, sonst werd ich echt ungemütlich."

„Was soll denn aus Luisa werden? Der Alte schlägt sie grün und blau!"

Das war in der Tat ein Problem. Brechtl konnte sich lebhaft vorstellen, wie Gerd Kreutzer reagieren würde, wenn er wieder nach Hause kam. Er überlegte fieberhaft.

„Dann bring sie weg, von mir aus. Aber nicht zu dir, ins Clubheim am besten."

„Soll ich nicht lieber ..."

„Nein zum Teufel! Du machst jetzt, was ich sage. Ist das klar?"

Brechtl knallte den Hörer auf die Gabel und schnaufte erst einmal durch.

„Kaffee?", bot Sonja an. „Ich hol einen aus dem Automaten."

Er nickte nur kurz, dann ließ er den Kopf in seine Hände sinken und schloss die Augen. Sie waren so nah dran gewesen.

So nah. Jetzt konnten sie wieder von vorne anfangen und sie hatten durch die Aktion von heute früh noch ein weiteres Problem am Hals. Sie mussten Luisa Kreutzer vor ihrem eigenen Vater beschützen. Brechtl hatte keinen Plan, wie er das auf die Reihe bekommen könnte. Warum hatte er sich darauf eingelassen? Warum war er am Montag früh ans Telefon gegangen, obwohl er die Nummer gesehen hatte? Er schwor sich, in seinem nächsten Urlaub den Akku aus seinem Handy zu nehmen. Aber dafür war es leider zu spät. Er konnte jetzt nicht einfach hinschmeißen.

Sonja kam mit zwei Plastikbechern zurück, die eine sehr heiße, aber geschmacklich undefinierbare Flüssigkeit enthielten. Mit Kaffee hatte das jedenfalls nicht viel zu tun.

„Warum macht er das?“, fragte sie, während sie ihren Becher mit zwei Fingern hielt und versuchte, den Inhalt kalt zu pusten.

„Wer?“

„Gschwendner.“

„Was?“

„Na, warum lenkt er unsere Ermittlungen so in Richtung Gerd Kreutzer? Er hat Luisa schon im Club zu der Aussage gedrängt, dann die Show bei der Festnahme und jetzt ist er wieder dort. Warum will er unbedingt vermitteln, dass Kreutzer ein gefährlicher Verbrecher ist?“

Brechtl dachte kurz nach.

„Um von sich selbst abzulenken, meinst du?“

„Zum Beispiel.“

„Aber warum hilft er uns dann bei den Ermittlungen?“

„Was hat er uns schon geholfen?“

„Er hat die Leiche identifiziert, er hat uns erzählt, was es mit Franz auf sich hat, uns mit in den Club genommen ...“

„Alles Dinge, die wir selbst früher oder später herausgefunden hätten. Nichts, was ihn belastet. Dass er früher mit Luisa zusammen war, hat er zum Beispiel verschwiegen.“

Brechtl füllte den Inhalt seines Bechers in seine Tasse, trank noch einen Schluck und schüttete das Zeug anschließend ins Waschbecken.

„Bäh. Schmeckt, als hätte man einen Hundehaufen aufgebrüht."

Dabei fiel ihm Sherlock wieder ein.

„Ach verdammt, der Hund ist ja noch bei Dagmar unten. Gehn wir ne Runde spazieren? Ich brauch eh frische Luft."

„Gute Idee."

Sonja stand auf und schüttete ihren Kaffee ebenfalls ins Waschbecken.

Unten an der Pforte saß Sherlock brav neben Dagmar, schmiegte sich an ihren Unterschenkel und ließ sich von ihr kraulen.

„Na, habt ihr beide Freundschaft geschlossen?"

„Das ist ja ein toller Hund!" Dagmar war begeistert. „Ist das deiner?"

„Ne, zum Glück nicht. Der gehört Pfulle. Ich bin nur die Urlaubsvertretung."

„Schau mal!"

Dagmar rollte mit ihrem Stuhl zurück und hob den Zeigefinger.

„Toni, mach mal Sitz!"

Tolles Kunststück. Der Hund saß ja eh schon.

„Wieso Toni?", fragte Brechtl.

„Ich weiß ja nicht, wie er heißt. Wir haben uns auf Toni geeinigt."

„Aha. Sherlock heißt er."

„Egal. Toni ... gib Pfote!"

Bereitwillig legte der Basset die Vorderpfote in ihre Hand.

„Prima. Und jetzt mach mal Platz, Toni."

Sie streckte die flache Hand aus. Sofort legte sich Sherlock hin.

„Und Rolle!"

Der Hund drehte sich um die eigene Achse und schaute seine Spielgefährtin erwartungsvoll an, die ihm daraufhin etwas ins Maul steckte.

„Braver Bub!"

Brechtl traute seinen Augen nicht.

„Das hast du ihm in den paar Stunden beigebracht?"

„Klar. Der ist ja so schlau. Mach Männchen, Toni!"

Sherlock stellte sich auf seine Hinterbeine und erhielt wieder ein Leckerli.

„Was gibst du ihm da?"

„Erdnussflips. Ich hatte nichts anderes da. Er ist ganz verrückt danach."

Erdnussflips. Das war also das Mittel der Wahl. Brechtl ließ sich eines geben.

„Gib Pfote, Sherlock!"

Der Hund würdigte ihn keines Blickes.

„Toni, schau mal!", versuchte es Brechtl noch einmal.

Nichts.

„Toni, gib Pfote!"

Er hielt ihm die Belohnung direkt vor die Nase. Sherlock drehte sich demonstrativ weg.

„Habt ihr Streit, ihr beide?", erkundigte sich Dagmar.

„Nur eine kleine Meinungsverschiedenheit."

„Tja, Bassets können da sehr nachtragend sein", erklärte Frau Hundepsychologin, „da braucht man viel Geduld."

„Ich glaube, der hier braucht jetzt erst mal einen Baum zum Pinkeln."

Brechtl bedankte sich bei Dagmar und leinte Sherlock an, der ihm widerwillig nach draußen folgte.

Bis zum Stadtpark waren es nur fünf Minuten. Die großen Bäume dort spendeten ein bisschen Schatten und machten die Hitze ein wenig erträglicher. Aus dem angrenzenden Freibad hörte man fröhliches Kindergeschrei.

„Das würd ich jetzt auch lieber machen." Brechtl wischte sich den Schweiß von der Stirn.

Tatsächlich war er schon seit Jahren nicht mehr im Freibad gewesen, obwohl es auch bei ihm zu Hause in Röthenbach ein sehr schönes gab. Aber Schwimmen war eben nicht sein Ding. Sie setzten sich auf eine der schattigen Bänke.

„Also", griff Sonja ihr Gespräch wieder auf, „warum führt sich Gschwendner so auf?"

„Ich werd aus dem Kerl nicht schlau. Was will er eigentlich? Will er den Mord an seiner Freundin - oder Bekannten oder was auch immer - aufklären oder will er nur dem Kreutzer eins reinwürgen? Was hat er davon?"

„Er steht bei Luisa wieder gut da. Vielleicht rechnet er sich ja Chancen aus, sie so wieder zurückzubekommen."

„Eine mehr oder weniger. Der hat doch schon genug Weiber!"

Sonja warf ihm einen entrüsteten Blick zu.

„Sorry", entschuldigte er sich für seine Ausdrucksweise, „Aber der Idiot geht mir einfach gegen den Strich. Da macht er einen auf Softie und auf Liebe für alle und dann gibt er den Rambo und ballert mit seiner Dienstwaffe rum. Das ist doch bloß ein Wichtigtuer. Ich frag mich, wie solche Typen es schaffen, die Frauen zu beeindrucken. Wie blöd muss man sein, wenn man auf so einen hereinfällt?"

„Er sieht schon ganz gut aus", befand Sonja, schob aber gleich hinterher: „Aber mein Traummann wäre er beim besten Willen nicht. Das spielt jetzt auch gar keine Rolle. Wenn wir davon ausgehen, dass Kreutzer zumindest ungefähr die Wahrheit gesagt hat, dann ist Simone Habereder mit ihrem Auto weggefahren. Wohin?"

Brechtl dachte kurz nach.

„Wie kann sie überhaupt wegfahren? Ihr Schlüssel war doch in der Handtasche."

„Der Autoschlüssel auch?"

„Weiß ich jetzt nicht mehr."

„Dann lass uns Rainer fragen."

Schon war die kurze Verschnaufpause wieder vorbei. Brechtl hätte es problemlos noch ein Stündchen auf der schattigen Parkbank ausgehalten, aber Sonja drängte zum Aufbruch.

Ausnahmsweise war Rainer nicht in seinem Keller, sondern bei Hardy in der Autowerkstatt. Auf der Hebebühne stand Kreutzers alter Ford Scorpio.

„Und? Hasd wos gfundn?", erkundigte sich Brechtl.

„Mid dem Audo is deffinidiev ned ieberfohrn worn. Ka Bloud, kanne Dexdilfosern, und die Dullagn, die wo er dou vorner had, is scho urald. Den kemmer widder nauf fohrn."

„Hobbi mer scho dachd. Und die Keddnsääng?"

„Hobbi nunned ogschaud. Ich ko mi ja aa ned um alles gleichzeidich kümmern.“

„Des maani konsder eh schboarn. Der woars ned, wies ausschaud. Obber ich breicherd wos anders vo dir. Die Schlüssl, wo in der Daschn vo der Habereder woarn.“

„In der Handdaschn odder in der Huuserdaschn?“

„Had die in der Huuserdaschn aa nu an Schlüssl ghabd?“

„Schdäid doch drin im KDU-Berichd.“

Den hatte Brechtl noch nicht gelesen.

„Ja, scho, obber kemmer uns die drodzdem nommol oschauer?“

„Vo mir aus!“ Er wandte sich an Hardy: „Den Karrn konnsd widder nunder lassn. Den schlebbder am besdn glei widder zrigg.“

Er zog seine schmutzigen Handschuhe aus und warf sie in den Abfalleimer.

„Also - gemmer!“

Den Autoschlüssel hatte Simone Habereder tatsächlich in der Hosentasche gehabt. An dem Schlüsselbund in der Handtasche befanden sich nur ein Fahrradschlüssel und ihr Hausschlüssel, wie Rainer nach einem kurzen Vergleich mit dem Schlüssel, den sie vom Hausmeister bekommen hatten, feststellte.

„Nach Hause konnte sie also nicht“, überlegte Brechtl auf dem Weg zurück in den ersten Stock. „Der Schlüssel war ja bei Kreutzer. Wo ist sie dann hingefahren?“

„Zu ihrem Mörder, befürchte ich.“

„Aber wo hat sie den getroffen? Wir können noch nicht einmal eine Funkzellenanalyse machen. Ihr Handy hatte sie ja auch nicht mehr.“

Brechtl zupfte die Hundedecke zurecht und leinte Sherlock ab, der es sich nach der anstrengenden Treppensteigerei sofort darauf bequem machte.

„Wo wärst du an ihrer Stelle hingefahren?“, fragte er Sonja.

„Weiß nicht. Zu einer Freundin vermutlich, um mich auszuheulen.“

„In den Club?“

„Ein bisschen weit, von Speikern aus. Wen kennt sie denn in der Gegend?"

Brechtl tippte auf ein Foto an der Pinnwand.

„Gschwendner. Der wohnt in Lauf."

„Schon. Aber nicht allein. Ich trau dem ja einiges zu - aber einen Mord, noch dazu einen so brutalen ..."

„Du hast doch gesehen, wie leicht der die Kontrolle verliert."

„Aber er ist doch nicht so blöd und bringt sich selber als Verdächtiger ins Spiel."

Brechtl war sich da nicht so sicher.

„Ein Alibi hat er uns jedenfalls noch nicht geliefert."

„Wir haben ihn ja auch noch nicht gefragt."

Auch wieder wahr. Das wollte Brechtl auf jeden Fall bei nächster Gelegenheit nachholen.

Sonja wickelte ihren Pferdeschwanz um den Zeigefinger. Eine ihrer Marotten, wenn sie angestrengt nachdachte.

„Weißt du, was ich überhaupt nicht nachvollziehen kann?"

„Was?"

„Die Sache mit dem Auto. Warum fährt der Täter mit dem Auto über die Leiche?"

„Um sicher zu sein, dass sie wirklich tot ist."

„Da kann er auch einfach noch mal zuschlagen. Ist doch viel einfacher, als sie vors Auto zu legen und drüberzufahren."

„Hmm. Vielleicht wollte er es nach einem Verkehrsunfall aussehen lassen."

„Dann lass ich sie auf der Straße liegen und verbuddle sie nicht im Wald."

Die konnte einem aber auch alles zerreden. Und sie hatte noch mehr Einwände:

„Die Stelle, an der wir sie gefunden haben, ist keine hundert Meter von der Bahnlinie weg."

„Ja und?"

„Es ist doch viel effektiver, sie auf die Gleise zu legen und einen Selbstmord vorzutäuschen. Danach einen Mord zu ermitteln ist ja kaum noch möglich. Weißt du noch, vor zwei Jahren hatten wir so einen Fall."

Natürlich erinnerte sich Brechtl daran. Er hatte Regine noch nie um ihren Job beneidet, und in dem Fall schon gar nicht.

„Außerdem", fuhr Sonja fort, „frag ich mich, warum er sie auf der Straße überfahren hat."

„Warum nicht?"

„Das hätte er doch im Wald viel unauffälliger machen können. Auf der Straße musst du doch immer damit rechnen, dass noch jemand anders unterwegs ist."

„Dafür hast du einen festen Untergrund. Sonntagnacht irgendwo zwischen den Weltstädten Ottensoos und Rüblanden ist jetzt nicht gerade mit hohem Verkehrsaufkommen zu rechnen. Wer treib sich da schon rum, um die Zeit?"

„Irgendwer muss ja da gewesen sein, sonst hätte er seine Sägeaktion nicht abgebrochen."

In Brechtls Hirn machte es so laut Klick, dass man es beinahe hören konnte.

„Du sagst es!"

Er griff nach dem Zettel mit der Telefonnummer des Jägers, der immer noch neben seinem Telefon gelegen hatte, und hielt ihn Sonja unter die Nase.

„Ja und? Der war doch nicht da, du hast doch selber mit ihm telefoniert."

„Stimmt. Aber er hat mir erzählt, wer sich da nachts rumtreibt. Ein Gruppe Endurofahrer."

„Und wie willst du die ausfindig machen? Mit einer Zeitungsannonce oder was? Die werden sich kaum melden."

„Da soll sich der Jan drum kümmern. Der braucht bestimmt was zu tun."

„Wenn du meinst."

Meinte er. Er ging gleich hinüber ins Nachbarbüro und weihte den Kollegen in seine Idee ein. Der war es gewohnt, auch die unmöglichsten Recherchen durchzuführen. Sie setzten sich zusammen vor Jans PC und fingen an, in Facebook zu stöbern. Auch wenn Brechtl mit den sozialen Netzwerken nichts anfangen konnte - sie waren doch immer wieder eine gute Quelle, wenn es darum ging, die Freizeitaktivitäten ihrer Kundschaft zu ermitteln.

Nach ein paar Minuten stand Sonja in der Tür.

„Kalle, kommst du mal rüber? Gleich!“, sagte sie mit ernster Miene.

In seinem Büro standen Gschwendner und Luisa Kreutzer, die sofort wie wild auf ihn einredete.

„Was soll das? Er hat es doch gestanden. Sie haben ihn doch festgenommen. Er hat Franz umgebracht. Sie können ihn doch nicht einfach wieder gehen lassen.“

„Langsam, Frau Kreutzer“, versuchte er, sie zu beruhigen. „Ihr Vater war sicher nicht nett zu Franz und zu Ihnen auch nicht. Aber er hat Frau Habereder ganz sicher nicht umgebracht.“

„Woher wollen Sie das wissen?“

„Er kann es nicht gewesen sein. Er hat nicht genug Kraft dazu in seiner linken Hand.“

„Ach so ein Schmarrn“, mischte sich Gschwendner ein. „Der kann einen ganzen Bauernhof versorgen. Der hackt Holz, der schlachtet Hühner, der führt die Kühe rum, der arbeitet mit den schweren Maschinen. Erzähl mir doch nicht, dass der keine Kraft hat.“

„Du kannst meine Arbeit schon gern mir überlassen“, entgegnete Brechtl. „Wenn die Beweise auch nur den kleinsten Zweifel gelassen hätten, dann hätte ich ihn sicher morgen dem Haftrichter vorgeführt.“

„Er kommt nicht mal zur Haftprüfung? Was sollen das denn für Beweise sein?“

„Stichhaltige. Aus der Rechtsmedizin. Wo warst du eigentlich am Sonntag?“

„Was soll das jetzt heißen?“

„Was soll es schon heißen? Ich will ein Alibi von dir.“

„Willst du es jetzt mir in die Schuhe schieben? Du spinnst wohl?“

Er zeigte ihm den Vogel.

„Wieso? Du hättest ein Motiv.“

„Ich? Was denn?“

„Eifersucht.“

Brechtl wies auf Luisa Kreutzer.

„Ehrlich Kalle, du hast sie doch nicht mehr alle“, regte sich Gschwendner auf. „Ich bring doch nicht meine Freunde um.“

Brechtl ignorierte die Beleidigung.

„Also, wo warst du?“

„Arbeiten, wenn du’s wissen willst. Ich hab Spätschicht gehabt. Ich war auf Streife. Kannst ja die Kollegen fragen.“

„Mach ich. Mit wem warst du unterwegs?“

„Mit Alfi. Alfons Bruckner. Weißt du was? Mir wird das hier echt zu blöd. Komm Luisa, wir gehn.“

„Nicht so schnell“, hielt Brechtl sie zurück. „Wo wollt ihr hin?“

„Na in den Club. Hast du doch gesagt. Irgendwo muss Luisa ja unterkommen.“

„Wir machen das so: Du fährst nach Hause und ich fahre Frau Kreutzer nach Nürnberg. Es wäre mir recht, wenn du endlich mal tust, was wir mit deinem Chef ausgemacht haben. Du weißt selber, was auf dem Spiel steht.“

„Willst du mich jetzt erpressen?“

„Du hast es immer noch nicht kapiert, oder? Es geht hier um deine Personalakte, um deine Zukunft. Mir kann das im Prinzip völlig egal sein. Aber du solltest jetzt langsam mal das Hirn einschalten und dich an Tatsachen halten. Also schau, dass du verschwindest.“

Gschwendner warf einen Blick auf Luisa, die ihm aber auch nicht zu Hilfe kam, dann zog er ein beleidigtes Gesicht und verschränkte die Arme vor dem Bauch.

„Worauf wartest du noch?“

„Ich hab noch ihre Tasche im Auto.“

„Also, los!“, drängte Brechtl. „Ich bin in einer Stunde wieder da, Sonja.“

„Ich pass so lange auf Sherlock auf.“

„Danke.“

Auf dem Parkplatz ließ sich Brechtl Luisas Reisetasche geben. Sie hatte sich wohl auf einen längeren Aufenthalt im Club eingestellt.

„Und er war es ganz sicher nicht?“, fragte sie, kurz nachdem sie losgefahren waren.

„Ganz sicher“, bestätigte Brechtl.

Er schaute kurz zu ihr hinüber. Sie wirkte nachdenklich, aber nicht wirklich erleichtert, dass ihr Vater kein Mörder war.

„Es ist nicht einfach mit Ihrem Vater, oder?“, hakte er nach.

„Er ist einen Tag so und einen so. Mal ein netter Kerl, der sich liebevoll um seine Tiere kümmert, und am nächsten Tag könnte man ihn an die Wand schmeißen.“

„Und Ihre Mutter?“

„Ob Sie es glauben oder nicht: Der geht es in der Klinik besser, als es ihr zu Hause gegangen ist. Sie ist halt irgendwann durchgedreht. Ich kann es ihr nicht verübeln.“

„Wie lange muss sie da noch bleiben?“

„Mindestens ein halbes Jahr. Die Frage ist, was sie danach machen soll.“

„Sie könnte mit Ihnen zusammenziehen.“

„Das will ich nicht. Ich will endlich mal mein eigenes Leben leben. Ich hab genug davon, mich dauernd um die Probleme meiner Eltern kümmern zu müssen. Ich brauche Abstand. Das mit Franz, das wäre das Richtige gewesen.“

„Der hatte ja aber auch genügend Probleme.“

„Schon. Aber wir haben uns geliebt. Dann ist alles halb so schlimm.“

Nach einer Weile, in der sie beide ihren Gedanken nachhingen, gab Brechtl zu:

„Ich kann mir das echt schwer vorstellen. Ich meine: Ich war schon immer ein Mann und ich wollte auch nie was anderes sein.“

„Genauso ging es Franz auch. Nur, dass ihm seine Eltern und die Ärzte den Körper einer Frau verpasst haben. Das war’s dann. Wenn du einen Busen hast und keinen Schwanz, dann bist du eine Frau. Punkt. Tschuldigung, Herr Brechtl“, entschuldigte sie sich für ihre Ausdrucksweise.

„Passt schon. Du kannst übrigens ruhig Kalle zu mir sagen.“

„Danke. Luisa.“

Sie machte eine kurze Pause.

„Weißt du, ich kapier das nicht. Dass die Leute das nicht akzeptieren können. Du kannst schwarz sein, aber trotzdem Deutscher. Du kannst Araber sein, aber trotzdem Christ. Du kannst lange Haare haben und nen Schottenrock tragen, aber trotzdem ein Mann sein. Aber sobald du einen Busen hast, bist du eine Frau. Ob du willst oder nicht. Das kannst du dir nicht aussuchen. Kein Mensch akzeptiert, dass du ein Mann bist, der bloß nicht so aussieht wie einer."

„Was ist denn so schlimm daran, eine Frau zu sein?"

„Im Prinzip nichts. Na ja, außer den paar Sachen, die man sich von irgendwelchen Macho-Arschlöchern gefallen lassen muss. Aber darum geht es gar nicht. Es geht um Freiheit. Es geht darum, sein zu dürfen, wie man ist. Du hast ja ein paar Leute im Club kennengelernt. Sind wir mal ehrlich: Fast alles gescheiterte Existenzen. Warum? Es sind alles liebe Leute, die was können. Sie würden die Gesellschaft bereichern. Aber nein. Du bist anders, wir wollen dich nicht! Verkriech dich in irgendeinem Loch! Es gab Zeiten, da wurden solche Menschen in Lager gesteckt und umgebracht."

„Na ja, die Zeiten sind ja Gott sei Dank vorbei."

„Ach ja? Man bringt sie vielleicht nicht mehr um, aber leben lässt man sie auch nicht. Probier's doch mal aus. Zieh dir mal nen Rock an oder setz dich in einen Rollstuhl und dann schau mal, wie sich die Leute um dich herum auf einmal verhalten. Jeder hält dich für blöd, keiner respektiert dich mehr. Alles was du kriegen kannst, ist ein bisschen Mitleid, aber im Prinzip sind alle froh, wenn du wieder weg bist."

„Glaubst du nicht, das ist nur Unsicherheit? Ich glaub, die meisten meinen es gar nicht böse."

„Es ist aber böse. Wenn du dich am Telefon mit Marilyn oder mit Horst unterhältst, dann siehst du nicht, wie sie aussehen oder ob sie was anhaben. Dann redest du ganz normal mit ihnen. Aber wenn du ihnen gegenüberstehst, wird sofort alles auf das Äußere reduziert. Und das kotzt mich an. Ich habe Franz geliebt. Nicht als Mann oder als Frau, sondern als Mensch. Und wer ihn umgebracht hat, ist der übelste Abschaum. Ich hoffe bloß, dass du ihn findest und dass er seine Strafe kriegt."

„Du meinst, Franz ist umgebracht worden, weil er anders war?"

„Ich kenne Franz, glaub mir. Ich kann mir keinen anderen Grund vorstellen, warum man ihn umbringen sollte."

Brechtl nickte.

„Wir kriegen ihn. Ich weiß noch nicht wann, aber wir kriegen ihn", versprach Brechtl, als er vor dem Clubhaus anhielt.

„Danke."

Luisa griff sich ihre Tasche von der Rücksitzbank und stieg aus, ohne sich zu verabschieden.

Es hatte Brechtl nachdenklich gestimmt, was Luisa gesagt hatte. Auf dem Heimweg schaltete er nicht einmal das Radio ein, was er sonst immer machte, wenn er allein im Auto unterwegs war. Nein, er würde sich nicht in einen Rollstuhl setzen oder einen Rock anziehen, um das einmal auszuprobieren, aber er nahm sich vor, in Zukunft darauf zu achten, wie er Menschen begegnete, die nicht „normal" waren.

„Ich mach dann Feierabend!", rief Brechtl zu Sonja hinüber, als er wieder in seinem Büro war. „Danke fürs Hundehüten!"

„Kein Problem. Der hat sich nicht gemuckst. Bis morgen!"

„Bis morgen! Hobb, Sherlock, baggmers!"

Erstaunlich bereitwillig ließ Sherlock sich anleinen und stand auf. Aber schon nach zwei Metern blieb er wieder stehen.

„Wos is denn edz widder?"

Der Hund senkte seinen Kopf. Sein ganzer Körper fing an, rhythmisch zu beben, dann musste er sich übergeben.

„Uäääh! Sherlock, bitte!", rief Brechtl angeekelt, als er die gelblich braune Bescherung auf dem Linoleumboden sah. Sofort fiel ihm ein, wem er das zu verdanken hatte. „Erdnussflips. Blöde Kuh!"

Er holte einen ganzen Stapel Papiertücher und wischte die Sauerei auf. Aber wohin damit? Er würde das stinkende Zeug nicht über Nacht in seinem Papierkorb lassen. Hilfesuchend schaute er zu Sonja, die inzwischen herübergekommen war und Sherlock liebevoll streichelte. Ohne ein Wort zu verlieren, ging sie in ihr Büro und kam mit einer Plastiktüte zurück, in die Brechtl die Papiertücher stopfen konnte. Er warf einen Blick auf die Wanduhr. Viertel sechs. Um fünf machte Dagmar Feierabend. Ihr Glück.

„Geht's widder, Digger?"

Sherlock machte den Eindruck, als wäre er stockbetrunken. Mit glasigen Augen wartete er darauf, dass es gleich wieder losgehen würde. Immer wieder zuckte sein Bauch zusammen. Er war offensichtlich nicht in der Lage, sich auch nur einen Schritt zu bewegen.

Brechtl hatte Erbarmen und hob ihn hoch. Jetzt hatte er aber keine Hand mehr für die Plastiktüte frei.

„Wärst du so nett?", bat er Sonja.

„Ja. Hau ab. Ich mach das schon. Und gib ihm heute nichts mehr zu fressen, morgen früh auch nicht. Hunde vertragen das nicht, der Magen muss sich erst mal beruhigen."

„Danke!"

Brechtl trug den Hund die Treppe hinunter und über den Parkplatz bis zu seinem Auto. Wenn er mir auf den Sitz kotzt, zahlt Dagmar die Reinigung, dachte er.

Zu Hause ließ er Sherlock die paar Meter von der Garage zum Haus laufen, damit er noch mal sein Beinchen heben konnte. In der Küche breitete Brechtl die alte Decke aus. Es dauerte keine Minute und der Basset war tief und fest darauf eingeschlafen.

8

Am Freitagmorgen lag Sherlock noch genauso in der Küche, wie er sich am Abend zuvor hingelegt hatte.

„Sherlock?"

Keine Reaktion. Brechtl kniete sich zu ihm hinunter. Er atmete, so viel konnte er erkennen.

„Hey, Digger, alles o.k.?"

Brechtl hob seine linke Vorderpfote ein Stück an und ließ sie wieder los. Sie fiel hinunter, als wäre sie gelähmt. Ein kurzer, vorwurfsvoller Blick von Sherlock war alles. Da half nur noch eins: Brechtl schüttelte die Box mit den Leckerlies.

„Sherlock! Schau mal!"

Nichts.

„Toni! Leckerli!", probierte er es noch mal.

Als er seinen neuen Namen hörte, zuckte kurz der Bauch des Hundes. So viel war klar: Das schien was Ernstes zu sein. Vielleicht eine Erdnussvergiftung? Wer weiß, ob Hunde auf so was allergisch sein können? Brechtl jedenfalls nicht. Im Internet suchte er nach einem Tierarzt in der Nähe, sagte Sonja Bescheid, dass er später kommen würde, und machte sich mit Sherlock auf den Weg nach Lauf zum Doktor.

„Oje, was haben wir denn da?", fragte die Arzthelferin besorgt, als Brechtl den Basset in die Praxis trug.

„Ich weiß nicht genau. Ich befürchte eine Vergiftung."

„Nehmen Sie noch kurz Platz, wir rufen Sie gleich auf. Wie ist Ihr Name?"

„Brechtl."

Er setzte sich mit dem Hund auf dem Schoß ins Wartezimmer. Außer ihm warteten noch eine Frau, die zwei Meerschweinchen dabei hatte, und ein Mann mit einem Setter, der aufmerksam neben seinem Herrchen saß und dem nichts entging, was sich im Zimmer abspielte. Die Frau griff in den Transportkäfig.

„Meinen Sie, Ihre Hunde machen was, wenn ich das Meerschweinchen raushole?", fragte sie in die Runde.

„Meiner macht gar nix mehr", erwiderte Brechtl.

„Meiner machd aa nix“, antwortete der andere Mann, ohne mit der Wimper zu zucken, „obber wenn Sies werfm, bringd ers zrigg.“

Brechtl musste grinsen, während die Frau verunsichert die Hand wieder aus der Transportbox zog und sie schnell verschloss.

Die Tür öffnete sich.

„Herr Brechtl. Entschuldigen Sie, ein Notfall“, wandte sich die Helferin an die anderen beiden.

Brechtl trug den Hund ins Behandlungszimmer und legte ihn auf den Tisch. Er war unbeweglich wie ein Sack Zement und auch ungefähr so schwer.

„Grüß Gott!“, begrüßte ihn der Arzt, während er seine Hände desinfizierte. „Wen haben wir denn da?“

„Das ist der Sherlock“, gab Brechtl Auskunft.

Der Arzt hob den Kopf des Hundes ein Stück an und ließ ihn wieder sinken.

„Ist der immer so?“

„Er ist jetzt nicht gerade ein Bewegungswunder, aber seit gestern Abend liegt er nur noch so komatös rum.“

„Der Hund ist zu dick. Auch für einen Basset. Viel zu dick. Was füttern Sie ihm denn?“

Der Arzt steckte ein Thermometer in Sherlocks Hintern, ohne dass der auch nur zuckte.

„Ja, Hundefutter halt.“

„Dosenfutter?“

Brechtl nickte.

„So ein Hund ist ein Raubtier. Wissen Sie schon, gell?“

Blöde Frage.

„Was sollte er also normalerweise fressen?“, fragte der Doktor weiter.

„Na ja, Fleisch.“ Brechtl kam sich vor wie in der Grundschule.

„Richtig. Und sonst so?“

Brechtl zuckte mit den Schultern.

„Innereien, Herz, Leber, Pansen, Mageninhalt“, half ihm der Arzt auf die Sprünge. „Wissen Sie, was im Dosenfutter drin ist?“

„Nein."

„Also auf jeden Fall vier Prozent von dem, was vorne draufsteht. So ist das gesetzlich geregelt. Halten sich aber nicht alle dran."

Der Arzt untersuchte die Lefzen und die Augen.

„Und der Rest?", wollte Brechtl wissen.

Diesmal zuckte der Doktor mit den Schultern.

„Wer weiß. Dies und das. Was billig ist und Masse macht. Hauptsache, der Hund frisst's. Gell, Dicker, dir schmeckt's." Er tätschelte Sherlocks Kopf, drückte auf seinem Bauch herum und überprüfte das Thermometer. „Wissen Sie was? Dem Hund ist schlecht. Was hat er denn gestern gefressen?"

„Erdnussflips."

Der Tierarzt schaute Brechtl vorwurfsvoll über den Brillenrand hinweg an.

„Eine Kollegin von mir hat sie ihm gegeben", schob Brechtl schnell nach.

„Erdnussflips. Die kennt sich aus mit Hunden, was?"

„Ist das jetzt irgendwie gefährlich für den Hund?"

„Er wird's überleben. Aber gut geht's ihm nicht."

„Und was kann ich jetzt für ihn tun?"

„Wenn Sie ihm was Gutes tun wollen, geben Sie ihm heute gar nichts zu fressen. Und ab morgen gibt's Diät. Kann nie schaden."

Hatte der Doktor gerade einen Blick auf Brechtls Bauch geworfen?

„Gehen Sie zum Metzger, kaufen Sie Fleisch und Leber und Pansen, das können Sie ihm auch ruhig roh füttern. Aber kein Schweinefleisch. Ein bisschen Gemüse dazu, Karotten, gekochte Kartoffeln, so was. Und wenig. Maximal die Hälfte von dem, was er normalerweise kriegt. Und viel Bewegung. Sie werden sehen, nach zwei Wochen haben Sie schon einen ganz anderen Hund. Lassen Sie sich vorne die Broschüre geben. Da steht alles drin", erklärte er, während er dem Hund einige Tropfen aus einer kleinen Flasche einflößte. „Das wird schon wieder."

Er streckte Brechtl die Hand hin. Der bedankte sich und hob Sherlock hoch.

„Nein, nein“, meinte der Arzt. „Der soll nur schön selber laufen.“

Brechtl setzte den Hund auf den Boden. Laufen - von wegen. Er legte sich sofort hin und bewegte sich keinen Millimeter. Der Arzt nahm eine Spritze aus einem Behälter an der Wand und hielt sie dem Basset vor die Nase. Sofort stand er auf und trottete zur Tür.

„Geht doch.“

Brechtl ließ sich von der Helferin die Broschüre aushändigen und hinterließ seine Adresse für die Rechnung. Die würde er postwendend an Dagmar weiterreichen, so viel war klar.

Vor dem Haupteingang der Polizeiinspektion schaltete Sherlock dann wieder auf stur. Er war nicht dazu zu bewegen, die drei Stufen zur Tür hochzulaufen. Als Brechtl ihn hochheben wollte, erntete er ein bösartiges Knurren. Also gut. Er drehte um und ging mit ihm durch den Hintereingang ins Gebäude.

„Na, alles o.k.?“, erkundigte sich Sonja und kraulte Sherlock, der sich im Büro sofort auf seiner Decke niedergelassen hatte.

„Erdnussvergiftung. Wir sind auf Diät“, erklärte Brechtl. „Gibt’s was Neues?“

„Ja. Martin hat das Handy von Simone Habereder ausgewertet.“ Sie legte ihm ein Blatt Papier auf den Schreibtisch. „Am Sonntagvormittag um zehn Uhr sechzehn hat sie eine SMS von ihrem Bruder bekommen: ‚Wir müssen uns treffen. Ruf mich zurück. Es ist wichtig!‘. Zuvor hat er zweimal versucht, sie anzurufen, sie ist aber nicht hingegangen. Kurz vor zwölf haben sie dann miteinander telefoniert. Eine Viertelstunde lang. Und um sechzehn Uhr zehn zwei weitere vergebliche Anrufe und noch eine SMS: ‚Mach auf. Ich steh vor der Haustür.‘“

Brechtl zog die Augenbrauen hoch.

„So viel zum Thema ‚Seit Jahren kein Kontakt mehr‘. Hat er noch mehr gefunden?“

„Nicht viel, was für uns interessant wäre. Ein Haufen Geburtstagsglückwünsche und das normale Zeug, was man sich so auf WhatsApp hin und her schickt. Mit dem Makler hat sie ein paar Mal telefoniert in den letzten Tagen, mit Gschwendner und mit Luisa Kreutzer.“

„Hast du schon mit ihrem Bruder gesprochen?"

„Nein, noch nicht."

„Na, dann fangen wir doch damit mal an."

Brechtl setzte sich an seinen Schreibtisch, ließ zuerst seine Finger knacken, suchte dann die Telefonnummer aus den Unterlagen und griff zum Hörer. Bevor er wählte, schaltete er den Lautsprecher ein und drückte die Taste, die die Aufzeichnung des Gesprächs startete.

„Habereder."

„Brechtl von der Kripo Schwabach. Grüß Gott, Herr Habereder, ich stör doch nicht, oder? ..." Er ließ ihm nicht die Möglichkeit, darauf zu antworten. „... wir sind da bei unseren Ermittlungen auf ein paar Dinge gestoßen, die Sie uns noch erklären müssten. Machen wir das jetzt gleich am Telefon oder wollen Sie noch mal nach Schwabach kommen?"

„Ich hab jetzt eigentlich gar keine Zeit."

„Wenn Sie nicht selber fahren wollen, können die Dingolfinger Kollegen Sie gerne abholen."

Brechtl hatte ein süffisantes Grinsen im Gesicht. Er musste zugeben, dass er es an manchen Tagen genoss, am längeren Hebel zu sitzen. Gerade, wenn er es mit Leuten zu tun hatte, die sich selbst für den Nabel der Welt hielten.

„Was gibt es denn noch?", wollte Habereder wissen.

„Sie haben am Sonntag mit Ihrer Schwester telefoniert. Von elf Uhr achtunddreißig bis elf Uhr einundfünfzig, um genau zu sein", fügte Brechtl noch hinzu. „Worum ging es denn in diesem Telefonat?"

„Ja, stimmt. Sie hat mich angerufen wegen einer Eigentumswohnung, die sie sich kaufen wollte."

„Aha. Und deswegen ruft sie bei Ihnen an?"

„Es ging halt ums Geld. Ich hab ihr gesagt, sie soll erst einmal den Notartermin abwarten, bevor sie sich in Unkosten stürzt."

„Das war alles?"

„Ja, im Prinzip."

„Das glaube ich Ihnen nicht ganz. Eigentlich waren es doch Sie, der um einen Rückruf gebeten hatte. Sie haben sie zweimal vergeblich angerufen und ihr dann eine SMS geschickt. Warum wollten Sie sich mit ihr treffen?“

Am anderen Ende der Leitung war Stille.

„Haben Sie sich mit ihr getroffen am Sonntag?“

„Nein“, brachte er immerhin heraus.

„Herr Habereder, ich erreiche Sie doch gerade auf Ihrem Mobiltelefon. Das haben Sie immer dabei, nicht? Für uns genügt ein Anruf bei Ihrem Provider und wir wissen auf den Meter genau, wann Sie wo am Sonntag waren, ...“

Das war natürlich maßlos übertrieben. So eine Funkzellenanalyse brauchte Zeit und vor allem die Zustimmung der Staatsanwaltschaft und des Gerichts. Aber das musste er Habereder ja nicht auf die Nase binden.

„... also überlegen Sie sich, was Sie sagen, bevor Sie sich in Teufels Küche bringen. Waren Sie wirklich den ganzen Sonntag in Neumarkt?“

Wieder blieb Habereder stumm.

„Ich will eine Antwort. Jetzt!“ Brechtl wollte ihm keine Zeit lassen, sich eine neue Geschichte zurechtzulegen.

„Nein, ich war nicht den ganzen Tag in Neumarkt.“

„Wo waren Sie dann?“

„Ich bin zu Simone gefahren, aber sie hat nicht aufgemacht.“

„Wann waren Sie da?“

„Nachmittags, um vier ungefähr.“

Da war Frau Habereder nicht mehr zu Hause und ihr Handy bereits in Kreutzers Mülltonne. So weit deckte sich seine Aussage mit dem, was die Kommissare bereits wussten.

„Warum haben Sie uns das nicht gleich gesagt?“

„Es spielt ja keine Rolle. Ich hab sie nicht getroffen.“

„Was war so wichtig, dass Sie unbedingt mit ihr sprechen mussten? Es ging ums Geld, haben Sie gesagt.“

„Ja.“

„Muss ich erst das Testament anfordern oder erzählen Sie mir endlich, was Sache ist?“

Habereder war es spürbar unangenehm, aber er hatte keine andere Möglichkeit, als mit der Wahrheit herauszurücken.

„Die Simone hätte ihren Pflichtteil einklagen können. Das wären so ungefähr vierhundertfünfzigtausend Euro gewesen. Die hätte ich ihr auszahlen müssen, weil das Geschäft erst vor einem Jahr auf mich überschrieben worden ist, hat mir mein Anwalt gesagt."

„Und das können Sie nicht so ohne Weiteres, nehme ich an."

„Ich bin ja nicht der Bill Gates. Wir haben gerade erst das Sortiment erweitert. Wir müssen weiter investieren, wenn wir am Ball bleiben wollen. Ich hab fünfunddreißig Angestellte. Ich hab ja schließlich Verpflichtungen."

Da tat er Brechtl richtig leid, der Ärmste.

„Was wollten Sie also von Ihrer Schwester?"

„Ich wollte mit ihr ausmachen, dass ich ihr das Geld nicht auf einmal auszahle, sondern in Raten."

„Aber das wollte sie nicht?"

„Nein. Sie wollte sich eine Wohnung kaufen."

„Das hat sie Ihnen am Telefon gesagt?"

„Ja. Ich wollte ihr ein paar Vorschläge machen, wie wir das regeln können, aber sie hat mir nicht zuhören wollen."

„Und deshalb sind Sie zu ihr gefahren?"

„Ja, aber sie hat nicht aufgemacht und ans Telefon ist sie auch nicht mehr gegangen."

„Was haben Sie dann gemacht?"

„Ich bin wieder zurück nach Neumarkt gefahren. Was hätt ich denn machen sollen?"

„Warum haben Sie uns das nicht schon beim letzten Mal erzählt?"

„Das war blöd von mir, ich weiß. Ich wollt mich nicht in Schwierigkeiten bringen. Ich hab nichts zu tun mit dem Tod meiner Schwester. Ehrlich. Das müssen Sie mir glauben."

„Aber Sie profitieren davon."

„Mir wär alles andere lieber gewesen."

Brechtl wusste nicht recht, ob er ihm das abnehmen sollte.

„Ihnen ist klar, dass wir Ihre Angaben nachprüfen werden? Sie halten sich zu unserer Verfügung. Und wenn Sie noch etwas zu sagen haben, dann rate ich Ihnen, das jetzt gleich zu tun."

„Da gibt es nichts mehr. Es ist so, wie ich es Ihnen gesagt habe."

„Na gut. Sie hören von uns, Herr Habereder."

„Wiederhörn, Herr Brechtl. Und, äh, Tschuldigung noch mal. Das hätt' ich wirklich gleich sagen sollen", verabschiedete er sich kleinlaut.

„Wiederhörn."

Brechtl legte auf und warf Sonja einen fragenden Blick zu.

„Klingt einigermaßen plausibel", war ihre Einschätzung. „Aber wir sollten das auf jeden Fall überprüfen. Er hat immerhin ein ziemlich starkes Motiv."

„Na dann mal ran!"

„Rufst du den Hermann an? Dann kümmere ich mich um das Testament und lass es gleich mal vom K2 überprüfen."

Brechtl tat ihr den Gefallen. Tatsächlich hatte der Staatsanwalt scheinbar heute seinen guten Tag und erklärte sich mit der Auswertung der Funkdaten von Habereders Handy einverstanden. In diesem Fall konnte es Brechtl nur recht sein, aber im Grunde nervte es ihn unglaublich, dass dieser Hermann mal so, mal so reagierte. Man konnte ihn nicht einschätzen. Auf Jan und Manne konnte man sich jederzeit verlassen, auf Sonja sowieso. Rainer war grundsätzlich brummig, Martin immer im Stress und dem Chef ging es nie schnell genug. Aber da wusste man, woran man war. Bei Hermann war es ein Glücksspiel und hinter seiner stets korrekten Fassade konnte man nie sicher sein, was er wirklich dachte.

Brechtl ging zur Pinnwand und zeichnete ein Gitternetz mit drei Spalten und vier Zeilen unter die Bilder. Sicherheitshalber ließ er rechts noch Platz für zwei weitere Spalten.

Neben die Zeilen schrieb er: Motiv, Mittel, Möglichkeit, Alibi und über die Spalten die Namen der bisherigen Verdächtigen: Kreutzer, Habereder, Gschwendner. Dann fing er an, die einzelnen Felder mit Stichpunkten zu füllen. Leider konnte er keine Spalte komplett ausfüllen.

„Oha - alte Schule", bemerkte Sonja, als sie zurück ins Büro kam.

„Sonst verliert man ja den Überblick." Brechtl tippte auf das

Feld Gschwendner-Alibi. „Da fehlt uns noch was. Ich ruf mal bei den Kollegen in Lauf an."

„Das Testament ist übrigens unterwegs."

Brechtl streckte nur kurz den Daumen hoch. Er hatte den Telefonhörer schon am Ohr und suchte nebenbei den Zettel, auf dem er sich den Namen von Gschwendners Streifenpartner aufgeschrieben hatte. Eine Kollegin von der PI Lauf stellte ihn zu Alfons Bruckner durch.

„Brechtl, Kripo Schwabach, gut Morgen! Ich bräucht bloß eine kurze Auskunft. Sie haben am letzten Sonntag Spätschicht gehabt, oder?"

„Ja."

„Waren Sie auf Streife?"

„Ja."

„Mit wem?"

„Midn Holger. Holger Gschwendner."

„Und war was Besonders?"

„Wos hommer denn dou ghabd? Momend ... Also: Ruhestörung durch an Rasenmäher in Rüggerschdorf, zwaa Bsoffene aufm Markdplatz, die homm an Mülleimer ozundn, und den schwern Verkehrsunfall, dou woarn mer die meiste Zeit", gab Bruckner Auskunft.

„Der Verkehrsunfall - wos woar des?"

„Bei der Auffadd beim Rechter vorn hads gschebberd, aff der B 14. Ned gscheit gschaut hald. Dodalschadn, zwaa Verledzde, dou woar ganz schee wos los."

„Und der Holger Gschwendner woar die ganze Zeid mit Ihner underwegs?"

„Freilich."

„Das woars dann scho. Danke."

„Biddschön. Scheener Dooch no."

„Gleichfalls. Ade."

Ein besseres Alibi konnte man nicht haben. Gschwendner war praktisch den ganzen Nachmittag unter Polizeikontrolle, alles schriftlich protokolliert. Brechtl wusste nicht recht, ob er jetzt froh oder enttäuscht darüber war. Bei Holger Gschwendner stieß seine sonst so gute Menschenkenntnis an ihre Grenzen. Trotzdem musste er unter „Alibi" einen Haken machen. Damit hatte sich diese Spalte erledigt.

„Moin, ihr zwei!" Jan stand unvermittelt in der Tür. „Oder drei", verbesserte er sich mit Blick auf Sherlock. „Ich hab was für dich, Kalle."

Er gab ihm einen Zettel mit einer Adresse in Ottensoos.

„Wer ist das?"

„Dein Mopedfahrer, oder zumindest ziemlich sicher einer davon."

„Wow! Wie bist du auf den gekommen?"

„Es gibt in der Nähe einen Motocross-Verein. Ich hab mich mit ein paar von den Mitgliedern unterhalten und einer hat mir dann den Tipp gegeben." Er zeigte auf die Adresse. „Dieser Benny postet sogar Fotos auf Instagram und Videos auf Youtube. Der fährt da jedes Wochenende und stellt es dann ins Netz. Hat also sein Geständnis praktisch schon unterschrieben."

„Saubere Arbeit. Dank dir."

„Seid ihr schon weiter?" Jan musterte interessiert die Pinnwand.

„Geht so. Gleich kommt noch ein Fax für eine Funkzellenanalyse. Machst du das noch? Ich fahr mit Sonja zu diesem Benny und heut Nachmittag setzen wir uns mal zusammen."

„Meinst du, der ist daheim, um die Zeit?", zweifelte Sonja.

„Der ist daheim und sitzt an seinem Computer. Ich hab grad noch mit ihm gechattet. Hab ihm geschrieben, dass ich selber fahre und wie toll ich seine Videos finde."

Brechtl schüttelte grinsend den Kopf. Manchmal hatte es der Kollege Friedrichsen wirklich faustdick hinter den Ohren.

„Kannst du dich vielleicht auch um den Hund kümmern? Aber nix zu fressen geben. Der hat sich den Magen verdorben."

Jan pfiff kurz und winkte Sherlock. Der stand auf und folgte ihm widerstandslos ins Nachbarbüro. Irgendwie hatte Brechtl das Gefühl, dass er der Einzige war, dem der Basset nicht gehorchte.

Der junge Mann, der die Haustür öffnete, war um die einssiebzig groß und etwas untersetzt.

„Benny?“, fragte Brechtl, um sicherzugehen, dass er hier wirklich den draufgängerischen Endurofahrer vor sich stehen hatte.

„Ja.“

„Mein Name ist Brechtl und das ist meine Kollegin Nuschler von der Kripo Schwabach. Sie fahren doch Motorrad. Oder darf ich noch du sagen?“

Benny blickte unsicher zwischen den beiden Polizisten hin und her, während sie ihm ihre Dienstausweise entgegenhielten.

„Ja, äh, ja.“

„Können wir uns das Motorrad mal anschauen?“

„Äh, ja.“

Sehr groß war der Wortschatz des jungen Mannes nicht. Er holte einen Schlüssel vom Brett und ging voraus zur Garage. Dort befand sich neben einer Werkbank und einigen Ersatzteilen auch eine reichlich verdreckte Geländemaschine. Brechtl war nicht gerade ein Motorradexperte, aber dass Kennzeichen normalerweise nicht mit Flügelmuttern befestigt wurden, wusste er auch.

„Das ist deine?“

„Ja.“

„Du fährst doch damit öfter mal nachts durch den Wald und über die Felder, Richtung Rüblanden, stimmt's?“

„Ich? Wieso?“

„Pass auf, Benny, ich bin von der Kripo und nicht von der Verkehrspolizei. Einen Strafzettel bekommst du von mir nicht. Aber ich hab nicht so viel Zeit. Wir können jetzt das Motorrad mitnehmen und den Dreck in den Reifen mit Bodenproben vergleichen. Das dauert ewig und zum Schluss kommt doch dasselbe dabei raus. Allerdings mit Strafzettel und Bearbeitungsgebühr. Also ...?“

„Ja, ich fahr da ab und zu.“

„Auch diese Woche, in der Nacht von Sonntag auf Montag?“

Benny antwortete nicht, sondern schaute Brechtl nur unsicher an.

„Du musst natürlich nichts sagen. Dann müssen wir halt auch noch deinen Computer und deine Helmkamera mitnehmen, um das nachzuprüfen. Aber ich hab dir ja schon gesagt, dass ich eigentlich nicht viel Zeit habe."

„Ja, wir waren da unterwegs", gab er zu.

„Wir?"

„Zwei Freunde von mir und ich."

„Gut. Und habt ihr irgendetwas Besonderes gesehen?"

„Hat das was mit der Polizeiabsperrung zu tun, die da am Bach unten ist?"

„Ja, genau. Habt ihr dort irgendwas gesehen oder gehört?"

„Was ist denn da passiert?"

„Wir einigen uns jetzt mal darauf, dass ich die Fragen stelle und du antwortest, okay? Also, habt ihr was gesehen oder gehört?"

Benny druckste noch ein bisschen herum, bevor er mit der Sprache herausrückte.

„Wir waren weiter oben, bei der Scheune. Da haben wir einen Motor gehört. Wir haben gedacht, das wäre ein Kumpel von uns, und sind hingefahren. Aber das war kein Moped."

„Was dann?"

„Eine Kettensäge. Da war einer, der hat hinten in seinem Auto an einer Kettensäge rumgeschraubt. Die war anscheinend kaputt."

„Und ... weiter ..."

„Wie er uns gesehen hat, hat er mit der Taschenlampe raufgeleuchtet. Wir sind dann abgehauen."

„Hast du den gekannt?"

„Nein."

„Wie hat der ausgesehen? Groß, klein, dick, dünn?"

„Weiß ich nicht. Der hat so eine Megataschenlampe gehabt, die hat total geblendet."

„Und das Auto, was war das für eins?"

„Ein großer Transporter, vom Kempfer."

„Kempfer?"

„Das ist eine Firma in Henfenfeld. Ein Kumpel von mir lernt da. Die reparieren Baumaschinen, Bagger und so."

„Seid ihr danach noch mal hingefahren?"
„Ja, aber er war schon weg."
„Warum fahrt ihr eigentlich immer da?"
„Ist ein super Gelände und ich kenn den Jäger."
„Und der erlaubt euch das?"
„Nein. Aber ich fahr immer vorher bei ihm daheim vorbei und wenn sein Auto vor der Tür steht, weiß ich, dass er nicht im Wald ist."
Raffiniert, dachte Brechtl, aber er hatte jetzt ganz anderes im Sinn, als sich um die Motorradrowdys zu kümmern.
„Ich kenne den auch und der ist ganz schön sauer auf euch, das kann ich dir sagen. Lasst euch bloß nicht mehr erwischen!"
„Ja, okay, is klar."
„Das war's dann auch schon, Benny. Und ..." Er zeigte auf das Nummernschild. „... da machst du mal anständige Muttern dran, damit du es nicht zufällig verlierst."

Sonja brauchte keine zwei Minuten, um mit ihrem Smartphone die Adresse der Firma Kempfer herauszufinden. Manchmal waren die Dinger doch ganz nützlich.
„Dem ist die Säge verreckt. Drum hat er nicht weitergemacht."
„Warum ist er nicht noch mal hingefahren? In so einer Firma gibt es doch bestimmt mehr als eine Kettensäge."
„Was weiß ich? Wird schon seinen Grund haben."
Das Firmengelände am Ortsrand war ziemlich groß, jedenfalls viel größer, als Brechtl es erwartet hatte. Überall standen Baumaschinen. Dazwischen die Transporter der Firma, alle mit demselben Aufdruck. Brechtl parkte vor einer großen Halle, deren Tor offen stand. In ihr befanden sich weitere Baumaschinen und aus einer Ecke hörte man den Lärm eines Winkelschleifers. Die beiden gingen auf den Mann zu, der an einem Radlader arbeitete.
„Hallo, hey!", rief Brechtl laut genug, um den Winkelschleifer zu übertönen.
Der Mann schaltete das Gerät aus und nahm die Schutzbrille ab.

„Ja, bidde?“

„Ist der Chef da?“, fragte Brechtl.

„Ja, des bin ich. Wos häddns denn brauchd?“

Brechtl hätte nicht erwartet, dass hier der Chef höchstpersönlich an den Baggern herumflexte.

„Brechtl, Kripo Schwabach. Des is mei Kollegin, die Frau Nuschler. Homm Sie kurz Zeid für uns?“

„Kempfer. Sicher. Um wos geht's denn?“

Der Mann zog seine Arbeitshandschuhe aus, bevor er den beiden die Hand gab.

„Es geht um an Verkehrsunfall, in den aaner vo Ihre Dransborder verwiggld woar.“

„Wann?“

„Ledzdn Sunndooch.“

„Sunndooch? Sunndooch fährd bei uns kanner. Außer mir, wenn a Nodfall is aff der Audobohnbauschdell.“

„Und, woar dou wos?“

„Na. Ledzdn Sunndooch woar nix.“

„Also sinn alle Audos dou am Hof gschdandn?“

„Jo. Des hassd: bis aufm Carsdn sein. Der haddn midgnummer iebers Wochnend.“

„Wos is des fia anner?“

„A VW Graafder.“

„Is der edz widder dou? Kemmer uns den amol oschauer?“

„Sicher.“

Er führte sie über den Hof zu einem der Transporter. Auf den ersten Blick schien alles völlig in Ordnung zu sein. Aber bei näherer Betrachtung fiel auf, dass die Plastikstoßstange auf der linken Seite unten eingedrückt war. Auch am Radkasten glaubte Brechtl, Spuren erkennen zu können, aber das war Rainers Job.

„Die Delln, hadder die scho länger?“

„Die hobbi nu goar ned gseeng“, antwortete Kempfer.

Brechtl warf einen Blick in den Laderaum, in dem sich mehrere Schubladenschränke befanden. Alles war picobello aufgeräumt, kein Krümelchen fand sich auf dem Boden, nur einige

Ölflecken. In einem der großen Schubladen lag eine Kettensäge, augenscheinlich völlig in Ordnung und frisch geputzt.

„Is der immer so sauber?"

„Des is in Carsdn seiner. Dou is jeds Schräubler auf sein Bladz, der is dou eedebedeede."

„Die Kettensääch, is die immer im Audo?"

„Jo, die braung mer effder aff der Bauschdell."

„Is die in ledzder Zeid kabudd gwesn?"

„Wassi nix dervo."

„Des Audo müssmer leider midnehmer, zur Schburnsicherung", erklärte er Kempfer.

„Schburnsicherung? Weecher su anner glann Dullaggn?"

„Es kennerd sei, dass dermid a Frau überfoarn worn is."

„Ach du Scheiße!", entfuhr es Kempfer. „Is die dod?"

Brechtl antwortete nicht darauf. Das war Täterwissen und mit solchen Auskünften sollte man vorsichtig sein. Stattdessen telefonierte er mit Rainer und bat ihn, nach Henfenfeld zu kommen und das Fahrzeug sicherzustellen. Danach wandte er sich wieder an Kempfer:

„Kemmer diesn Carsdn amol schbrechn? Wie hassdn der nu?"

„Goller. Der is driem in der glanner Halln und zerleechd a Hydrauligbumbm."

In der kleinen Halle tönte Musik aus einem Kofferradio mit Kassettendeck. Ja, die liefen immer noch, die alten Dinger, dachte Brechtl. An einem Tisch saß ein großer, stämmiger Mann mit breitem Gesicht, der irgendwelche Teile reinigte und sie anschließend akribisch vor sich auf einem Tuch ausbreitete.

„Carsdn", sprach Kempfer ihn an, „dou sinn zwaa vo der Bolizei, die wolln mid dir redn."

Goller legte seinen Putzlappen weg und schaute stumm zwischen den dreien hin und her.

„Hasd du am Sunndooch an Unfall baud?"

Brechtl hielt Kempfer zurück und übernahm das Wort.

„Grüß Gott, Herr Goller. Mein Name ist Brechtl von der ..."

Weiter kam er nicht. Goller sprang auf und lief zu einer Tür, die er sofort hinter sich schloss.

Brechtl rannte hinterher, aber die Tür war versperrt.

„Herr Goller, kommen Sie raus da!"

„Was ist dahinter?", fragte Sonja Kempfer.

„Is Glo", antwortete er ruhig.

„Gibt's da ein Fenster?"

Kempfer schüttelte den Kopf.

„Herr Goller, machen Sie auf!", versuchte es Brechtl noch einmal. Keine Reaktion.

„Lassens mich amol", drängelte Kempfer sich vor. „Carsdn, sperr amol die Dür auf und kumm raus zu uns."

„Die sollen weggehen!"

„Konnsd ruich rauskummer. Die denner der nix."

„Nein. Erst wenn die weg sind."

Kempfer führte Sonja und Brechtl ein Stück von der Tür weg und flüsterte:

„Er is ned is hellsde Lichd am Advendsgranz. Obber fleißich und dodol gewissnhafd."

„Und wie bring mer den edz dou raus?", wisperte Brechtl zurück.

„Des machi scho." Kempfer ging wieder zurück zur Tür.

„Carsdn ... Die sinn ganz in Ordnung, die zwaa. Die wolln di bloß wos frong. Die bleim driem an der Werkbenk schdeh und du kummsd raus zu mir. Okay? Hobb kumm, gäi raus!"

Langsam wurde die Tür geöffnet und Carsten Goller erschien, bewaffnet mit vier Rollen Klopapier. Ängstlich schielte er zu den Polizisten hinüber, die synchron die Hände hoben.

„Siggsders? Mir hoggn uns edz dou an dein Diesch und na schaumer amol, wos die wolln, ne. Ich helf der scho", versprach Kempfer.

Sie setzten sich nebeneinander an den Arbeitstisch.

„Also, wos wollns denn wissn vom Carsdn?"

Brechtl nahm die Hände herunter und ging einen Schritt auf die beiden zu. Sofort holte Goller mit einer der Klopapierrollen aus und warf sie in seine Richtung. Knapp daneben.

„Edz leech amol die Glorolln wech. Der dudder nix", mischte sich Kempfer ein.

„Der soll wegbleiben.“

„Ja, der bleibd edz dou driem schdeh.“

Brechtl machte wieder einen Schritt zurück und lehnte sich gegen die Werkbank. Vorsichtig nahm Kempfer Goller seine Munition ab.

Jetzt probierte Sonja ihr Glück.

„Ich bin Sonja Nuschler. Darf ich die Hände runter tun? Ist ziemlich unbequem so.“

Goller antwortete nicht, aber Sonja ließ trotzdem langsam die Hände sinken.

„Zeigen Sie mir mal, was sie da mit dem Motor machen?“

Auf einmal wurde Goller gesprächig.

„Das ist eine dreihundertfünfziger Pumpe. Da sind die O-Ringe kaputt. Bei den Dreihundertfünfzigern sind immer die O-Ringe kaputt. Die sind nämlich a Glumb.“

„Und was kann man da machen?“

„Die macht man auf und dann macht man alles sauber und dann macht man die O-Ringe runter und dann macht man neue drauf, aber die guten, und dann baut man sie wieder zusammen und dann geht sie wieder.“

„Darf ich da mal zuschauen?“

Goller nickte und beschwerte sich auch nicht, als Sonja langsam zum Tisch ging und Kempfers Platz einnahm.

„Du zeigsd des amol der Frau Nuschler und ich underhald mi derwall midn Herrn Brechdl, gell.“

Er führte Brechtl in das Büro, das an die Halle angrenzte. Der Firmenleiter begann von sich aus zu erzählen.

Vor acht Jahren war Carsten Goller über das Arbeitsamt zu ihm gekommen und seitdem ein fester Bestandteil der Firma. Kempfer war damals sehr skeptisch gewesen, schließlich war die Arbeit manchmal nicht ganz ungefährlich. Aber es hatte sich herausgestellt, dass Goller eher übervorsichtig war. Er machte nichts, wovon er keine Ahnung hatte. Bei den Kollegen war er beliebt, wahrscheinlich, weil er auch die unangenehmen Tätigkeiten ohne Murren erledigte, mutmaßte Kempfer. Im Gegenzug setzten sie sich für ihn ein, damit er nicht

Opfer der derben Scherze wurde, die halt im Handwerk so üblich sind.

„Und er had an Führerschein?“, erkundigte sich Brechtl.

„Der had jedn Führerschein. Der foard alles: Audo, Lasder, Bagger, Schdabbler und der had no nie an Unfall ghabd. Kann Gradzer, kann Schdrofzeddl, nix. Wissns, der Carsdn machd alles genau so, wie mersn sachd. Wenners amol graffd had, dann is der hunderd Brozend zuverlässich. Der foard heid nu wie in der Foarschul. Wos woar nern edz mid derer Frau?“, hakte Kempfer nach.

„Mir homms mid an Dödungsdeligd an anner junger Frau aus Fischbach zu du“, rückte Brechtl mit der Sprache heraus.

„A Mord?“ Kempfer war entsetzt. „Ich hob gmaand a Unfall.“

„Des schdelld si erschd nu raus. Wie verhälld si der Herr Goller denn so gegnüber Frauen?“

Kempfer schüttelte immer noch fassungslos den Kopf.

„Die indressiernern goar ned. Die Kolleng hommnern amol su an Kalender zeichd, mid Naggerde, und hommnern gfrochd, welche dassnern am besdn gfälld. Na hadder gsachd: Die dou, die had su scheene Hoar.“

„Kenner Sie sich vorschdelln, dass der Herr Goller gewalddädich zu aner Frau sei kennd?“

„Der Casdn? Nie. Niemols! Den homms beibrachd, dass mer zu Frauen nedd sei muss, und des isser aa. Der machd högsdns amol a Komblimend, wo mer aweng schmunzln mou. Obber gewalddädich - dodol ausgschlossn.“

„Mir missnern drodzdem midnehmer. Had er Angehöriche, die mer verschdändichn müssn?“

„Der wohnd mid seim Bruder zamm bei seiner Mudder in Rüblandn. Ich konn Ihner die Adress und die Nummer gehm. Obber mid an Mord, dou had der Carsdn nix zu du, dou leechi mei Hend derfier ins Feier“, beteuerte Kempfer noch einmal.

Sonja war inzwischen vermutlich Expertin im Reparieren von dreihundertfünfziger Hydraulikpumpen. Hingebungsvoll erklärte ihr Carsten Goller noch immer jeden Arbeitsschritt. Als Brechtl sich dazugesellte, verstummte er aber augenblicklich.

„Herr Goller, ich müsste Sie bitten, dass Sie mit zu uns nach Schwabach kommen, wir haben noch ein paar Fragen an Sie."

„Ich kann nicht mit. Ich muss noch bis viertel fünf arbeiten."

„Des is scho in Ordnung, Carsdn. Braugsd nimmer erbern, obber du mussd mid denne zwaa midfoarn."

Goller stand auf und ging in Richtung Werkbank. Dort hob er die Rolle Klopapier auf und brachte sie zusammen mit den anderen dreien zurück in die Toilette.

„Soll ich selber fahren?", fragte er anschließend.

„Nein, Sie können bei uns mitfahren." Sonja verkniff sich ein Schmunzeln. „Wir bringen Sie dann wieder zurück."

So sicher war sich Brechtl da nicht, aber immerhin stieg Goller ohne weiteren Protest in den BMW. Sonja setzte sich zu ihm auf die Rücksitzbank und ließ sich während der Fahrt die Vorzüge der dreihundertachtziger im Vergleich zur dreihundertfünfziger Hydraulikpumpe erklären. In der Zwischenzeit hatte sich Brechtl über die Zentrale mit Anwalt Ruckdäschl verbinden lassen und ihn gebeten, noch einmal in die Inspektion zu kommen.

9

Fingerspitzengefühl. Das war jetzt gefragt, bei einer solchen Vernehmung. Brechtl hatte sich das lange antrainiert, bei Sonja war es eine natürliche Begabung. Sie hatte Goller in den kleinen Besprechungsraum gesetzt, wo er bei Tee und Keksen auf seinen Anwalt wartete. Den hatte Brechtl schon vorab über die Eigenheiten seines Klienten informiert und so dauerte es nicht einmal eine Stunde, bis sie alle zusammensaßen.

„Herr Goller, das ist eine polizeiliche Vernehmung. Sie müssen nichts sagen, aber es ist besser für Sie, wenn Sie uns die Wahrheit sagen. Der Herr Ruckdäschl ist da, der hilft Ihnen. Das ist Ihr Anwalt. Es ist schlau, wenn Sie das machen, was er Ihnen sagt", erklärte Brechtl.

Goller warf einen Blick auf Ruckdäschl, der ihm freundlich zulächelte.

„Herr Goller, waren Sie am Sonntagabend mit dem Transporter unterwegs, den Sie sich von der Firma ausgeliehen hatten?"

Goller schaute unsicher in die Runde, antwortete aber nicht.

„Waren Sie da auch im Wald? In der Nähe von Ottensoos? Als es schon dunkel war?", fragte Brechtl weiter.

Goller verschränkte die Arme und presste die Lippen aufeinander. Er machte nicht den Eindruck, als wolle er irgendetwas sagen. So kamen sie auf jeden Fall nicht weiter. Brechtl unterbrach die Vernehmung und bat Ruckdäschl, mit in sein Büro zu kommen. Dort erzählte er ihm von den Endurofahrern und von der seltsamen Festnahme heute Nachmittag.

„Und warum isch er verdächtich?"

„Na, weil er den Transporter gefahren hat."

„Er hat sich an Transporter ausgliehe. Ob des der war, wo im Wald gschdande isch, des wisse mer ja no nit."

„Freilich nicht. Aber es ist ja wohl sehr wahrscheinlich. Mit Sicherheit kann er uns was dazu sagen."

„Des isch ja jetz Ihr Problem, Herr Brechtl. Ich muss mein Mandande vertrete. Wenn Sie koi Indizie habbe, dann kann ich ihm nit empfehle, irchedebbes zu saache, was ihm schaade dät."

„Moment."

Brechtl telefonierte mit Rainer, der mit einem seiner Jungs in Henfenfeld war, um den VW Crafter sicherzustellen, und schaltete den Lautsprecher ein, damit Ruckdäschl mithören konnte.

„Die Schädn bassn zum Unfall. Bloud hommer gfundn, Dexdilfosern aa und hindn drin lichd a Modorsäch mit aner frisch gfliggdn Keddn. Der Laderaum woar zwoar sauber gmacht, obber mir homm drodzdem Hoar gfundn, die vermudlich vo der Dodn sinn. Des moui fraale erschd alles undersung in mein Keller. Obber dou verweddi mei Schwiechermudder, dass des unser Dadfohrzeich is", war Rainers Einschätzung.

„Also? Sie kennen unseren Rainer Zettner, Herr Ruckdäschl. Ich kann mich nicht erinnern, wann er das letzte Mal falsch gelegen hat. Das ist unser Tatfahrzeug. Und Herr Goller ist der Fahrer oder er kennt ihn zumindest. Es gibt ja nur zwei Möglichkeiten: Entweder Herr Goller hat Frau Habereder umgebracht oder ein anderer. Unter uns, der ist doch sowieso nicht schuldfähig. Aber wenn er's nicht war, dann läuft irgendwo noch ein Mörder rum, den ich suchen muss. Ich brauch die Aussage von Herrn Goller, wenn ich das Verbrechen aufklären will. Das ist doch in unser aller Interesse."

„Koi Druck", mahnte Ruckdäschl. „Des muss freiwillich bassiere, sonst isch die Aussaach koin Pfifferling wert. Des wisset Sie auch."

„Natürlich."

Als sie den Besprechungsraum betraten, saß Goller selig lächeln auf seinem Stuhl. Sherlock hatte seinen Kopf auf Gollers Schoß gelegt und ließ sich genüsslich von ihm kraulen. Sonja saß den beiden gegenüber.

„Ich mag Hunde. Wir haben auch einen."

Das waren die ersten Sätze, die Brechtl aus Gollers Mund gehört hatte, seit sie in der Inspektion waren. Sherlock als Therapiehund - manchmal hatte Sonja einfach geniale Ideen.

„Was denn für einen?", versuchte Brechtl, die Kommunikation aufzubauen.

„Den Bazi."

„Ist der groß?“

„Ja, viel größer als der Sherlock.“

„Wo wohnen Sie denn?“

„In Rüblanden.“

„Na, dann hat er ja viel Auslauf, der Bazi. Gehen Sie oft mit ihm in den Wald?“

„Jeden Tag nach der Arbeit.“

„Bei jedem Wetter?“

„Immer. Der Uwe sagt immer: Es gibt kein falsches Wetter, bloß schlechte Klamotten“

„Wer ist der Uwe?“

„Mein Bruder.“

„Gehen Sie da in den Wald Richtung Ottensoos?“

„Zum Weiher und dann zu die Pferde und wieder heim.“

„Dann kennen Sie sich da gut aus?“

Goller nickte und streichelte Sherlock, der vermutlich geschnurrt hätte, wenn er es gekonnt hätte.

„Da sind neulich ein paar Bäume umgefallen, gell?“, fragte Brechtl weiter.

„Bei dem Gewitter. Aber das war in der Nacht. In der Nacht gehn wir nicht spazieren. Bloß nach der Arbeit.“

„Waren Sie am Sonntagnacht auch in dem Wald, mit dem Auto von der Arbeit?“

Augenblicklich hörte Goller auf, den Hund zu streicheln, und machte eine ernstes Gesicht.

„Das sag ich nicht.“

„Mir können Sie es doch sagen - ich bin doch von der Polizei.“

„Nein, das darf ich niemand sagen.“

„Warum nicht?“

„Versprochen ist versprochen.“

„Wem haben Sie das denn versprochen?“

Goller biss sich auf die Lippen. Nach einer kurzen Pause sagte er:

„Ich will jetzt wieder in die Arbeit.“

„Ich möchte mich aber noch ein bisschen mit Ihnen unterhalten.“

„Nein, ich will jetzt gehen."
Goller stand auf und ging Richtung Tür. Brechtl hielt ihn am Handgelenk fest.
„Sie dürfen aber noch nicht gehen, ich muss Sie noch was fragen."
„Geh weg!"
Mit einem Ruck befreite sich Goller und Brechtls Hand knallte gegen die Tischkante. Verdammt, tat das weh! Er war schon bereit, den Mann mit einigen gut trainierten Polizeigriffen niederzuringen, als Sonja in wirklich strengem Ton sagte:
„Herr Goller, setzen Sie sich wieder hin! Der Herr Kempfer hat gesagt, Sie müssen bei uns bleiben."
Goller schaute langsam von einem zum anderen, dann ging er zurück auf seinen Platz und verschränkte wieder die Arme. Nicht einmal als Sherlock die Pfote wieder auf seinen Oberschenkel legte, bewegte er sich auch nur einen Zentimeter.
„Ich glaub, der Herr Goller möcht jetz nix mehr sage", merkte Ruckdäschl an.
Brechtl rieb seine schmerzende Hand und bat den Anwalt zu einer kurzen Beratung auf den Flur.
„Die Sache ist doch ganz klar. Der weiß doch Bescheid. Der kennt jeden Baum in dem Wald. Ich fress einen Besen, wenn der nicht die Leiche dort hingeschafft hat."
„Ihr Ernährung isch Ihr Sach, Herr Brechtl. Aber für mein Mandande gilt des gleiche Recht wie für alle. Wenn er nit schwätze will, muss er nit."
„Das stimmt. Aber ich hab einen dringenden Tatverdacht und deshalb bleibt er erst einmal vorläufig festgenommen."
„Da kann ich nix mache. Aber koi Verhör ohne mich - da hemmer uns verstande, gell? Und jetz möcht ich noch a Minüdle alloi mit mein Mandande schwätze."
„Bitte."
„Schade", meinte Sonja, als sie auf den Flur kam. „Hast gut angefangen, aber dann warst du ein bisschen zu schnell."
Na toll. Sie hätte das Verhör ja auch übernehmen können. Hatten sie nicht ausgemacht, dass sie die Ermittlungen leiten sollte?

„Das ist doch klar wie Kloßbrühe, dass der die Leiche versteckt hat."

„Schon. Aber du musst es ihm halt beweisen."

„Ich hör immer du. Ich dachte, ich beschränk mich hier auf ein bisschen Unterstützung."

„Also gut, dann müssen wir es eben beweisen."

„Werden wir auch. Als Erstes brauchen wir einen DNA-Abstrich. Vielleicht findet Regine ja was auf der Leiche oder auf der Latzhose. Irgendwie muss er die Habereder ja getragen haben. Der Rainer soll das mit dem Tatfahrzeug klarmachen. Aber zackig, wir haben nur bis morgen Abend Zeit."

Nichts war ärgerlicher als eine klare Sachlage, die sich nicht beweisen ließ. Sonja drehte sich um und ging wortlos in ihr Büro. Vielleicht war es der falsche Tonfall gewesen, aber Brechtl hatte keine Lust, seinen Ärger zu verstecken. Er machte sich auf den Weg zu Jan, um ihn auf Carsten Goller anzusetzen. Er sollte seine Vergangenheit durchleuchten und herausfinden, ob er schon irgendwann einmal auffällig geworden war und ob es irgendwelche Verbindungen zu Simone Habereder oder zum Verein „Liebe für Alle" gab.

Nach einer gefühlten Ewigkeit kamen Goller und Ruckdäschl endlich aus dem Besprechungszimmer. In ihrem Schlepptau Sherlock, der sich an Gollers Beine schmiegte.

„Also, mir hebbe Folgendes ausgmacht", verkündete Ruckdäschl. „Der Herr Goller bleibt heut Nacht bei Ihne und morge Früh unterhalte mir uns nomal. Ich dät sage um neune. Ich bring an Psychologe mit, den Doktor Magerer, des isch der Arzt vom Herrn Goller, und Sie bringe den Sherlock wieder mit. Ich fahr jetzt zu ihm nach Haus und sag seiner Mama Bescheid, weil die sich sonst Sorge macht. So machet mer des und dann könnet mer morge aweng schwätze."

Brechtl ließ sich nicht gerne diktieren, wie er seine Ermittlungsarbeit zu machen hatte, aber in diesem Fall hielt er es für sinnvoll, zuzustimmen. Anders würden sie wohl nichts aus Carsten Goller herausbekommen.

„Keine Einzelheiten zum laufenden Verfahren gegenüber dritten“, ermahnte Brechtl Ruckdäschl.

„Selbstverständlich. Aber mit dem Psychologe muss ich scho schwätze. Der kommt ja als Sachverständiger.“

„Aber auch der unterliegt der Verschwiegenheitspflicht. Und wir brauchen Ihr Einverständnis für eine DNA-Probennahme.“

Ruckdäschl nickte. Goller, der einen Kopf größer war als sein Anwalt, beugte sich zu ihm hinunter und flüsterte ihm etwas ins Ohr.

„Ach ja, des hätt ich bald vergesse“, ergänzte Ruckdäschl, „heut Abend gibt's Pizza mit Salami, weil heut isch Freidach.“

Goller lächelte zufrieden. Na gut, das ließ sich einrichten, dachte Brechtl.

„So Carstn, der Herr Brechtl zeigt dir jetzt, wo du heut Nacht schlafe kannst. Du gehst mit ihm mit und ärgerst ihn nicht, ja? Morgen früh komm ich dann mit dem Doktor Magerer.“

Carsten Goller nickte und schaute Brechtl erwartungsvoll an. Offensichtlich hatte Ruckdäschl einen guten Draht zu seinem Mandanten gefunden. Das konnte nur hilfreich sein. Brechtl verabschiedete sich von dem Anwalt und brachte Goller in den Keller zu den Arrestzellen. Goller machte keinerlei Anstalten, Widerstand zu leisten, auch nicht, als Brechtl ihm das Wattestäbchen für die DNA-Probe in den Mund steckte. Nachdem Brechtl ihm noch den Beamten von der Schupo, der Wachdienst hatte, vorgestellt hatte, setzte sich Goller auf die Pritsche. Er ließ sich die Schnürsenkel mit dem Versprechen, sie gut aufzuheben, abnehmen und starrte die Wand an.

Brechtl ging wieder nach oben und holte Sonja und Sherlock ab. Sie machten einen Spaziergang in die Innenstadt zu Salvatores Pizzeria, um sich um Gollers gewünschtes Abendessen zu kümmern.

„Sorry, dass ich dich vorhin so angepöbelt hab“, begann Brechtl das Gespräch.

„Schon vergessen“, nahm sie seine Entschuldigung an.

„Der Ruckdäschl kanns anscheinend ganz gut mit dem Goller.“

„Wird aber bestimmt nicht einfach morgen, wenn auch noch der Psychologe dabei ist.“

„Mir ist das sogar lieber. Da kannst du ruckzuck in Teufels Küche geraten, wenn du einen Beschuldigten hast, der geistig nicht zurechnungsfähig ist.“

„Nicht zurechnungsfähig würd ich nicht sagen. Er ist halt irgendwie wie ein Kind. Er lebt in seiner eigenen kleinen Welt.“

„Fragt sich, wie klein die Welt ist. Weiß der überhaupt, was er tut?“

„Das glaub ich schon. Aber ob er sich der Konsequenzen bewusst ist, bezweifle ich.“

„Wenn wir davon ausgehen, dass er es war ... was hatte er für ein Motiv und wie ist die Sache abgelaufen? An der körperlichen Kraft scheitert es jedenfalls bei dem nicht.“

Brechtl betrachtete seinen Handrücken, auf dem immer noch ein roter Striemen zu sehen war.

„Es gibt zwei Möglichkeiten“, erläuterte Sonja: „Entweder er hat sie umgebracht und dann entsorgt oder er hat sie nur entsorgt. Ich tippe auf Letzteres.“

„Warum?“

„Der Carsten ist ein braves Kind. Ein zwei Meter großes, braves Kind. Der macht genau, was man ihm sagt. Glaubst du ernsthaft, der kommt von selber auf die Idee mit dem Wurzelstock?“

„Hmm“, brummte Brechtl zustimmend.

„Außerdem fehlt mir das Motiv. Warum sollte er sie würgen, dann erschlagen und zum Schluss noch mit dem Auto drüberfahren?“

„Na ja, ein Motiv hat so jemand schnell. Wenn sich die beiden irgendwann nach Habereders Besuch bei Kreutzer getroffen haben und sie in ihrer Wut etwas zu ihm gesagt hat, was ihn geärgert hat ...“

„Ne! Der handelt auf Befehl. Da leg ich mich fest.“

„Wessen Befehl?“

Sonja zuckte mit den Schultern.

„Jemand, der wirklich ein Motiv hatte. Einer, der sowohl Simone Habereder als auch Carsten Goller kennt. Wir müssen aus ihm rauskitzeln, bei wem er am Sonntag war. Derjenige hat sich zunutze gemacht, dass Goller alles tut, was man ihm befiehlt -

und nichts ausplaudert, wenn er es versprochen hat. Wir dürfen ihn auf keinen Fall laufen lassen. Wenn der eigentliche Täter mitbekommen hat, dass er festgenommen wurde, dann besteht die Gefahr, dass Goller das nächste Opfer wird."

„Oder wir lassen ihn laufen und schauen, wo er zuerst hingeht", schlug Brechtl vor.

„Du schaust zu viel Tatort. Was machen wir, wenn er zuerst zu seiner Mama geht, oder zu seinem Bruder, oder in die Arbeit? Oder sonst irgendwohin, wo wir den Täter nicht finden? Willst du ihn beschatten und jeden sicherheitshalber festnehmen, mit dem er Kontakt hat?"

„Nur, wenn einer von unseren Verdächtigen dabei ist."

„Und wenn's keiner von unseren Verdächtigen war?"

Die konnte einem wirklich jede gute Idee zerreden. Inzwischen waren sie bei Salvatore angekommen und Brechtl bestellte die versprochene Salami-Pizza.

„Da ist Platz, Kalle. Setz dich hin. Ist in Viertelstunde fertig."

„Nein, nein, die brauch ich in der Arbeit. Aber ein Radler hätt ich gern. Willst du auch eins?", erkundigte er sich bei Sonja.

„Warum nicht." Sie setzten sich an einen der kleinen Tische unter die große Linde im Garten des Restaurants. „Und eine Pizza Hawaii, bitte."

„Dann nehm ich auch eine", ergänzte Brechtl.

„Also keine Salami?"

„Doch."

„Zwei?"

„Zwei Hawaii. Und eine Salami, aber die muss in die Inspektion geliefert werden."

Salvatore warf Sonja einen hilfesuchenden Blick zu.

„Die Salami ist für jemand anderen", erklärte sie. „Der wartet schon drauf in der Inspektion. ‚Zelle zwei' sagst du bitte dazu, wenn du sie lieferst. O.k.?"

„Oh Madonna - jetzt muss ich schon für Verbrecher kochen."

„Das muss so sein. Heute ist Freitag!"

Salvatore verstand überhaupt nichts mehr und machte sich kopfschüttelnd auf in Richtung Küche.

Am Abend machte es sich Brechtl daheim auf seinem Wohnzimmersofa gemütlich. Er ließ die Stereoanlage die alten Queen-Songs aus den Achtzigern rauf und runter spielen. Vor ihm auf dem kleinen Tisch standen eine Halbe Hofmann-Bräu und eine Schüssel mit Erdnussflips, von denen Sherlock aber kein Einziges bekam. Außerdem lagen Stift und Papier bereit für den Schlachtplan, den er für die morgige Vernehmung ausarbeiten wollte. Zu oft war es ihm schon passiert, dass ihm erst nach Abschluss einer Zeugenvernehmung eingefallen war, was er eigentlich noch fragen wollte. Diesmal hatte er genug Zeit, sich vorzubereiten. Er wollte nichts dem Zufall und schon gar nicht seiner eigenen Vergesslichkeit überlassen. Goller war der Schlüssel zu dem Fall, da war er sich sicher. Nur über ihn konnten sie an den Hintermann kommen, der tatsächlich für den Tod von Simone Habereder verantwortlich war. Nach gut zwei Stunden hatte er eine Strategie entwickelt und war wirklich zufrieden mit dem, was er auf fünf Seiten niedergeschrieben hatte. Weder ein stummer Goller noch ein spitzfindiger Ruckdäschl oder ein siebengescheiter Psychologe würden ihn morgen aus dem Takt bringen.

Es war bereits kurz vor Mitternacht, als sich Brechtls Handy mit „Smoke on the water" aus dem Flur meldete. War ja klar, wer da zu so später Stunde anrief: die Kollegen von der Schwabacher Schupo.

„Brechtl. Servus. Machd er Schwierichkeidn?"

„Wer?"

„Na mei Beschuldichder aus Zelle zwei."

„Der? Naa. Der schlefd."

„Wos is dann?"

„Vor der Dier sinn so ungefähr zehn Leid mid am Blakaad. ‚Freiheit für Carsten' schdäid draff."

„Homm die nix Bessers zu du?"

„Scheinds."

„Randalierns?"

„Naa. Sinn rechd friedlich. Drei Kolleeng sinn scho naus ganger, obber die wolln mid am Verandwordlichn schbrechn. Und des bisd ja du, odder?"

„Na hol mer hald amol den Wordführer ans Delefon."

„Machi. Momend."

Gleich darauf meldete sich eine Frauenstimme.

„Hallo?"

„Hauptkommissar Brechtl. Guten Abend. Sie wollten mich sprechen?"

„Was fällt Ihnen ein, meinen Sohn einzusperren? Er hat überhaupt nichts getan."

„Frau Goller, nehm ich an?"

„Richtig. Sie können doch den Carsten nicht einfach ohne Grund verhaften!"

„Zunächst einmal haben wir ihn nicht verhaftet, sondern vorläufig festgenommen. Das ist schon ein Unterschied. Ob er in Haft kommt, darüber entscheidet morgen ein Richter."

„Er ist doch schon in Haft."

„In Gewahrsam. Und das natürlich nicht ohne Grund."

„Und weshalb bitteschön?"

„Der Transporter der Firma Kempfer, den sich Ihr Sohn am Wochenende ausgeliehen hat, steht in Zusammenhang mit einem Verbrechen. Wir gehen davon aus, dass Ihr Sohn gefahren ist."

„Normale Menschen kriegen dafür einen Strafzettel. Aber den Carsten muss man gleich einsperren, oder was?"

„Es geht hier nicht um ein Verkehrsdelikt, Frau Goller. Es geht um den gewaltsamen Tod einer jungen Frau."

Kurze Zeit herrschte betretene Stille am anderen Ende der Leitung, dann nahm Frau Goller wieder Fahrt auf:

„Mein Carsten ist ein anständiger Kerl. Der hat nichts getan. Ich will, dass er jetzt sofort mit mir nach Hause kommt. Der kommt doch um vor Angst!"

„Ich kann Ihnen versichern, dass es Ihrem Sohn gut geht. Er schläft. Und er hat seine Pizza Salami zum Abendessen bekommen. Morgen früh werden wir ihn zu der Sache befragen. Ein Anwalt - ein richtig guter, kann ich Ihnen sagen, der Herr Ruckdäschl - und sein Psychologe, der Doktor ..."

Brechtl fiel der Name nicht mehr ein.

„Magerer“, ergänzte Frau Goller.

„Richtig. Der Doktor Magerer wird auch mit dabei sein. Und wenn sich herausstellt, dass Ihr Sohn tatsächlich nichts getan hat, dann lassen wir ihn natürlich sofort nach Hause. Aber so lange werden Sie sich noch gedulden müssen. Es hat keinen Zweck, dass Sie und Ihre Freunde sich da draußen auf dem Parkplatz die Nacht um die Ohren schlagen. Wir können und werden Ihren Sohn nicht vor morgen Mittag freilassen. Also seien Sie bitte vernünftig. Ihrem Sohn geht es bestens und wir werden Sie natürlich sofort verständigen, wenn wir mit der Vernehmung fertig sind.“

Wieder überlegte Frau Goller eine Zeit lang.

„Ich will mit dabei sein bei dem Verhör.“

„Das geht leider nicht. Wir brauchen schon die Antworten Ihres Sohnes. Eine Beeinflussung wäre da unzulässig.“

„Ich kann ...“

„Frau Goller“, unterbrach er sie, „Sie können sich darauf verlassen, dass hier alles mit rechten Dingen zugeht. Darauf gebe ich Ihnen mein Wort. Bitte schreiben Sie dem Kollegen Ihre Telefonnummer auf. Er wird Ihnen auch meine geben und dann sprechen wir morgen Mittag wieder miteinander. In Ordnung?“

Man konnte sie durch das Telefon atmen hören, während sie nachdachte.

„Wie ist Ihr Name?“

„Brechtl. Hauptkommissar Karl-Heinz Brechtl.“

„Also gut. Aber spätestens um zwölf will ich Bescheid wissen.“

„Versprochen. Gute Nacht, Frau Goller.“

Sie gab das Telefon grußlos wieder an den diensthabenden Polizisten zurück.

„Und?“, fragte der.

„Lassder ihr Nummer gehm und gib ihr meine. Die andern brauchder ned kondrolliern. Außer wenns ned gäi wolln. Obber ich glaab, die wern edz dann verschwindn.“

„Alles gloar. Gud Nachd, Kalle. Und nomol sorry für die Schdörung.“

„Bassd scho. Ruiche Schichd no.“

Brechtl legte auf. Ein anständiger Kerl. Tja. Welche Mutter würde das nicht von ihrem Sohn behaupten? Er ging zurück ins Wohnzimmer und trank den letzten Schluck Bier aus der Flasche. Die Schüssel mit den restlichen Erdnussflips war doch tatsächlich unberührt. Offenbar hatte Sherlock diese Lektion gelernt. Er lag zusammengerollt auf seiner Decke und schlummerte friedlich.

Die spontane Demo hatte sich nach seinem Telefonat mit Mutter Goller recht schnell wieder aufgelöst, wie Brechtl am Samstagfrüh von den uniformierten Kollegen erfuhr. Dass er auch noch am Wochenende ins Büro musste, statt seinen Urlaub zu genießen, fiel ihm gar nicht mehr so schwer. Es war wie beim Modellflugzeuge-Basteln: Wenn man nach ewigem Sägen, Schneiden und Kleben endlich erahnen konnte, wie das Ergebnis aussehen würde, fing es an, Spaß zu machen.

Deshalb saß er schon um acht Uhr an seinem Schreibtisch und studierte die neuen Unterlagen. Auf der Aktenmappe, die Rainer Zettner erstellt hatte, lag oben eine Kopie seiner Überstundenabrechnung. Ein zarter Hinweis darauf, dass er gestern wieder bis in den späten Abend gearbeitet hatte. Aber das Ergebnis konnte sich sehen lassen. Simone Habereder war mit dem von Goller geliehenen Auto überfahren und die Leiche auch im Laderaum des Fahrzeugs transportiert worden. Mit höchster Wahrscheinlichkeit war es auch die frisch reparierte Kettensäge aus dem Auto, mit der der Baumstamm angesägt worden war. Sie war abgewischt worden, aber trotzdem fand Rainer auf ihr Fingerabdrücke von Carsten Goller - alles passte perfekt zusammen. Gute Arbeit.

Als Nächstes studierte Brechtl ein Fax aus der Gerichtsmedizin. Regine konnte Gollers DNA an der Kleidung der Leiche nachweisen. Das Fax war von gestern Abend, zweiundzwanzig Uhr achtzehn. Na ja - schließlich hatte Brechtl selbst ja auch noch lange nach Feierabend gearbeitet, beruhigte er sein schlechtes Gewissen. Zu guter Letzt fand er noch eine Notiz von Jan mit der dick unterstrichenen Überschrift „NIX". Carsten Goller hatte keine Vorstrafen, keine Punkte in Flensburg, war noch nie aufgefallen. Polizeilich ein völlig unbeschriebenes Blatt. Auch im Verein „Liebe für alle" war er gänzlich unbekannt.

Sonja hatte inzwischen den Besprechungsraum vorbereitet. Inklusive Aufzeichnungsgerät, der kompletten Fallmappe und Getränken. Sogar eine Schüssel Wasser für Sherlock hatte sie in einer Ecke bereitgestellt. Ruckdäschl und Doktor Magerer waren bereits um halb neun gekommen und hatten sich ausgiebig mit Carsten Goller in dessen Zelle unterhalten. Jetzt erschienen sie alle drei in Begleitung eines Schutzpolizisten. Doktor Magerer stellte sich bei Brechtl kurz vor und nahm dann direkt neben Goller Platz. Die üblichen Formulare hatte Sonja von den Herren schon im Vorfeld unterschreiben lassen. Sherlock ging sofort seiner Pflicht als Polizeihund nach, hockte sich zwischen Gollers Beine und ließ sich kraulen. Na dann kann's ja losgehen, dachte Brechtl und eröffnete das Gespräch.

„Guten Morgen zusammen. Haben Sie gut geschlafen, Herr Goller?"

Goller nickte zustimmend.

„Und die Pizza hat gepasst?"

„Die war gut."

Er redete schon mal. Ein guter Anfang. Brechtl hatte sich bei seinen Überlegungen gestern Abend dafür entschieden, Goller gleich zu Anfang mit einem Bild von Simone Habereder zu konfrontieren. Das war zwar ein wenig riskant, aber Brechtl hoffte, aus seiner Reaktion einiges ablesen zu können. Nicht zuletzt, ob Goller nur für die Entsorgung oder auch für die Ermordung des Opfers verantwortlich war. Also los! Brechtl ließ Goller nicht aus den Augen, nahm ein Foto von Simone Habereders Leiche aus der Akte und legte es vor ihm auf den Tisch.

„Kennen Sie diese Frau?"

Goller betrachtete das Bild ein paar Sekunden ohne jede Regung, dann sagte er:

„Ja."

„Woher?"

„Die hab ich totgefahren“, antwortete Goller ruhig, ohne mit der Wimper zu zucken.

Die ganzen Überlegungen von gestern Abend waren umsonst. Mit jeder Antwort hätte Brechtl gerechnet, nur nicht mit dieser. Er schaute in die Runde. Alle anderen blieben ganz gelassen. Offenbar war er der Einzige, den diese Aussage erstaunte. Goller tauschte einen Blick mit seinem Psychologen, der nur anerkennend nickte und ihm die Hand auf die Schulter legte. Für einen kurzen Moment war Brechtl unsicher, wie er weitermachen sollte. Er musste die Offenheit seines Beschuldigten ausnutzen, bevor der wieder auf stur schaltete.

„Wo ist das passiert?“, fragte er.

„Auf der Straße.“

„Auf welcher Straße?“

„In Lauf neben der Bahn, wo man nach Ottensoos fährt.“

Brechtl hielt sich nicht damit auf, den genauen Ort herauszufinden. Das konnte er auch später noch in Erfahrung bringen.

„Wissen Sie, wer das ist?“

Goller schüttelte nur den Kopf.

„Das ist Simone Habereder. Haben Sie sie absichtlich totgefahren?“

Goller schüttelte noch heftiger den Kopf. Er hörte gar nicht mehr auf damit. Sein Gesichtsausdruck wurde immer ängstlicher.

„Also aus Versehen?“, fragte Brechtl, hauptsächlich um das Kopfschütteln seines Gegenüber zu unterbinden und ihn zu beruhigen.

Goller nickte. Brechtl versuchte, ihn mit einer Frage, die er nicht mit ja oder nein beantworten konnte, wieder zum Sprechen zu bringen.

„Mit welchem Auto sind Sie denn gefahren?“

„Mit dem Crafter.“

„Fahren Sie oft mit dem Crafter?“

Wieder nickte Goller nur. Keine Ja-nein-Fragen schrieb sich Brechtl in sein geistiges Notizbuch. Und klare Ansagen.

„Erzählen Sie mir, wo Sie hergekommen sind und was Sie gemacht haben, nachdem Sie die Frau Habereder totgefahren haben."

Brechtl musste sich zusammenreißen, um diesen großen, erwachsenen Mann nicht zu duzen. Es fühlte sich an, als würde man ein Kind verhören, das mit seinem Fußball ein Fenster eingeschossen hatte.

„Ich war beim Kirsche im Garten. Ich hab ihm die Bierbänke zu seinem Garten gefahren."

„Wer ist der Kirsche?"

„Der Kirsche ist mein Freund. Der hat Geburtstag gehabt am Sonntag."

Genau wie Simone Habereder, dachte Brechtl.

„Kirsche ist doch sicher ein Spitzname. Wie heißt denn der richtig?"

„Weiß ich nicht."

Das würde sich ermitteln lassen. Jetzt nur nicht an Kleinigkeiten festbeißen.

„Und wo ist der Garten vom Kirsche?"

„Der Letzte auf der linken Seite."

Na gut. War ja auch nicht wirklich wichtig.

„Haben Sie da alle gefeiert?"

„Das war lustig. Ich hab die Würstchen gegrillt."

„Wie viele Leute waren denn da?"

Goller fing an, im Stillen an den Fingern abzuzählen. Immer wieder fing er von vorne an.

„Schon einige, oder?", versuchte Brechtl, die Sache abzukürzen.

Goller nickte.

„Haben Sie die alle gekannt?"

„Bloß den Kirsche und die Karin und die Rebekka. Aber die anderen waren auch nett."

„War Frau Habereder auch da, die Frau auf dem Bild?"

„Nein."

„Und haben Sie Bier getrunken oder etwas anderes, wo Alkohol drin ist?"

Wieder heftiges Kopfschütteln.

„Das darf ich nicht trinken. Nur Wasser oder Limo. Und Kaffee, zum Frühstück."

„Waren Sie lange da? War es schon dunkel, als Sie gegangen sind?"

Goller nickte. Keine Ja-nein-Fragen, bläute sich Brechtl im Stillen noch einmal ein.

„Gut. Und dann wollten Sie heimfahren, wahrscheinlich. Was ist da passiert auf der Straße in Lauf?"

„Es hat einen Schlag getan und gewackelt. Dann hab ich angehalten und geschaut. Auf der Straße war die Frau mit dem Bild auf der Brust gelegen. Die war tot."

„Woher wussten Sie das?"

„Wenn man mit dem Auto über jemand drüberfährt, ist er tot."

Bestechende Logik.

„Was haben Sie dann gemacht?"

„Ich hab die Frau hinten ins Auto gelegt."

„Warum?"

„Damit nicht noch mal einer drüberfährt."

„Warum haben Sie nicht die Polizei angerufen? Haben Sie kein Handy?"

„Doch. Aber es war ja schon spät. Und da kann man nix mehr machen. Wenn einer tot ist, ist er tot."

„Wo sind Sie dann hingefahren?"

„Auf den zweiten weißen Weg, da wo der große Baum umgefallen ist."

Brechtl fragte nicht nach, warum der Weg „der zweite" hieß. Er wusste ja, um welchen Weg es sich handelte.

„Hat Ihnen jemand gesagt, dass Sie das machen sollen?"

Kopfschütteln.

„Warum sind Sie dann ausgerechnet da hingefahren?"

„Weil da der Baum umgefallen ist."

Es war gar nicht so einfach, ihm sinnvolle Antworten zu entlocken.

„Warum haben Sie die Frau denn in das Loch bei den Wurzeln gelegt?"

„Damit keiner traurig ist."

Brechtl warf Sonja einen fragenden Blick zu, aber die zuckte nur mit den Schultern.

„Das versteh ich nicht. Warum ist dann keiner traurig? Wie kommen Sie darauf?"

„Das hat der Uwe gesagt."

Also hatte er doch mit jemandem gesprochen. Mit seinem Bruder.

„Wann hat der Uwe das gesagt?"

„Wie er die Katze vom alten Herrn Schülein totgefahren hat. Die haben wir auch mit dem Auto in den Wald gefahren und unter den Wurzeln von einem Baum eingegraben. Der Uwe hat gesagt, das ist gut, wenn der alte Herr Schülein das nicht weiß und wenn er die Katze nicht mehr sieht, weil sonst ist er bestimmt ganz traurig. Und der alte Herr Schülein ist nett. Wir haben nicht gewollt, dass er traurig ist."

„Und darum wollten Sie die Frau Habereder auch eingraben?"

Goller nickte. Oh Gott! Brechtl wusste nicht, ob er dieses Riesenkind bemitleiden oder beneiden sollte. Die Welt kann so einfach sein, wenn sie so klein ist.

„Aber dann ist die Säge kaputtgegangen?", fragte Brechtl weiter und versuchte dabei, sich nichts anmerken zu lassen.

„Ja. Aber das ist nicht so schlimm. Der Herr Kempfer sagt immer, es ist nicht so schlimm, wenn was kaputtgeht, aber aufpassen muss man schon. Ich hab aufgepasst, aber die Säge ist trotzdem kaputtgegangen."

„War sonst noch jemand dabei, im Wald?"

„Da sind ein paar Motorradfahrer gekommen, aber die sind gleich wieder weggefahren. Ich weiß auch nicht, ob die sich mit Sägen auskennen."

„Und dann sind Sie auch weggefahren."

Goller nickte.

„Ich hab mir gedacht, der Herr Kempfer kann die Säge bestimmt reparieren und dann kann ich den Baum ja morgen nach der Arbeit absägen."

Es war einfach unglaublich, mit welcher Selbstverständlichkeit Goller alles erzählte. Weder sein Anwalt noch der Psychologe mischten sich ein. Offensichtlich kannten sie die ganze Geschichte bereits.

„Haben Sie dann dem Herrn Kempfer von der Frau erzählt?"

„Nein."

„Warum nicht?"

„Weil ich dem Uwe versprochen hab, es niemandem zu sagen."

„Der Uwe hat es aber gewusst. Woher?"

„Ich hab's ihm beim Frühstück gesagt."

„Und dann hat der Uwe gesagt, Sie sollen das niemandem erzählen."

Goller nickte.

„Das ist ein Geheimnis, hat er gesagt. Ich darf es niemandem sagen, auch der Mama und dem Herrn Kempfer nicht. Gar niemandem. Aber da hat sich der Uwe getäuscht. Der Herr Doktor Magerer hat gesagt, der Polizei darf man das schon erzählen."

Er drehte sich sicherheitshalber zu seinem Psychologen, der zustimmend nickte.

„Deshalb wollten Sie nicht mit uns reden, gestern?", erkundigte sich Brechtl.

Goller zuckte unsicher mit den Schultern und blickte zu Sherlock hinunter, den er die ganze Zeit über gekrault hatte.

„Da hat er recht gehabt, der Herr Doktor Magerer." Brechtl warf dem Psychologen einen dankbaren Blick zu. „Der Polizei muss man so was sagen. Die kann man sogar in der Nacht anrufen. Gehen Sie mit der Frau Nuschler ins Büro rüber? Ich muss mich noch mit dem Herrn Doktor Magerer und dem Herrn Ruckdäschl unterhalten."

„Darf der Sherlock auch mit?"

„Aber freilich!"

Nachdem die drei das Besprechungszimmer verlassen hatten, schenkte sich Brechtl erst einmal ein Glas Wasser ein. Normalerweise trank er praktisch nie Wasser und ein Bier wäre ihm jetzt auch deutlich lieber gewesen, aber es war ja keines da.

„Donnerwetter", fasste er zusammen, „ich hab ja schon viel erlebt in meiner Laufbahn, aber so was ist mir noch nie passiert.

Vielen Dank, dass Sie ihn zu der Aussage überredet haben."

„Alles andere hätt ja koin Sinn ghabd. Was bringts denn, wenn Sie mein Mandande einsperre. Sie hebbe ja gsehe, dass er mit Sicherheit nit schuldfähig is. Wie wollet mer jetz weiter verfahre?"

„Das muss ich erst einmal mit der Staatsanwaltschaft abklären. Aber wenn sich das alles so zugetragen hat, dann hat Herr Goller Frau Habereder nicht getötet. Nach dem Bericht der Gerichtsmedizin war sie ja bereits tot, bevor sie überfahren wurde. Ob und weshalb Herr Goller angeklagt wird und ob er in Untersuchungshaft kommt, darüber muss das Gericht entscheiden. Vorher kann ich ihn auf jeden Fall nicht gehen lassen, tut mir leid."

„Wenn des a so isch, dann müsset mer nomal schwätze", meinte Ruckdäschl und zog das Strafgesetzbuch aus seiner Aktentasche.

10

Warum darf so einer überhaupt Auto fahren? „So einer“ hatte er gesagt, der Herr Staatsanwalt. Natürlich nur unter vier Ohren, am Telefon. Unter Zeugen wäre er da ganz schnell in Erklärungsnot geraten. In persönlichen Gesprächen untermalte er solche Sprüche immer mit einem unverbindlichen Lächeln. Das war seine Masche. Wenn er etwas mit einem humorvollen Unterton von sich gab, hielt er sich für später immer noch zwei Optionen offen: „Das war doch klar, dass das ein Spaß war, wir haben noch darüber gelacht“ und „Genau das habe ich Ihnen gleich gesagt und Sie haben noch darüber gelacht“ . Je nachdem, welche Variante gerade opportun war. Er legte es manchmal sogar darauf an, seinem Gegenüber die Zustimmung zu irgendwelchen kruden Thesen zu entlocken, um die Aussage dann gegen denjenigen verwenden zu können. Unnötig zu erwähnen, dass Hermann nicht zu den Menschen zählte, mit denen Brechtl gerne zusammenarbeitete, aber inzwischen kannte er ihn lange und gut genug, um auf diese Nicklichkeiten nicht mehr hereinzufallen.

„Offensichtlich hat Herr Goller die MPU ja bestanden. Sonst hätte er ja keinen Führerschein. Nach Aussage seines Chefs war er ein äußerst umsichtiger Fahrer, hatte nie einen Strafzettel mit dem Firmenfahrzeug und auch keine Punkte in Flensburg.“ Staatsanwalt Hermann hatte übrigens vier davon, das hatte Brechtl einmal nachgeschaut. Aber das behielt er natürlich für sich.

„Und jetzt wollen Sie ihn laufen lassen? Kommt ja gar nicht infrage!“

„Nach der Rechtslage wird das wohl so sein.“

Brechtl war mit Ruckdäschl die einschlägigen Paragrafen durchgegangen und hatte sich darüber Notizen gemacht. Jetzt konnte er auftrumpfen. „Für Paragraf hundertachtundsechzig fehlt die Grundlage. Die Totenruhe stört nur, wer den Körper aus dem Gewahrsam eines Berechtigten wegnimmt, oder daran beschimpfenden Unfug verübt. Beides kann man Herrn Goller nicht unterstellen. Wegen Körperverletzung oder fahrlässiger Tötung kann er auch nicht belangt werden, weil Frau Habereder zum Zeitpunkt des Unfalls nachgewiesenermaßen bereits tot war. Eine Leiche ist juristisch gesehen nun mal eine Sache. Sachbeschädigung fände ich in diesem Zusammenhang etwas pietätlos."

Ruckdäschl, der während des Telefonats schweigend neben Brechtl stand, streckte grinsend den Daumen hoch. Sie hatten den Paragrafenreiter mit seinen eigenen Waffen geschlagen. Aber Hermann gab noch nicht auf.

„Nur wegen seiner eigenen Aussage können Sie ja wohl nicht davon ausgehen, dass er Frau Habereder nicht ermordet hat. Der kann Ihnen doch jeden Bären aufbinden."

„Warum sollte er. Er hat ja sogar gestanden, dass er sie überfahren hat. Dass sie zu diesem Zeitpunkt schon tot war, wusste er nicht. Laut Aussage des Psychologen, der ihn seit Jahren betreut, hat er nicht das geistige Potenzial, um sich so eine Geschichte auszudenken. Er sagt entweder gar nichts oder die Wahrheit. In diesem Fall offensichtlich die Wahrheit. Möchten Sie das sicherheitshalber lieber noch einmal mit dem Jour-Richter durchsprechen?"

Brechtl konnte hinterlistig sein. Mit dieser Frage sprach er Hermann natürlich seine Autorität ab. Schließlich war es die Entscheidung des Staatsanwalts, wer dem Richter zur Haftprüfung vorgeführt wurde und wer nicht. Und selbstverständlich hatte Brechtl nachgeschaut, welcher Richter Wochenenddienst hatte. Es war einer, der Hermann genauso wenig leiden konnte.

„Fester Wohnsitz?", fragte Hermann grantig zurück.

„Ja, ja", bestätigte Brechtl.

„Ja dann ... in Gottes Namen, dann lassen Sie ihn laufen. Vorläufig. Ich schau mir das noch mal an."

Hieß das nicht eigentlich „im Namen des Volkes"? Brechtl legte noch eins drauf:

„Wenn Sie mir Ihre Entscheidung bitte noch faxen könnten."

„Ja, das macht dann die Sekretärin."

Wenigstens musste er sich noch heraushängen lassen, dass er

für die niederen Arbeiten Bedienstete zur Verfügung hatte, der Herr Staatsanwalt.

Brechtl war mit sich zufrieden, als er auflegte. Für einen kurzen Moment jedenfalls. Uwe, den Bruder von Carsten Goller, würde er nicht ungeschoren davonkommen lassen. Die versuchte Vertuschung einer Straftat, auch wenn hier gar keine vorlag, war etwas, was Brechtl schon von Berufs wegen nicht ausstehen konnte. Dem Mörder von Simone Habereder waren sie aber keinen Schritt näher gekommen. Seine Theorie, dass der Mörder Carsten Goller als ahnungslosen Erfüllungsgehilfen missbraucht hatte, warf Brechtl über Bord. Sie hatten zwar die Antworten auf einige Fragen bekommen, aber dadurch waren nur noch mehr Fragen aufgetaucht.

Wie kam der Leichnam auf die Straße? Hatte der Täter einen Unfall geplant, um die Tötung einem x-beliebigen Autofahrer in die Schuhe zu schieben? Auf jeden Fall musste sich Brechtl die genaue Stelle zeigen lassen, an der Carsten Goller Frau Habereder überfahren hatte.

Also fuhr er zusammen mit Sonja und Goller genau die Strecke von Lauf nach Rüblanden, die dieser in der Nacht zum Montag gefahren war. Goller saß mit Sherlock auf der Rücksitzbank und lotste.

Von Kirsches Schrebergarten, der ganz im Süden der Stadt lag, fuhren sie zunächst Richtung Innenstadt und bogen dann an den Pegnitzwiesen Richtung Bahnhof ab.

„Das ist die kleine Straße.“ Goller zeigte nach links. „Da geht's auch nach Ottensoos, aber der Herr Kempfer hat gesagt, ich soll immer die große nehmen, damit ich nicht über den Randstein fahre.“

Brechtl wusste genau, was Carsten Goller meinte: Die abenteuerliche Verkehrsberuhigung in der Eichenhainstraße, bei der man schon mit einem normalen PKW fast nicht anders konnte, als mit zwei Rädern über den Gehweg zu fahren. Sie fuhren also am Bahnhof vorbei und bogen vor der Bahnunterführung rechts ab, in Richtung des kleinen Industriegebiets in der Nähe der Autobahn.

„Da war's!", rief Goller schon nach zweihundert Metern. „Da hab ich die Frau totgefahren."

Brechtl stoppte.

„Wo genau?"

„Da, wo die Bäume sind."

„Bleiben Sie im Auto und passen Sie auf den Sherlock auf. Die Frau Nuschler und ich kommen gleich wieder."

Goller nickte eifrig und hob den Basset auf seinen Schoß.

Brechtl und Sonja stiegen aus, um den Straßenrand zu untersuchen. Mit gesenkten Köpfen gingen sie langsam Meter für Meter die Straße entlang.

„Homms wos verlorn?", fragte ein Cabriofahrer, der neben ihnen anhielt.

„Naa, bassd scho", antwortete Brechtl.

„Ich mäiserd bloß dou nei."

Erst jetzt bemerkte Brechtl, dass er mitten auf der Abzweigung Richtung Wohngebiet stand.

„Ach so, Tschuldigung!"

Er trat einen Schritt zur Seite und ließ das Auto passieren. Dabei fiel sein Blick auf das Straßenschild. „Christof-Döring-Straße". Der Name kam ihm bekannt vor, aber er musste eine Zeit lang überlegen, bis ihm einfiel, woher.

„Sonja!", rief er sie aufgeregt zu sich. „Sagt dir der Straßenname was?"

„Nö."

„Da ist die Eigentumswohnung, die die Habereder kaufen wollte."

Auf einmal war ihm alles sonnenklar. Nach dem Streit mit Gerd Kreutzer war Frau Habereder zu der Wohnung gefahren. Dort musste der Mord passiert sein. Brechtl wurde hektisch.

„Ruf Jan an und lass dir die Hausnummer geben und Rainer soll mit seinen Jungs anrücken."

„Kalle ... Kalle", beruhigte Sonja ihren Kollegen, „es ist Samstag. Jan ist nicht im Büro und wenn du Rainer jetzt noch das Wochenende versaust, dann kündigt er dir die Freundschaft.

Der war gestern Abend schon bis in die Puppen in seinem Keller zugange."

Samstag. So ein Mist. Das hatte Brechtl völlig verdrängt. Am Wochenende war der Nürnberger Kriminaldauerdienst für den Erkennungsdienst zuständig.

„Ja und - dann holen wir halt den KDD", schlug er vor.

„Was soll das bringen?"

„Wie - was soll das bringen?"

„Du weißt, wie das läuft. Du kannst erst mal einen Antrag stellen und die Dringlichkeit begründen. Gut, bei Mord ist das kein Problem. Die kommen, machen die Wohnung auf und sichern Spuren. Sie haben zwar keine Ahnung von dem Fall, legen aber kräftig los, pulvern alles voll und ziehen die Fingerabdrücke ab. Sie nehmen noch pfundweise DNA-Proben und versiegeln die Wohnung, damit der Täter, falls er noch mal herkommt, auch genau weiß: Hoppla, die Polizei war da! Die ganze Chose wird katalogisiert und Berichte mit schönen Bildern geschrieben. Das Ganze bekommst du wann?"

„Was weiß ich, Montag?"

„Hahaha, wovon träumst du eigentlich nachts? Am Montag fangen die erst mit der Auswertung an. Sie brauchen ja Rainers Daten zum Abgleich der Fingerabdrücke. Und auf die DNA-Spuren kannst du lange warten - hat ja nicht jeder einen so guten Draht zur Gerichtsmedizin wie du. Sagen wir mal Mittwoch, mit viel gutem Willen. Dann schreiben sie seitenweise Berichte, die Rainer und wir dann lesen und verstehen müssen. X-mal hin und her telefonieren, E-Mails lesen." Bei diesem Satz schaute sie ihn vorwurfsvoll an. „Bis wir ein Bild von der Lage haben, ist die nächste Woche auch noch rum. Und Rainer ist wieder grantig, weil es ihm die Nürnberger Kollegen ja sowieso nie gründlich genug machen. Ne, da hab ich keine Lust drauf! Wenn die nicht über einen blutigen Schürhaken mit den Fingerabdrücken von einem Verdächtigen stolpern, bringt uns das null und nix."

Brechtl traute sich kaum, noch etwas zu sagen.

„Und wenn der Täter bis dahin die Spuren beseitigt?", fragte er kleinlaut.

„Der Mord ist jetzt fast eine Woche her. Wenn er bis jetzt keine Spuren beseitigt hat, dann macht er es wahrscheinlich auch nicht ausgerechnet morgen.“ Sie zeigte auf den Dienstwagen. „Jetzt fahren wir erst mal Carsten Goller heim und unterhalten uns mit seinem Bruder. Und am Montag kümmern wir uns um die Wohnung. Die läuft uns ja nicht weg.“

„Meinst du?“

„Mein ich. Und ich leite die Ermittlungen, hast du gesagt.“

Ja, jetzt auf einmal. Ganz unrecht hatte Sonja allerdings nicht, auch wenn sie etwas übertrieben hatte. Wahrscheinlich war es wirklich besser, wenn Rainer die Sache in die Hand nahm. Der war ein alter Hase und wusste, worum es in dem Fall ging.

„Also gut, Chefin, einen Tag frei im Urlaub hab ich mir verdient“, lenkte Brechtl ein.

Sie stiegen wieder zu Goller ins Auto, bedankten sich fürs Hundesitten und fuhren los. Noch bevor sie um die nächste Kurve bogen, griff Sonja aufgeregt an Brechtls Schulter.

„Halt mal, Kalle!“

Sie zeigte auf den großen Fabrikparkplatz, der sich direkt neben der Straße befand. Er war jetzt am Wochenende gänzlich leer, bis auf ein einziges Auto, das ganz am Rand geparkt war. Ein silberner Astra Kombi mit roter Beifahrertür.

„Gutes Auge, Frau Oberkommissarin“, lobte Brechtl. „Den holen wir uns auf dem Rückweg.“

Die Gollers wohnten im ersten Stock eines älteren zweistöckigen Hauses. Die Stufen der Holztreppe knarzten laut, als Carsten sie nach oben führte. In der Wohnung bellte ein Hund in einer Tonlage, dass Brechtl froh war, Sherlock im Auto gelassen zu haben.

„Ich bin’s, Bazi!“, rief Carsten Goller.

Sofort verstummte das Gebell und ging in ein freudiges Quietschen über. Bazi war, wie sich herausstellte, ein Riesenschnauzer und drehte sich vor Freude im Kreis, als Goller die Wohnung betrat.

„Ich bin wieder da, Mama!“

Mutter Goller umarmte ihren Sohn.

„Geht's dir gut?"

„Ja. Aber Hunger hab ich."

„In der Küche ist ein Marmorkuchen."

Carsten machte sich sofort auf den Weg in die Küche, während seine Mutter sich vorwurfsvoll an Brechtl und Sonja wandte.

„War das jetzt wirklich nötig?"

„Können wir uns irgendwo unterhalten, Frau Goller? Ich bin Hauptkommissar Brechtl, wir haben heute Nacht telefoniert, und das ist meine Kollegin, Oberkommissarin Nuschler."

„Wir sind im Garten, Carsten!", rief sie in die Küche.

„Okay!" antwortete Goller mit vollem Mund.

Im Garten hinter dem Haus, in dem in vielen gepflegten Beeten Salat und Gemüse angebaut wurde, stand ein Tisch mit zwei Holzbänken.

„Mussten Sie den armen Jungen einsperren? Ich hab Ihnen doch gleich gesagt, dass er nichts getan hat."

„Ganz so ist es nicht, Frau Goller", widersprach Brechtl. „Ihr Sohn war doch letzten Sonntag auf der Geburtstagsfeier von seinem Freund Kirsche. Wissen Sie, wer das ist?"

„Ja sicher. Kirschner heißt er eigentlich. Er ist ein ehemaliger Nachbar von uns, der jetzt in Lauf wohnt."

„Auf dem Heimweg von dieser Feier hat Carsten in Lauf eine Frau überfahren."

„Oh Gott!" Frau Goller schlug erschrocken die Hände vor ihren Mund. „Ist ihr was passiert?"

„Die Frau ist Opfer eines Gewaltverbrechens geworden. Sie war allerdings schon tot zu dem Zeitpunkt, als ihr Sohn sie überfahren hat. Deshalb haben wir die Ermittlungen gegen ihn auch vorläufig eingestellt. Wir kümmern uns nur um den Mord an der Frau. Aber die Staatsanwaltschaft wird voraussichtlich noch eine Strafverfolgung einleiten. Ganz raus aus der Nummer ist er also noch nicht, wenn ich das mal so salopp sagen darf."

„Warum?"

„Auf jeden Fall unerlaubtes Entfernen vom Unfallort, also

Fahrerflucht. Er hat den Unfall nicht gemeldet, im Gegenteil, er hat sogar noch versucht, die Leiche zu verstecken."

„Mein Carsten? Das glaub ich nicht."

„Er hat es selbst zugegeben und alle Spuren, die wir gesichert haben, bestätigen das auch."

„Das hat er sicher nicht mit Absicht gemacht, ich meine, er hat es bestimmt nicht böse gemeint. Sie haben ihn ja erlebt. Carsten ist ein ganz Lieber, der tut doch keiner Fliege was zuleide."

„Das will ich Ihnen gar nicht absprechen, aber er hat sich damit natürlich in eine ganz schwierige Situation gebracht."

„Und jetzt?"

„Jetzt möchten wir erst einmal mit Ihrem Sohn Uwe sprechen. Wo finden wir den?"

„Was hat der Uwe damit zu tun?"

„Wir möchten ihm einfach ein paar Fragen stellen. Wo ist er?"

„Der hilft beim Heu-Machen. Wenn Sie weiter Richtung Sendelbach fahren, dort auf den Wiesen. Sie können auch gern hier auf ihn warten. Möchten Sie ein Stück Marmorkuchen?"

„Nein danke", lehnte Brechtl ab, „wir haben den Hund im Auto. Den können wir da nicht so lange warten lassen."

„Den können Sie ruhig mit reinnehmen. Unser Bazi macht nix."

„Danke für das Angebot, aber wir müssen weiter. Auf Wiederschaun, Frau Goller."

„Was wird jetzt mit Carsten?"

„Das kann ich nicht vorhersagen. Wenn er Glück hat, bleibt es bei einer Geldstrafe und ein paar Wochen Führerscheinentzug."

Uwe Goller hätte bestimmt nicht damit gerechnet, dass es sich bei dem Paar, das mit seinem Basset am Samstagnachmittag über die Wiese ging, um Polizisten handelte.

„Uwe Goller?", sprach Brechtl ihn an.

„Ja?"

„Hauptkommissar Brechtl von der Kripo Schwabach. Das ist meine Kollegin, Oberkommissarin Nuschler. Bitte legen Sie erst mal die Heugabel weg." Er zeigte seinen Dienstausweis.

Goller steckte die Gabel in den Boden und schaute die beiden unsicher an.

„Können Sie sich vorstellen, weshalb wir hier sind?", fragte Brechtl weiter.

„Wegen Carsten."

„Nein, wegen Ihnen."

„Wegen mir?"

„Wir brauchen gar nicht lange um den Brei herumzureden, Herr Goller. Sie haben versucht, eine Straftat zu vertuschen."

„Ich?"

„Sie haben Ihrem Bruder das Versprechen abgenommen, niemandem von seinem Unfall zu erzählen. Schon diese Aufforderung ist eine Straftat. Und dass Sie selbst uns nicht informiert haben, ist die zweite."

Uwe Goller stand den Kommissaren mit betretener Miene gegenüber und starrte schuldbewusst auf den Boden.

„Jetzt schildern Sie mir mal, wie Sie davon erfahren haben", forderte Brechtl ihn auf.

„Ich hab den Carsten am Montag beim Frühstück gefragt, wie es bei Kirsche auf dem Geburtstag war. Er hat erzählt, was es zu essen gegeben hat und wer alles da war und dass er die Würstchen grillen durfte und ganz beiläufig hat er dann erwähnt, dass er auf dem Heimweg eine Frau totgefahren hat. Ich bin natürlich aus allen Wolken gefallen. Dann hat er mir gesagt, wo er sie hingebracht hat. Ich bin gleich mit dem Fahrrad runtergefahren, aber da stand schon ein Polizist an der Straße. Was hätt ich denn machen sollen?"

„Zum Beispiel diesen Polizisten ansprechen?"

„Ich kann doch meinen Bruder nicht ans Messer liefern. Der ist doch wie ein Kind. Der weiß doch gar nicht, was er da getan hat."

„Aber Sie sind kein Kind. Sie wissen genau, worum es geht und dass man da nicht einfach wegschauen darf."

„Er ist mein Bruder. Ich konnte ja eh nichts mehr ungeschehen machen."

„Vielleicht denken Sie mal an die Frau. Die hat auch einen Bruder."

... der vielleicht mehr mit dem Tod seiner Schwester zu tun hatte als Carsten Goller, dachte Brechtl bei sich, sprach es aber natürlich nicht aus.

„Ist sie wirklich tot?"

„Ja."

„Es tut mir leid. Ehrlich. Ich hätte die Polizei anrufen sollen. Gleich am Anfang hab ich es nicht gemacht und nach ein paar Tagen ..."

„... haben Sie gedacht, wir kommen nicht drauf, wer sie überfahren hat", vollendete Brechtl den Satz.

Goller zuckte mit den Schultern.

„Wer hat die Motorsäge repariert?", wollte Brechtl wissen.

„Ich."

Uwe Goller war erstaunt darüber, was die Polizisten so alles wussten.

„Damit haben Sie sich aktiv an der Vertuschung beteiligt, das ist Ihnen schon klar, oder?"

„Ich hab ja schon gesagt, dass es mir leid tut", antwortete er zerknirscht.

„Ich sag Ihnen jetzt mal was: Die Frau war bereits tot, als Ihr Bruder sie überfahren hat. Sie ist vermutlich ermordet worden. Und wenn Sie sich einfach bei uns gemeldet hätten, dann wären wir in unseren Ermittlungen schon sehr viel weiter und hätten nicht eine Woche lang nach einem Autofahrer gefahndet, der mit dem Mord gar nichts zu tun hat."

„Dann hat er sie gar nicht totgefahren?", fragte er erleichtert.

„Nein, hat er nicht. Aber das ist hier nicht der Punkt. Es geht um Sie, nicht um Ihren Bruder."

„Und was passiert jetzt?"

„Sie werden von der Staatsanwaltschaft hören. Das ist kein Kavaliersdelikt."

„Muss ich ins Gefängnis deswegen? Ich muss mich doch um Carsten und meine Mutter kümmern."

„Das kann ich nicht sagen. Aber ich rate Ihnen, mit den Behörden zusammenzuarbeiten, dann kommen Sie vielleicht mit einer Bewährungsstrafe davon. Vielleicht", betonte Brechtl noch einmal, um Uwe Goller wirklich ins Gewissen zu reden.

Der nickte betroffen.

„An wen soll ich mich wenden?“

„Die melden sich schon bei Ihnen. Auf Wiedersehn, Herr Goller.“

„Auf Wiedersehn, Herr Kommissar.“

Er starrte noch eine ganze Zeit lang bedrückt auf den Boden, während Brechtl und Sonja sich auf den Weg zurück zum Auto machten.

„So ein Idiot“, ärgerte sich Brechtl. „Den ganzen Mist hätten wir uns sparen können und den Tatort hätten wir auch schon am Montag gekannt.“

„Hättest du es anders gemacht, in seiner Situation?“

Brechtl überlegte, ob er für seinen Bruder so in die Bresche springen würde. Wahrscheinlich nicht. Aber sein Bruder war ja auch erschreckend normal. Er gab Sonja keine Antwort auf ihre Frage, sondern brummte nur vor sich hin.

„Wo ist eigentlich der Hund?“

Der war ein paar Meter zurückgeblieben und setzte gerade einen Haufen mitten in die Wiese.

„Hopp, komm!“, rief Brechtl.

„Willst du das nicht wegmachen?“, fragte Sonja.

„Warum? Stört doch keinen, mitten auf der Wiese.“

„Du hast gar keine Ahnung, oder? Wegen so einem Hundehaufen kann der Bauer das ganze Heu wegschmeißen. Das kann man nicht mehr als Viehfutter gebrauchen. Da werden die Kühe krank davon.“

„Ach, da scheißen doch andere Hunde auch rein.“

„Und nur weil's die anderen auch machen, ist das o.k. für dich, ja?“

Sonja schaute ihn derart entrüstet an, dass ihm nichts anderes übrig blieb, als eine Tüte aus dem Behälter, der an der Leine befestigt war, zu fummeln und umzukehren. Bestimmt fünf Minuten suchte er die Wiese nach dem blöden Hundehaufen ab. Dann fand er ihn - mit seinem rechten Schuh.

Auf dem Rückweg hielten sie auf dem Parkplatz, auf dem Simone Habereders Auto immer noch sehr verlassen in der Ecke stand.

„Was machen wir jetzt mit der Karre?“, fragte Brechtl.

„Na, in die Inspektion schleppen lassen.“

„Was versprichst du dir davon?“

„Spuren. Was, wenn der Mord gar nicht in der Wohnung, sondern im Auto passiert ist? Oder sie den Täter mitgenommen hat? Also manchmal muss man bei dir wirklich ganz von vorne anfangen.“

Jetzt wurde sie aber langsam unverschämt. Das konnte Brechtl nicht auf sich sitzen lassen.

„Das Auto hat ja wohl schon zwanzig Jahre auf dem Buckel. Was meinst du, wer in der Zeit alles mitgefahren ist.“

„Blutspuren, Fingerabdrücke ...“

„Ach - wie willst du in einem Auto jemandem so auf den Hinterkopf schlagen? Und dann zerrt er sie bis da vor auf die Straße? Das sind doch locker zweihundert Meter. Macht doch kein normaler Mensch.“

„Seit wann haben wir es in dem Fall mit normalen Menschen zu tun?“, konterte Sonja.

„Zwanzig Euro, dass Rainer nichts Verwertbares findet!“ Brechtl hielt ihr die Hand hin.

Sonja schlug ein.

„Wir lassen ihn abschleppen.“

Während sie auf den Abschleppwagen warteten, setzten sie sich auf eine Bank, von der aus sie den Parkplatz im Blick hatten. Die Bäume daneben boten wenigstens ein bisschen Schatten.

„Langsam geht mir das echt auf die Nerven mit der ewigen Hitze“, stöhnte Brechtl und wischte sich den Schweiß von der Stirn.

„Du hast auch immer was zu jammern. Wenn’s regnet, ist es dir ja auch nicht recht.“

Brechtls Handy vibrierte. WhatsApp von Thomas.

„wo bleibsdn?“

Brechtl warf einen Blick auf die Uhr. Viertel drei. Seine Freunde waren wie jeden Samstag beim Modellfliegen.

„*ko ned. Mou erbern*", schrieb er zurück.

„*am Samsdooch?*"

„*ja mei ...*"

„*du hasd doch Urlaub. Die Däddowierde immer no?*"

Brechtl zeigte Sonja die Nachricht. Die verzog das Gesicht, bis sie es endlich entziffern konnte.

„Schreibt ihr sogar auf Fränkisch?"

„Logisch, dann hat die NSA was zu tun."

„*Jo. Morng häddi Zeid*", tippte er ein.

„*morng gäid bei mir ned. Mou Rodfoarn mid meiner Frau.*"

Zum Glück hatte Brechtl niemanden, der ihn zu sportlichen Aktivitäten zwang.

„*dann bis Diensdooch*"

Daumen hoch war die Antwort. Er würde jetzt auch viel lieber auf der Wiese stehen, seinem Flieger hinterherschauen und mit seinen Freunden blöde Sprüche klopfen, dachte Brechtl.

„Meinst du, es wäre gut, in einer Welt zu leben, die so einfach gestrickt ist wie die von Carsten Goller?", fragte er Sonja, die mit geschlossenen Augen neben ihm saß und die Sonne genoss.

„Was wäre daran besser?", fragte sie zurück, ohne die Augen zu öffnen.

„Na ja, du hättest ein paar einfache Regeln, an die du dich hältst und könntest sorglos in den Tag hineinleben. Es wäre nicht alles so scheiß kompliziert."

Er hob einen Stock vom Boden auf, zeigte ihn Sherlock und warf ihn ein paar Meter weit in die Wiese. Der Hund schaute dem Stock hinterher, warf Brechtl einen gelangweilten Blick zu und legte seinen Kopf wieder zwischen die Vorderpfoten.

„Und welche Regeln wären das?", fragte Sonja.

„Was weiß ich, die Zehn Gebote zum Beispiel. Wenn sich jeder daran halten würde, wären wir arbeitslos."

„Hat noch nicht mal in der Bibel geklappt."

„Aber warum? Wäre doch für alle besser."

„Weil der Mensch ein Egoist ist. Weil es ihm von Natur aus

egal ist, wie es den anderen geht, wenn für ihn selber ein Vorteil herausspringt."

„Das kann man doch nicht verallgemeinern", widersprach Brechtl.

„Sagt der, der nicht mal den Hundehaufen von der Wiese aufsammelt, weil er fünf Meter zurücklaufen muss."

„Hab ihn doch aufgesammelt."

Brechtl kontrollierte lieber noch einmal, ob auch wirklich nichts mehr an seinem Schuh hing.

„Und das nur, damit der Bauer keinen Schaden hat", fügte er noch hinzu.

„Quatsch. Du hast ihn aufgesammelt, weil ich sonst beleidigt gewesen wäre. Also hatte es einen Vorteil für dich."

„Wenn es so wäre, dass jeder nur auf seinen Vorteil aus ist, dann würde doch das totale Chaos herrschen."

„Eben. Deshalb gibt es ja Gesetze. Gesetze sind nur dazu da, um dafür zu sorgen, dass sich niemand einen Vorteil gegenüber anderen verschafft. Was hält dich davon ab, die nächste Tankstelle zu überfallen? Du würdest ins Gefängnis kommen, deinen Job, deine Freiheit und dein Geld verlieren. Die Nachteile für dich wären größer als die Vorteile. Nur das hält dich davon ab. Wenn es erlaubt wäre, Tankstellen zu überfallen, würde es jeder machen. Die ganze Legislative ist nur damit beschäftigt, den Egoismus der Menschen auszubremsen."

„Und wir sind dazu da, um die Egoisten einzusammeln, bei denen das nicht geklappt hat."

„Genauso ist es. Schluss mit Philosophiestunde. Der Abschleppwagen ist da."

Sonja sprang auf und winkte dem Fahrer zu. Noch während sie die Formalitäten erledigten, kam ein Mann mit einem schwarzen T-Shirt auf sie zu, auf dem in großen Lettern „SECURITY" stand.

„Wos machnern Sie dou?", fragte er ziemlich barsch.

„Hauptkommissar Brechtl von der Kripo Schwabach", stellte sich Brechtl vor und hielt ihm seinen Dienstausweis hin. „Das Auto ist beschlagnahmt. Steht der schon länger da?"

„Die ganz Wochn scho. Dooch und Nachd. Ich hob dachd,

der gheerd am End an Midarbeider und dass er hald hi is, der alde Karrn. Und edz hobbi gseeng, dass Sie dou midn Abschlebber kummer, drumm hobi hald amol her gschaud, wall Sie hobbi ja ned kennd."

„Wie homnern Sie uns gseeng? Is der Bargbladz videoüberwachd?"

„Fraale!"

Der Wachmann zeigte auf die Kamera, die an der Wand des Fabrikgebäudes angebracht war.

„Werd des aufzeichned?", erkundigte sich Brechtl.

„Scho."

„Kemmer amol die Aufnohmer vo ledzdn Sunndooch seeng?"

„Wenns saa mou."

Sie warteten noch, bis das Auto aufgeladen war, und begleiteten dann den Wachmann in seine kleine Zentrale neben dem Haupteingang der Fabrik. Es dauerte eine ganze Weile, bis er die richtige Datei gefunden hatte.

„So, edzerla. Sunndooch. Dou hommers. Schdard."

Auf dem Bildschirm war außer ein paar Lichtpunkten praktisch nichts zusehen.

„Des is ja middn in der Nachd."

„Fraale, des gäid vo Middernachd bis Middernachd."

„Dann gängers amol auf Nammidooch, su ummer halber vierer."

„Vorschbuuln?"

„Sunsd sidzmer ja bis morng dou, wemmer uns des in Echdzeid oschauer."

Der Wachmann schaute konzentriert auf den Bildschirm und zog den Mauszeiger über die verschiedenen Bedienelemente des Programms.

„Ich mach des aa ned su ofd", entschuldigte er sich.

„Darf ich mal?"

Sonja nahm ihm die Maus einfach ab. Mit ein paar Klicks war sie an der richtigen Stelle.

„Die junger Leid, gell", bewunderte er sie.

Man konnte sehen, wie Frau Habereder das Auto parkte und

ausstieg. Besser gesagt konnte man es erahnen, denn der Siebzehn-Zoll-Bildschirm zeigte den kompletten Parkplatz.

„Ausschnittvergrößerung is nicht, oder?“, wollte Brechtl wissen.

„Mit dem Programm nicht“, stellte sie fest.

Zumindest konnte man erkennen, dass sie allein war. Schade, dachte Brechtl, es wäre ja auch zu schön gewesen, wenn der Mörder gleich mit auf dem Video gewesen wäre. So viel stand aber fest: Um fünfzehn Uhr achtundfünfzig war Simone Habereder noch quicklebendig. Und sie trug ein gelbes T-Shirt, das sie nicht mehr angehabt hatte, als sie sie gefunden hatten.

„Kemmer die Dadei hom?“, wandte sich Brechtl an den Wachmann.

„Ja, des wassi edz aa ned. Dou moui erschd in Chef frong.“

„Dann machns des. Mir braung in ganzn Sunndoochnammidooch und Mondooch am besdn aa nu.“

„Is rechd.“

Statt zum Telefon zu greifen, starrte er immer noch auf den Bildschirm, auf dem nichts weiter zu sehen war außer dem silbernen Astra auf einem sonst leeren Parkplatz.

„Wollnsn ned orufm?“, fragte Brechtl nach.

„Ach su, edz glei?“

„Ja fraale edz glei“, antwortete Brechtl leicht genervt.

„Tschuldichung. Ich hob ja ned gwissd, dass su bressierd“, entschuldigte sich der Wachmann und nahm den Hörer von der Gabel.

Nachdem er die Einwilligung seines Chefs hatte, wollte er wissen:

„Gaid in Oddnung. Und wie machmer edz des?“

„Das haben wir gleich.“

Sonja kramte ein USB-Kabel aus ihrer Handtasche, verband ihr Smartphone mit dem PC des Überwachungssystems und nach ein paar Minuten hatte sie die entsprechenden Dateien überspielt.

„So einfach ist das“, bemerkte sie schnippisch und warf Brechtl dabei einen selbstgefälligen Blick zu.

„Die junger Leid, gell“, wiederholte der Wachmann noch einmal.

Brechtl bedankte sich und verließ mit Sonja das Gebäude. Sogar unterwegs wischte und tippte sie auf ihrem Handy herum.

„Lauf nicht gegen den Pfosten vor lauter Handydaddln“, warnte er.

Sie hielt ihm das Gerät unter die Nase und vergrößerte den Ausschnitt eines Schriftstücks.

„Bitteschön. Die Hausnummer. Hab ich von meinem Dienst-Email-Account runtergezogen.“

„Toll. Dann frag doch gleich noch Siri, wer der Mörder war, dann sparen wir uns den ganzen Mist.“

„Witzig! Warum kannst du nicht einfach zugeben, dass die Dinger hilfreich sind?“

Sonja bog rechts ab.

„Wo willst du hin? Das Auto steht da vorn“, fragte Brechtl verwundert.

„Jetzt sag nicht, dass es dich nicht auch juckt, in die Wohnung zu schauen.“

„Ich dachte Montag.“

„Montag kommt der Erkennungsdienst. Wir schauen uns jetzt schon um.“

„Also gut.“

Brechtl drehte um und zog Sherlock hinter sich her, der langsam die Schnauze voll hatte von dem ewigen Hin und Her.

„Und wie willst du reinkommen?“

„Ich ruf den Makler an.“ Sie hatte das Telefon schon am Ohr.

Das große Mietshaus hatte viele Wohnungen, aber kaum Parkplätze zu bieten. Ein kleiner Fußweg führte direkt zu der Stelle, an der Carsten Goller Frau Habereder überfahren hatte.

„Er bringt uns den Schlüssel vorbei.“ Sonja packte ihr Zaubergerät endlich weg.

Brechtl ging langsam den Fußweg entlang und spähte in jedes Gebüsch. Dabei erläuterte er Sonja seine Idee.

„Der Mörder trifft sie entweder in der Wohnung oder beim Verlassen, auf dem Weg zum Parkplatz. Sie streiten, sie kämpfen, er hält sie fest und würgt sie. Sie kann sich losreißen, rennt Richtung Auto, er hinterher und zieht ihr von hinten eins über den Schädel. Dann lässt er sie auf der Straße liegen und ergreift die Flucht."

„Mhm", antwortete Sonja skeptisch, „und womit schlägt er zu?"

„Such ich ja gerade."

„Und vorher zieht er ihr noch das T-Shirt aus, als Souvenir, oder was?"

„Das such ich auch. Könnte allerdings ja auch in der Wohnung sein."

„Du gehst also von einer versuchten Vergewaltigung aus?"

„Was denn sonst? Such, Sherlock! Such!"

Er ließ ihn von der Leine. Der Hund schaute ihn nur ungläubig an und legte sich in den Schatten.

„Als Polizeihund bist du die volle Niete, das muss ich dir schon mal sagen", beschwerte sich Brechtl und stapfte allein weiter durchs Unterholz. Außer einem alten Fahrradschutzblech aus Plastik konnte er allerdings nichts finden. Das schied als Tatwaffe ja wohl aus. Er wollte es schon wieder zurück ins Gebüsch werfen, als er Sonjas strengen Blick sah und sich dafür entschied, das Teil in einem Mülleimer zu entsorgen.

Er paar Minuten später fuhr Makler Ellmann in seinem grauen Mercedes vor und hielt direkt vor dem Haus. Wieder trug er dieses Angebersakko und dazu eine Sonnenbrille, die er sich in die Haare schob, als er die Kommissare begrüßte. Aus seiner linken Hosentasche zog er einen kleinen Schlüsselbund, an dem nur zwei Schlüssel und ein Anhänger mit der Adresse waren.

„Einer ist für die Haustür und einer für die Wohnung", erläuterte er. „Erster Stock rechts. Brauchen Sie mich da? Ich müsste nämlich ..." Er schaute vielsagend auf seine Armbanduhr.

„Nein, nein. Im Gegenteil. Vielen Dank, dass Sie so schnell vorbeigekommen sind", bedankte sich Brechtl.

„Na dann - Wiedersehn!"

„Wiedersehn ... Ach, Herr Ellmann, eine Frage noch."

„Ja?"

„War letzte Woche jemand in dieser Wohnung?"
„Wie meinen Sie das?"
„Na ja, ein anderer Interessent oder so?"
„Nein, nein, niemand."
„Gut. Dankeschön."
„Bitte."
Ellmann stieg wieder ins Auto und brauste davon.

Im Treppenhaus hielt Sonja Brechtl davon ab, die Wohnungstür sofort aufzusperren. Wortlos drückte sie ihm ein paar Einweghandschuhe in die Hand, nahm ihm die Leine ab und band sie ans Treppengeländer.

„Das is nix für kleine Hunde", tröstete sie Sherlock, der sich hinsetzte und wartete.

Die Wohnung war geräumig, viel größer als das kleine Apartment in Fischbach, und trotz ihres Baujahres - Brechtl schätzte irgendwann in den Siebzigern - in einem sehr guten Zustand. Sie war fast vollständig eingerichtet. Die Schränke waren allerdings komplett leer und an den Wänden zeugten nur noch die dunklen Ränder davon, dass hier früher einmal Bilder hingen. Alles war picobello sauber und aufgeräumt. Brechtl und Sonja gingen durch alle Räume. Nichts, aber schon gar nichts ließ darauf schließen, dass hier ein Kampf auf Leben und Tod stattgefunden haben sollte.

„Also entweder", schloss Brechtl daraus, „das hier ist nicht unser Tatort oder der Täter hat sich viel Mühe gegeben, alle Spuren zu beseitigen."

„Unter anderem das gelbe T-Shirt", bemerkte Sonja.

„Und die Tatwaffe. Hier gibt's ja eigentlich nichts, womit man ordentlich zuschlagen könnte. Oder siehst du was?"

Sonja schüttelte nur den Kopf.

„Aber wenn es irgendwelche Spuren gibt, dann findet sie unser Rainer. So sauber kann kein Mensch putzen."

Rainer war wirklich ein „Gniefiesl", wie man in Franken sagt. Wenn es sein musste, kroch er in die hintersten Ecken. Er ließ nicht locker, bis er etwas gefunden hatte. Das Einzige, worauf er noch mehr Wert legte als auf eine einwandfreie Spurensicherung war sein freies Wochenende, das er zumindest im Sommer entweder auf seinem Motorrad oder in seinem Schrebergarten verbrachte. Also war es besser, sich bis Montag zu gedulden. Half ja nichts.

11

Sherlock hatte sich anscheinend wieder mit ihm versöhnt. Das Futter, das Brechtl am Samstagnachmittag noch kurz vor Ladenschluss besorgt hatte, war nicht ganz billig gewesen, aber es schien dem Basset besonders gut zu schmecken. Offenbar enthielt es irgendwelche Drogen, denn Sherlock war wie verwandelt. Keine Attacken mehr auf die Wohnungseinrichtung und am Sonntagfrüh hatte er sein Ersatzherrchen sogar bis neun Uhr schlafen lassen.

Brechtl belohnte ihn dafür mit einem langen Spaziergang. Warum nicht einmal zu Fuß zu seinen Eltern gehen, bei denen er wie jeden Sonntag zum Mittagessen eingeladen war? Vom Schumacherring nach Wetzendorf und entlang der Pegnitz bis zum Sailersberg, dann am Freibad und am Friedhof vorbei wieder in den Pegnitzgrund. Sie waren gar nicht mehr weit von ihrem Ziel entfernt, auf einem Schotterweg in der Nähe der Kläranlage, als sie unvermittelt einem Hund gegenüberstanden. Was heißt Hund? Das Tier war groß wie ein Kalb und weit und breit konnte Brechtl niemanden entdecken, zu dem es gehörte. Sherlock fing an zu bellen und zog an der Leine.

„Halt die Klappe, Depp! Der verputzt dich doch zum Frühstück."

Der Riesenhund senkte den Kopf und lief langsam auf die beiden zu. Brechtl zog Sherlock ganz nah zu sich heran.

„Hallo, haaallo", rief er, „wem ghördn der Hund?"

Endlich kam ein älterer Mann aus dem Waldweg Richtung Sportheim.

„Des is meiner. Der doud nix."

„Da binni mer ned so sicher. Hängersn bidde o!"

„Ach Gschmarri. Der will bloß schbilln!"

„Midn Essn schbilld mer ned! Schauers, dassn oleiner!"

Der Mann schüttelte zwar verständnislos den Kopf, rief aber trotzdem nach seinem Hund.

„Arco! Gäi her dou!"

Arco fühlte sich gar nicht angesprochen, sondern setzte weiter eine Pfote vor die andere in Richtung Sherlock, während der immer noch Krawall machte.

„Gib edz amol a Ruh!“, herrschte Brechtl ihn an. Der andere Hund war inzwischen nur noch ein paar Meter entfernt und wedelte mit dem Schwanz. Das sollte ja angeblich bedeuten, dass er sich freute. Vermutlich auf sein zweites Frühstück.

„Edz hängers endlich Ihrn Hund o, sunsd werri ungemüdlich!“, drohte Brechtl.

„Arco. Gäi her. Der will ned mid dir schbilln.“

Nachdem der Hund immer noch nicht reagierte, machte der Mann endlich ein paar schnellere Schritte und hielt ihn am Halsband fest. Brechtl ging mit möglichst großem Abstand an den beiden vorbei. Sherlock tobte immer noch.

„Sie homm Ihrn Köder obber aa ned im Griff“, bemerkte der Mann.

„Obber Ihrer folchd aufs Word, scheinbor“, gab Brechtl zurück.

„Der fiart si weningsdns ned su aaf wie Ihrer.“

„Des is a Bolizeihund. Der had hald glei gmergd, dass dou a Verschdoß geecher die Leinenpflichd vorlichd.“

Vermutlich dachten die beiden Männer in dem Moment das Gleiche: Doldi!

Eilig zog Brechtl Sherlock die alte Treppe hinauf zum Speckschlag, wo seine Eltern wohnten. Fast hätte er es pünktlich geschafft, aber jetzt war es schon zehn nach zwölf, als er an der Haustür klingelte.

„Ja, wo bleibsdn su lang, Heinzi? Ich hob mer scho Sorng gmachd!“, empfing ihn seine Mutter.

„Ich bin z’Fous ganger, wechern Hund.“

„Z’Fous? Du?“, fragte sie ungläubig.

„Jo, der brauchd ja aa sein Auslauf.“

„Na wärsd hald a weng eher losganger, edz sinn die Gniedler verkochd.“

„Su schlimm werds scho ned sei.“

Im Wohnzimmer saß sein Vater bereits am Tisch und ließ sich sein Weizenbier schmecken.

„Grüß dich, Babba."

„Servus, Karl-Heinz. Edz häd die Mama ball die Bolizei ogrufm, wennsd ned kummer wärsd", grinste er. „Na, Sherlock, woarsd a Braver?"

„Hear mer ner af. Mei Sofakissn had er mer zrissn, mein Kubfhearer had er mer aa zammbissn und grood hädder ball nu is Raffm ogfang mid an andern Hund."

„Wos? Des machd mer fei ned!", drohte er dem Hund mit dem Zeigefinger.

Sherlock war das ziemlich egal. Er hatte sich schon neben dem Sofa auf den weichen Teppichboden gelegt und war nach dieser anstrengenden Tour sofort eingeschlafen. Mutter Brechtl stellte eilig die Knödel und den Braten auf den Tisch und bekreuzigte sich in einer Geschwindigkeit, die an Blasphemie grenzte.

„Dedd eich rausfassn. Werd ja sunsd eiskald!"

Brechtl hatte gerade einmal den zweiten Bissen im Mund, als das sonntägliche Verhör seiner Mutter wie üblich losging.

„Wo woarsdn die ganz Wochn? Bei dir derhamm kommer orufm wammer will, du gäisd ned hie."

„Ich hob erbern mäin."

„Ich hob gmaand, du hasd Urlaub."

„Normol scho, obber mir homm an Mordfall, na hobbi nei gmäisd."

„Allmächd. Wo nacher?"

„Oddnsuus."

„In Oddnsuus? Dou mechdi aa ned doud iebern Zaun hänger", kam es prompt von Brechtls Vater. Einer seiner Lieblingssprüche, den er jedes Mal anbrachte, wenn die Rede auf Ottensoos kam.

„Die is ja aa im Wold gleeng."

„A Fraa?", erkundigte sich seine Mutter.

„Jo. A junge. A mords Dadduu hads aff der Brusd ghabd."

Er zeigte die Stelle.

„Woar die naggerd?"

„Halmi."

„Am End a Vergewaldichung?"

„Wissmer nunned genau. Obber scheins ned."
„Mer draud si ja ball nimmer auf die Schdrass."
„Su schlimm is aa widder ned. Edz hommer scho lang nix mehr ghabbd in der Richdung."
„Und dann ausgrechnd, wenn du Urlaub hasd", bemerkte seine Mutter.
„Des werder hald ned gwissd hom, der Däder, sunsd hädder gwiess nu zwaa Wochn gward", witzelte Brechtl.
„Wie hädd ner der des wissn solln?"
„Des woar a Schbass, Mama."
„Mid su wos machd mer kann Schbass. Des arme Madler. Wo iss na die her? Vo Oddnsuus?"
„Naa, vo Nemberch."
„Drumm. Sunsd häd mer die Renaade beschdimmd scho wos derzälld. Die wohnd doch dou."
Wer auch immer Renate war. Vermutlich eine der zahllosen Freundinnen seiner Mutter. Brechtl nutzte die kurze Gesprächspause, um schnell noch ein paar Bissen von dem Braten zu essen, der wie immer wirklich köstlich schmeckte. Dann ging es schon weiter:
„Wenn die su däddowierd woar, wos woar ner des fier anne? A Banger?"
Punker waren seit den Achtzigerjahren all jene, die nicht ins konservative Weltbild seiner Mutter passten.
„Na. Des woar a Dransmann."
„Woss?"
„A Fra, die obber a Mo sei wolld."
Mutter Brechtl schüttelte den Kopf.
„Also heidzudooch ... Bei uns hads su wos ned gehm!"
„Des hads scho immer gehm. Des had si bloß kanner song drauer."
„Ach Gwaaf. Des lerners bloß im Fernseeng und in ihrm Indernedd, die junger Leid. Dou kummd ja nix andersch wie su a Gschmarri. Die wo dou gsunger had beim Gro Brie mid dem Board, wie haddn die ghaasn, Babba?"
Vater Brechtl zuckte nur mit den Schultern.

„Also greislich!“, regte sie sich weiter auf. „Vo die Nachbern der Bou, der glaa Padrig, der wohnt ja scho lang nimmer dou, der heirerd edz an Mo. Schdell der amol vuur! Mir sinn ja zum Gligg ned eiglodn, ich wisserd fei ned, obbi dou hie gängerd.“

„Su glaa is der nimmer. Der werd aa scho aff die dreißich hie gäi.“

„Des is ja woschd. Woschd hadds ghaasn. Kondschiida Woschd, gell Babba?“ Sie ließ ihn erst gar nicht antworten. „Obber mid dreißg Joar, dou had mer doch gnuuch Zeid ghabbd, dass mer a Fra find.”

„Ich bin scho ieber fuchzg und hob aa kanne.“

Seine Mutter schaute ihn völlig entgeistert an.

„Obber du bisd ned su anner, odder?“

„Naa. Obber wenn, kennerd mer aa nix machn. Die Leid sinn hald wies sinn. Die Katz moch Meis, ich mochs ned.“

„Obber des is doch ned normol!“

„Wer is scho normol? Ich woar neilich in an Glubb, dou sinn lauder solche. Anne had sie ozong wie di Marilyn Monroe, anner wär gern a Frau, der ander is schbliddernaggerd rumgloffm, obber im Brinzieb woarn des alles ganz nedde Leid.“

„Allmächd Heinzi, mid wos fier Leid verkehrsdn du? Des konnsd uns doch ned odou!“

„Diensdlich, Mama. Ich woar diensdlich doddn.“

Das beruhigte sie nicht sonderlich.

„Babba, edz sooch hald du aa amol wos!“

Vater Brechtl, der als Einziger schon aufgegessen hatte, wischte sich den Mund mit der Serviette ab und nahm einen Schluck Weizenbier, bevor er seinen Kommentar abgab:

„Jeder schbinnd auf seine Weise, der aane laud, der andre leise, had mei Vadder immer gsachd. Die homm hald aweng an Badscher, obber mir douds ja ned wäi. Und edz essd amol wos, werd ja blous kald, die goude Woar.“

Brechtl nahm sich das zu Herzen und konzentrierte sich auf sein Mittagessen. Auch seine Mutter schwieg eine ganze Zeit lang, aber man sah ihr an, dass sie angestrengt nachdachte.

„Die Gnauer Andrea, die is fei edz gschiedn. Mid der hasd di doch immer so gud verschdandn, Heinzi."

„Vor fuchzg Joar, Mamma, wie mer midnander in Kindergardn ganger sinn. Derer ihr Mo werd scho aa gwissd hom, warum."

„Obber des wär a gude Baddie gween. Derer ihre Leid hom an Haffm Geld."

„Ich such mer doch mei Fra ned dernoch aus, obs a Geld had." Brechtl war es leid, dass seine Mutter ständig versuchte, ihn mit irgendwelchen Bekannten zu verkuppeln. „Die wo mir daung dädn, hom alle an Mo, und die wo kann Mo hom, daung nix. Des brauchi aa ned in ganzn Dooch."

„Obber immer alaans, des is doch aa nix, Bou."

„Kaffi mer hald an Hund. Gell, Sherlock!"

Der Basset öffnete kurz die Augen, gähnte herzhaft und schlief gleich wieder weiter. Mutter Brechtl trug kopfschüttelnd die Teller ab und bereitete in der Küche den Nachtisch zu. Die Männer blieben sitzen - nicht, weil sie zu faul waren, sondern weil der Sonntagmittag einem strengen Ritual folgte. In der Küche hatten die Männer nichts verloren. Erst zum Abtrocknen durfte der Babba wieder antreten. Brechtls Eltern hatten zwar eine Spülmaschine, aber die war in den fünf Jahren, seitdem sie die neue Küche hatten, höchstens drei Mal in Betrieb gewesen. Also warteten die Herren der Schöpfung geduldig auf ihr Eis mit heißen Himbeeren. Die Kommunikation beschränkte sich dabei auf:

„Und sunsd?"

„Bassd scho."

Zum Nachtisch wechselte Mutter Brechtl zum Glück das Thema. Neuigkeiten von der Verwandtschaft, vor allem von den Kindern seines Bruders, die beide schon in der Ausbildung waren. Sie sprach es nicht aus, aber Mutter Brechtl war sehr enttäuscht, dass ihr „Heinzi" es nicht fertiggebracht hatte, eine anständige Familie zu gründen und ihr auch ein paar Enkel zu schenken.

Um halb zwei machte sich Brechtl wieder auf den Heimweg. Er beschloss, diesmal am südlichen Stadtrand entlangzulaufen. Die Strecke war deshalb auch nicht kürzer und er befürchtete, dass er morgen einen mords Muskelkater haben würde. So weit war er nicht mehr gelaufen, seit er seinen Führerschein hatte. Er erinnerte sich an die Wanderurlaube in Südtirol, wo es ihm nichts ausgemacht hatte, den ganzen Tag unterwegs zu sein. Gut, da war er auch noch vierzig Jahre jünger und dreißig Kilo leichter gewesen. Als er endlich vor der Haustür stand, konnte er sein Sofa förmlich nach ihm rufen hören. Er zog den Schlüssel aus der Hosentasche, aber der passte nicht. Wie sich herausstellte, war es nicht seiner, sondern der zu der Wohnung in Lauf, den er immer noch einstecken hatte.

In seiner Wohnung legte er ihn gleich in die „Nicht-vergessen-Schale", eine Art Suppenteller aus Holz, die auf dem Schränkchen im Flur stand. Eines der letzten Überbleibsel aus der Zeit, als er noch mit seiner Freundin zusammengewohnt hatte. Sie hatte ihm antrainiert, jedes Mal, wenn er die Wohnung verließ, einen Blick in diese Schale zu werfen. Das tat er heute noch. Es war wie ein Reflex und praktisch, wenn er etwas nicht vergessen durfte.

Im Wohnzimmer legte er eine Metallica-CD ein und machte es sich auf seinem Sofa bequem. „Die, die, die, my darling, just shut your pretty eyes", sang James Hetfield und unwillkürlich sah Brechtl die Bilder vor sich: die halbnackte Frau, die tot auf der Straße lag. Die vielen Verletzungen, die Würgemale, die Hämatome, die sie alle noch vor ihrem Tod erlitten hatte. Das konnte sich nicht alles auf der Straße abgespielt haben. Nein. Er war sich sicher: Die eigentliche Tat hatte in der Wohnung stattgefunden und Rainer würde Spuren finden. Rainer, der Gniefiesl. Er musste einfach etwas finden.

Es war sieben Uhr, als er wieder aufwachte. Seine Beine schmerzten jetzt schon, aber Sherlock hockte erwartungsvoll wedelnd neben ihm. Er musste noch mal raus. Auf dem Weg zur Wohnungstür fiel Brechtls Blick unwillkürlich auf den Schlüssel in der Holzschale. Er hatte mit Sonja ausgemacht, dass sie ihn Montagfrüh zu Hause abholen würde. Warum sollte er auch erst nach Schwabach kommen, nur um gleich wieder nach Lauf zu fahren? Dort brauchten sie natürlich den Schlüssel. Seine Gedanken fingen wieder an, um den Fall zu kreisen. Wie war Simone Habereder eigentlich in die Wohnung gekommen? Hatte sie einen Schlüssel? Zumindest hatten sie keinen bei ihr gefunden, weder in der Handtasche noch bei der Leiche. Oder war sie erwartet worden und wenn ja, von wem? Vermutlich von ihrem Mörder. Dann war die Sache relativ einfach. Er brauchte nur beim Makler nachzufragen, wer am letzten Sonntag einen Schlüssel für die Wohnung hatte. Da hätte er auch früher draufkommen können, ärgerte er sich.

Das gute alte Telefonbuch. Brechtl gehörte zu der aussterbenden Gattung, die dieses Relikt aus Wählscheibenzeiten immer noch benutzte. Er schlug die Telefonnummer des Immobilienbüros nach. Sogar Ellmanns Mobiltelefonnummer stand dabei.

„Ellmann Immobilien“, meldete sich der Makler.

„Hauptkommissar Brechtl. Entschuldigen Sie, dass ich Sie am Sonntagabend störe.“

„Kein Problem. Wie kann ich Ihnen helfen?“

„Sie haben uns doch den Schlüssel zu der Wohnung in Lauf überlassen. Wer hatte denn den am letzten Sonntag?“

„Frau Habereder. Sie wollte noch mal in die Wohnung, was nachmessen, wegen der Küche, glaube ich. Sie ist am Sonntagnachmittag bei mir vorbeigekommen und hat ihn abgeholt, so um halb drei ungefähr.“

Mist, dachte Brechtl, aber dann fiel ihm ein:

„Wer hat ihn denn dann zurückgegeben?“

„Äh, ja, niemand.“

„Aber Sie haben ihn doch wieder bekommen.“

„Nein.“

„Sie haben ihn uns doch gestern gebracht.“

„Das war der Zweitschlüssel.“

„Ach so. Und wissen Sie, ob sich Frau Habereder in der Wohnung mit jemandem treffen wollte?“

„Nein, da weiß ich nix.“

„Gut, das war schon alles, Herr Ellmann. Danke und noch mal Entschuldigung für die Störung. Ach ja, die Wohnung haben wir versiegelt, wir müssen da morgen noch mal rein, zur Spurensicherung."

„Aha. Ja, bitte. Dann schönen Abend noch."

„Ihnen auch."

Schade. Es hätte so einfach sein können. Aber immerhin war er einen kleinen Schritt weiter. Simone Habereder hatte den Schlüssel für die Wohnung. Sie wurde also nicht von jemandem dort erwartet. Im Gegenteil. Sie hat wohl auf jemanden gewartet. Warum hätte sie sonst den ganzen Nachmittag dort verbringen sollen? Sie hatte ihrem Mörder selbst die Tür geöffnet. Demnach war es jemand, den sie kannte, sonst hätte sie ihn kaum hereingelassen. Der brutale Räuber oder Vergewaltiger, der ihr nachts auf dem kleinen Fußweg aufgelauert hatte, wurde für Brechtl immer unwahrscheinlicher. Ganz ausschließen konnte er ihn noch nicht, aber durch seine Erfahrung aus fast dreißig Dienstjahren hatte er einen Riecher für solche Dinge. Das behauptete er zumindest von sich selbst. Morgen würde er hoffentlich Gewissheit haben.

Rainer Zettner war ein gutes Beispiel dafür, dass man Menschen nicht nur nach ihrem Äußeren beurteilen sollte. Der Rothauracher mit der langen, inzwischen fast vollständig grauen Mähne, die ihm bis zu den Schulterblättern reichte, trug normalerweise abgewetzte Jeans und T-Shirts von irgendwelchen Hardrockbands oder Festivals. Zur Arbeit fuhr er mit seinem alten, aber immer auf Hochglanz polierten Motorrad. Wenn er mit seinem Helm unter dem Arm die Inspektion betrat, wirkte er, als gehöre er zur Kundschaft und nicht zum Personal. Tatsächlich spielte er aber ihm Posaunenchor, war Trainer einer Kinderfußballmannschaft und engagierte sich im Kleingartenverein. Aber vor allem war er Erkennungsdienstler mit Leib und Seele. Er liebte seine Arbeit, auch wenn man das schwer glauben konnte, wenn man ihn darüber fluchen hörte.

„Mäisd ihr immer erschd ieberol nei geh und alles odadschn? Kennd ihr ned amol waddn, bis ich ferdich bin? Dreißg Johr redi mer edz in Mund fusslerd desweng."

„Mir hom scho Hendscher ozong“, rechtfertigte sich Brechtl. „Hendscher ... maandsd ich renn aus Schbass mid dem Kaschberlersaufzuch rum?“ Er zupfte an seinem Einwegoverall. „Ihr wadd edz draußn, bissi soch, dasser rei kennd.“

Mit diesen Worten ließ er Brechtl und Sonja vor der Wohnungstür stehen und machte sich mit seinen Jungs an die Arbeit. Wie lange das dauern würde, konnte man unmöglich vorhersagen, aber auf jeden Fall hatten sie genug Zeit, um sich in einer Cafébar in der Nähe einen Cappuccino zu gönnen.

Brechtl nutzte die Gelegenheit und erläuterte Sonja seine Überlegungen, die er sich gestern Abend nach dem Telefonat mit Ellmann gemacht hatte.

„Da ist was dran“, gab sie ihm recht.

„Was heißt hier: Da ist was dran? Da trau ich mich wetten. Drei Viertel aller Mordopfer kennen den Täter.“

„Aber die wenigsten können ihn uns sagen“, bemerkte Sonja spitzfindig.

Als sie wieder zurück in die Christof-Döring-Straße kamen, waren alle Jalousien der Wohnung noch heruntergelassen. Rainer war offensichtlich noch am Arbeiten. Sie warteten deshalb unten auf der Straße und beobachteten dabei den Erkennungsdienstler, der unermüdlich den kleinen Fußweg und die Büsche daneben nach Spuren absuchte. Schließlich ertönte Rainers charakteristischer Pfiff aus dem Treppenhausfenster. Die freundliche Aufforderung, sich doch bitte am Ort des Geschehens einzufinden.

„Bloud“, war sein kurzer Kommentar, während er den Kommissaren zwei Einwegoveralls entgegenstreckte.

Nachdem sie diese angezogen hatten, schaltete Rainer das Licht aus und seine UV-Taschenlampe ein. Auf dem Boden im Wohnzimmer und im Flur konnte man leuchtend blaue Schlieren auf dem Fußboden erkennen. Blutspuren, die das von Rainer versprühte Luminol erst sichtbar machte.

„Dou hasd dei Dadwaffe.“

Emotionslos wies er auf einen Rippenheizkörper im Wohnzimmer, an dem deutliche Spuren zu erkennen waren. „Dou is midn Schädl dergeng dodzd. Mir hom sugor a boar Hoar gfundn. Die Brobm schiggi glei no zur Regine, obber wennsd mich frogsd, is der Käs gessn. Die is a Zeid lang vur der Heizung gleeng, dou woar is massde Bloud. Im Bod hommer aa wos gfundn. Ich wedd amol, der Däder woar a Mo. A Fra häd sauberer budzd."

Er zeigte ihnen noch die Spuren rund um das Waschbecken.

„Soll des haasn, die is no selber ins Bod gloffm?"

„Mou ned saa. Des konn a vom Budzlumbm-Auswaschn kummer. Obber dou in Flur endlang sinn a nu a boar Schburn."

„Hm. Obber die Wohnung is der Dadord?"

„Deffinnidiev. Die scharfe Kandn vo dem Heidzkörber bassd wäi di Fausd afs Auch."

Er belegte seine Aussage mit einigen Fotos und Röntgenbildern auf seinem Tablet-PC.

„Mir machn nu an Abdrugg und dann a Bosidiev-Modell fia die Regine, obber die Erberd konni mer schboarn aa, maani."

„Hobbder a gelbs Dieschörd gfundn?"

„A Dieschörd? Naa. Warum?"

„Des had is Opfer oghabd, wies in die Wohnung ganger is. Obber aff der Schdrass dann nimmer."

„Mir schauer eh nu alle Müllaamer durch. Hommer Gligg, iebermorng wärns abghulld worn. Vielleichd findmer wos."

„Dange, Rainer."

„Bassd scho. Obber is nägsde Mol ..."

„... holmer ersch dich, ich waß scho."

Rainer winkte ab.

„Des konni in Ochsn aff der Fleischbrüggn aa derzälln. So. Edz widder naus mid eich. Mir sammln edz DNA ei. Die Regine werd a Freid hom."

Er wedelte mit den Händen, als würde er Kinder hinaus zum Spielen schicken.

„Also", wandte sich Brechtl an Sonja, nachdem sie ihre Overalls wieder ausgezogen hatten, „Klingelputzen!"

Sie gingen von Tür zu Tür und befragten die Bewohner, ob sie letzten Sonntag irgendetwas Verdächtiges bemerkt hatten -

fremde Menschen im Treppenhaus, unbekannte Autos vor der Haustür, Lärm oder Schreie aus der Wohnung und so weiter.

Es gab bei solchen Befragungen im Prinzip nur zwei Sorten von Zeugen: die einen, die mit der Sache nichts zu tun haben wollten und gleich abwinkten, als würde ein lästiger Zeitungsverkäufer vor der Tür stehen, und die anderen, die es wahnsinnig interessant fanden, von der Polizei befragt zu werden und unendlich viel redeten, ohne etwas Wichtiges zu sagen. Nur selten erzielte man einen Glückstreffer. Auf jeden Fall musste man dabei aufpassen, nicht selbst ausgefragt zu werden, denn viele waren hauptsächlich neugierig zu erfahren, weshalb die Polizei im Haus war.

Zwei Stunden verbrachten Brechtl und Sonja damit. Zwei Stunden vergebliche Liebesmüh.

Nur eine Mieterin aus dem Erdgeschoss konnte sich vage erinnern, am letzten Sonntagnachmittag Geräusche von oben gehört zu haben. Sie hatte gedacht, es würde wohl wieder jemand einziehen. Am Abend war es auch wieder still. Gesehen hatte sie niemanden und verstanden hatte die ältere Dame auch kein Wort von dem, was in der Wohnung über ihr gesprochen wurde. Eine wirklich brauchbare Aussage war das nicht. Trotzdem war Brechtl ganz zufrieden mit dem Verlauf des Vormittags. Er fühlte sich bestätigt. Sein Riecher hatte ihn nicht im Stich gelassen, die Wohnung war der Tatort. Mit einem Lächeln im Gesicht setzte er sich auf den Beifahrersitz des Dienstwagens und ließ sich nach Hause chauffieren.

„Was grinst du denn wie ein Honigkuchenpferd?“, fragte Sonja.

„Du schuldest mir zwanzig Euro?“

„Warum?“

„Na, weil die Wohnung der Tatort war und nicht das Auto.“

„Das hab ich auch nicht behauptet. Nur, dass im Auto Spuren sind. Und das hat Rainer ja noch gar nicht untersucht.“

„Haarspalterei. Du willst dich nur vorm Zahlen drücken.“

„Gar nicht.“

„Ach ...“ Brechtl winkte ab. „Auf jeden Fall sind wir schon

ein gutes Stück weiter. Jetzt müssen wir nur noch herausfinden, wem sie die Tür aufgemacht hat."

„Na toll, das kann im Prinzip jeder ihrer Bekannten gewesen sein. Sie hat doch im Club allen von der Wohnung erzählt."

„So schlecht, wie der geputzt hat, hat er sicher irgendwo DNA-Spuren hinterlassen. Wenn nicht beim Putzen, dann bei seinem ersten Besuch. Und dann findet sie Rainer auch", war sich Brechtl sicher.

„Das kann ein ganz schönes Puzzle werden. DNA hält sich lange und wer weiß, wie viele Leute schon durch diese Wohnung gegangen sind, um sie sich anzuschauen."

„Du kennst doch Rainer. Wir müssen ihn nur ein bisschen anstacheln, dann packt ihn der Ehrgeiz. Weißt du noch, wie er damals extra die Schuhabdrücke in seinem Keller nachgebaut hat?"

Sonja wusste genau, worauf Brechtl anspielte. Es war schon fast zehn Jahre her, aber diesen Fall würde sie nie vergessen.

„Dann brauchen wir Listen von den Leuten, die da waren, vielleicht auch vom Vorbesitzer und seinen Bekannten, Vergleichsproben ... Das ist doch ein Riesenaufwand."

„Ich hab ja auch nicht gesagt, dass wir keine Arbeit mehr haben. Aber das hier ist ein Mordfall, Sonja. Da gibt es kein ‚Ach, das ist mir jetzt zu viel'."

„Mein ich ja auch nicht", erwiderte sie beleidigt, „aber du tust ja so, als wäre die Sache so gut wie gegessen."

„Wir treten nicht auf der Stelle. Wir kommen voran. Das ist wichtig."

Er ließ sich zu Hause absetzen, ging noch eine kleine Runde mit Sherlock und fuhr dann in die Inspektion. Dort wurde er schon erwartet. In seinem Büro saßen Sonja, Jan und der Kollege Manne Gruber. Dessen blonde Haare waren noch heller als sonst und sein Gesicht braungebrannt. Er trug einen leichten, hellen Anzug, der diesen Kontrast noch betonte.

„Ja, do schau her", begrüßte ihn Brechtl freudig, „der Sonnenanbeter ist wieder da."

„Neidisch?"

„Wenn ich gewusst hätte, was mich hier erwartet, wär ich auch

irgendwo in den Süden geflogen."
„Der Jan hat mir schon alles erzählt. Hört sich nach viel Arbeit an. Aber jetzt sind wir ja wieder vollzählig. Sogar einer mehr - na, Sherlock ..."
Der Hund erkannte sofort, dass es sich hier um ein Angebot für ein paar Streicheleinheiten handelte, und ließ sich die nicht entgehen.
„Und, wie war's?", erkundigte sich Brechtl.
„Viel zu kurz, aber genial. Ich bring demnächst mal ein paar Fotos mit."
Beim Stichwort Fotos fiel Brechtl ein:
„Eins haben wir ja schon. Da bist du uns noch einen Erklärung schuldig."
Manne tat, als wüsste er nicht, was Brechtl meinte.
„Erklärung?"
„Was ist das für ein Tattoo auf deinem Oberarm?"
„Ja ... nix", winkte Manne ab.
„Na na. Das wollen wir jetzt schon wissen."
„Eine blöde Idee auf der Abi-Fahrt."
„Herzeigen!", forderte ihn Brechtl auf.
Genervt zog Manne seine Jacke aus und stülpte den kurzen Ärmel seines Hemds hoch. Auf seinem Oberarm stand in dicken Ziffern „5+3=8".
Brechtl hatte ja schon viele dämliche Tattoos gesehen, aber das hier war kaum zu überbieten.
„Fünf plus drei gleich acht", las er vor. „Was soll das?"
Manne zog seine Jacke wieder an.
„Ich hab mir meinen Einser in Mathe versaut, weil ich fünf plus drei im Kopf falsch addiert hab. Und meine Klassenkumpel fanden das so lustig, dass sie mich zu dem Scheiß überredet haben. Ich war nicht ganz nüchtern, kann ich zu meiner Verteidigung noch sagen. Jetzt zufrieden?"
„Alter, das ist das blödeste Tattoo, das ich je gesehn hab." Brechtl konnte das Lachen nicht mehr zurückhalten.
„Ja. Ich auch. Zum Glück hab ich's nicht auf der Stirn stehen."
„Und deshalb rennst du dauernd im Anzug rum?"

„Quatsch. Nur im Dienst."

„Warum lässt du es nicht einfach wegmachen?", fragte Sonja, die eher Mitleid hatte.

Er zuckte mit den Schultern.

„Hab mich dran gewöhnt. Sieht ja normal keiner und eine Narbe ist auch nicht schöner."

„Wenn ich mal keinen Taschenrechner hab, komm ich einfach zu dir."

„Voll witzig, Kalle. Den Spruch hab ich ja noch nie gehört. Können wir jetzt mit der Arbeit anfangen?", antwortete Manne leicht genervt.

„Ich hab mir die Videodatei von dem Parkplatz angeschaut", ergriff Jan das Wort. „Ist nichts weiter drauf. Den ganzen Sonntag parkt da kein anderes Auto. Tote Hose. Und von denen, die auf der Straße hinten vorbeifahren, kann man vielleicht die Farbe erkennen und ob es ein Kleinwagen oder ein Laster ist, aber mehr schon nicht."

„Wenn dann alle mit Kichern fertig sind", schlug Sonja mit Blick auf Brechtl vor, „was haltet ihr davon, wenn wir uns einen Kaffee machen und uns rüber in den Besprechungsraum setzen?"

„Kaffee? Damit?"

Jan zeigte auf die Teile der zerlegten Kaffeemaschine, die auf dem Sideboard lagen.

„Das krieg ich schon wieder hin", behauptete Brechtl. „Inzwischen müssen wir halt den Martin anpumpen."

„Ich hab Krapfen mitgebracht."

„Aus Teneriffa?"

„Klar. Da gibt es die Besten. Deshalb bin ich ja hingeflogen."

Manne nahm vier Tassen aus dem Regal und drückte sie Brechtl in die Hand.

„Bis gleich, Kalle."

„Bin ich jetzt der Kaffeeholer oder was?"

„Die Sonja kann das ja wohl nicht machen. Die ist die leitende Ermittlerin", konterte Manne.

Das hatte sich also auch schon herumgesprochen. Brechtl beugte sich seinem Schicksal und machte sich auf den Weg.

Martin saß wie immer vor seinem Bildschirm und klickte wie wild auf der Maus herum.

„Moin!"

„Servus Kalle. Was gibt's?"

„Ich wollt dich um ein paar Tassen Kaffee anschnorren. Unsere Maschine hat den Geist aufgegeben."

Martin zeigte auf seine Kaffeemaschine, ohne den Blick vom Monitor zu nehmen.

Brechtl machte sich an die Arbeit.

„Ich hab noch was für dich."

„Hast du den Rechner wieder hingebracht?"

„Ne. Das kannst vergessen. Aber ich bin über das Handy auf den Mailaccount gekommen und hab die E-Mails runtergeladen, die auf dem Rechner verschlüsselt sind. Liegt da drüben."

Er zeigte auf einen Papierstapel, ohne seine konzentrierte Arbeit zu unterbrechen.

Brechtl blätterte die Seiten durch, während er nebenbei die nächste Tasse unter die Maschine stellte.

„Hmm. Könnte interessant sein."

„Den ganzen Spam hab ich weggelassen ... Ach Mist!", fluchte Martin und schubste die Maus weg.

Brechtl warf einen Blick auf Martins Bildschirm. Er spielte doch tatsächlich Minesweeper.

„Hast ja ganz schön Stress!"

„Ich wart auf den Reboot von dem Server."

Er zeigte auf einen der zahllosen Rechner, die in seinem Zimmer standen.

„Die WhatsApp-Chats der letzten zehn Tage hab ich dir auch ausgedruckt. Hängt hinten dran."

„Danke. Auch für den Kaffee."

Brechtl klemmte sich die Papiere unter den Arm und öffnete die Tür. Dann griff er mit jeder Hand zwei Tassen.

„Machst du die Tür zu?"

„Jaja", antwortete Martin, der schon wieder in die nächste Partie versunken war.

Ohne einen einzigen Tropfen zu verschütten, schaffte es

Brechtl bis ins Besprechungszimmer, wo er eilig die Tassen abstellte. Seine Finger glühten.

Auf dem großen Tisch hatte Sonja bereits die gesamte Fallmappe ausgebreitet und war dabei, Manne einige Fotos der Toten zu zeigen.

„Die sieht ja ganz schön mitgenommen aus", stellte er fest.

„Hat ja auch einiges mitgemacht."

Brechtl schnappte sich einen Krapfen.

„Die Sache mit dem Autofahrer ist ja schon der Hammer, oder? Seid ihr sicher, dass der mit dem Mord nix zu tun hat?"

Sonja übernahm die Antwort, weil Brechtl gerade den Mund voll hatte und gegen den Puderzucker kämpfte.

„Den kann man hundertprozentig ausschließen. Der ist so was von schuldunfähig, das glaubst du nicht. Dem ist überhaupt nicht bewusst, dass er was falsch gemacht hat. Der lebt in seiner eigenen Welt. Er hat sie überfahren, als sie schon tot war. Nicht mal der Hermann hat was gefunden, was er ihm anhängen kann."

„Und warum lag die da auf der Straße?"

„Das ist noch nicht ganz sicher. Entweder hat man sie da hingelegt, um einen Verkehrsunfall vorzutäuschen, oder sie ist selber da hingelaufen."

„Das ist doch beides Quatsch. Ich hab noch keinen gesehen, der bei einem Verkehrsunfall gewürgt worden ist, und auch noch keine Leiche, die nach ihrem Tod über die Straße gelaufen ist."

„Die war ja nicht gleich tot. Die hat laut Obduktionsbericht nach dem Schädeltrauma noch eine ganze Zeit lang gelebt", erklärte Brechtl, der endlich wieder sprechen konnte.

„Ich kann mir nicht vorstellen, dass der Täter die Leiche auf die Straße gelegt hat. Wenn ich sie loswerden will, dann schlepp ich sie nicht den ganzen Weg zur nächsten größeren Straße, sondern pack sie in den Kofferraum und fahr sie irgendwo hin", mischte sich Jan ein.

„Vielleicht hatte er kein Auto dabei", mutmaßte Manne.

„Dann lass ich sie gleich in der Wohnung liegen und mach mich aus dem Staub. Ist doch alles unauffälliger, als sie durch die Gegend zu tragen."

„Ja, dann wär sie ja in der Wohnung gelegen."

Manne hatte ein Talent, alles noch komplizierter zu machen, als es sowieso schon war.

„Ja mein ich doch. Die ist selber zur Straße gelaufen. Da war sie noch am Leben."

„Wie soll ich mir das vorstellen? ‚Leg du dich schon mal auf die Straße, Schatz, ich mach derweil die Wohnung sauber' oder was?"

„Weißt du, Manne, du erzählst so einen Scheiß!", regte sich Jan auf, der normalerweise die Ruhe selbst war.

„Jetzt beruhigt euch mal wieder", griff Sonja ein. „So kommen wir auch nicht weiter. Wir müssen bei den Tatsachen bleiben. Und Tatsache ist, dass sie ihren Mörder selber in die Wohnung gelassen hat und dass dort ein Kampf stattgefunden hat. Sie ist mit dem Kopf an den Heizkörper geknallt und irgendwann später an den Folgen gestorben. Wie sie auf die Straße gekommen ist, ist doch zweitrangig. Wir suchen denjenigen, mit dem sie in der Wohnung war. Der hat sie umgebracht. Da hat es keinen Sinn, sich in Details zu verzetteln."

Hört, hört, die leitende Ermittlerin, dachte Brechtl, der sich die Szene in Ruhe angeschaut hatte, während Sherlock den Puderzucker von seinen Händen leckte.

„Wenn ich auch mal was sagen darf ...", hob er den Zeigefinger. „Frau Habereder hat bei ihrem Besuch bei den Kreutzers ihr Handy verloren. Sie hatte es nicht mehr, als sie in der Wohnung war. Dass der Festnetzanschluss dort noch in Betrieb ist, kann ich mir nicht vorstellen, aber das prüfen wir nach. Jan?"

Der Ostfriese nickte und Brechtl fuhr fort:

„Sie konnte niemandem Bescheid geben, dass sie jetzt dort ist. Wie sollte der Täter das also wissen? Es muss schon vorher ausgemacht worden sein, dass sie sich dort treffen. Wir müssen uns ihre Kontakte anschauen und nach einer entsprechenden Nachricht suchen. Ich hab hier die E-Mails und die WhatsApp-Chats, die Telefondaten sind schon in der Fallmappe." Er zeigte auf die Papiere, die er von Martin bekommen hatte. „Vielleicht hatte sie auch einen Facebook-Account oder so was. Das müssen wir alles checken. Irgendwie hat sie mit dem Täter Kontakt aufgenommen und den Termin ausgemacht."

„Du hast noch eines vergessen", merkte Jan an.

„Und zwar?"

„Persönlich. Sie kann doch auch zum Beispiel bei ihrer Geburtstagsfeier mit jemandem im Club ausgemacht haben, dass sie sich dort treffen."

Stimmte. Das hatte Brechtl wirklich vergessen und es machte die Sache nicht einfacher. Der Mörder würde es kaum zugeben.

„Ja, da hast du allerdings recht. Ihr schaut trotzdem mal die schriftliche Konversation durch. Wenn da nix dabei ist, sehen wir weiter."

„Ich E-Mail, du WhatsApp?", schlug Jan vor. Manne nickte.

„Sobald einer was hat, meldet er sich."

Brechtl griff sich die anderen Papiere und löste die Besprechung auf. Sonja folgte ihm nachdenklich in sein Büro.

„Gib mir noch mal die Fallmappe!"

Sie blätterte, bis sie die Anrufdaten gefunden hatte.

„Schau mal her!" Sie zeigte auf die SMS, die Frau Habereder am Sonntag von ihrem Bruder erhalten hatte.

„Um sechzehn Uhr zehn hat er geschrieben: ‚Mach auf! Ich steh vor der Haustür.' Wir sind natürlich davon ausgegangen, dass es die Haustür in Fischbach war, es könnte aber genauso gut die Haustür in Lauf gewesen sein."

Ein guter Gedanke, aber:

„Da lag das Handy doch schon in Kreutzers Mülltonne. Sie hat die SMS doch gar nicht lesen können."

„Vielleicht hat er sich ja auch noch anders bemerkbar gemacht - geklingelt zum Beispiel. Wenn er die Adresse wusste, dann war es einfach die einzige Klingel ohne Namensschild. Der fährt doch nicht von Neumarkt hier hoch und dreht dann einfach wieder um. Du hast das Gespräch mit ihm doch aufgezeichnet. Lass noch mal hören!"

Brechtl tippte auf der Tastatur seines Telefons herum, bis endlich eine ziemlich künstliche, abgehackte Frauenstimme aus dem Lautsprecher erklang:

„Sie haben ein hundert vierunddreißig aufgezeichnete Gespräche Gespräch eins vierter Oktober zweitausend acht dreizehn Uhr zwölf".

Man hörte ein kurzes Knacken und dann Brechtls Stimme:

„Eins, zwei, drei, Test, Test, sag du auch mal was!"

„Hallo, hallo!"

Sonjas Antwort damals, als sie die neue Telefonanlage zum ersten Mal ausprobierten.

„Gespräch zwei neunter Oktober ..."

„Das ist jetzt nicht dein Ernst, oder?" Sonja schüttelte den Kopf. „Warum löschst du den alten Scheiß nicht?"

„Ja, was weiß ich!"

Brechtl drückte noch ein paar Tasten.

„Lass mich mal ran!"

Sonja übernahm die Bedienung.

„Letztes Gespräch zweiundzwanzigster Juli zweitausend sechzehn neun Uhr fünfzig".

Das Telefon spielte den Anruf zwischen Brechtl und Wolfgang Habereder ab. Gebannt lauschten die Kommissare, bis sie an die entscheidende Stelle kamen:

„Ich will eine Antwort. Jetzt!", hörten sie Brechtl sagen.

„Nein, ich war nicht den ganzen Tag in Neumarkt."

„Wo waren Sie dann?"

„Ich bin zu Simone gefahren, aber sie hat nicht aufgemacht."

„Wann waren Sie da?"

„Nachmittags, um vier ungefähr."

„Warum haben Sie uns das nicht gleich gesagt?"

„Es spielt keine Rolle. Ich hab sie ja nicht getroffen."

Sonja schaltete ab.

„‚Ich bin zu Simone gefahren', hat er gesagt. Aber nicht, wohin."

„Haben wir die Funkzellenauswertung von Habereders Handy schon?", erkundigte sich Brechtl.

„Macht Jan."

Er rief den Kollegen an.

„Hab ich angefordert, ist aber noch nicht da", war seine Auskunft.

„Dann hak noch mal nach. Ist dringend!"

„Mach ich."

„Haben wir eigentlich eine DNA-Probe von dem?", wandte sich Brechtl wieder an Sonja.

„Nein, aber das dürfte nicht so schlimm sein."

„Warum?"

„Na, weil die beiden Geschwister sind. Das müsste Regine schon rausfinden können. Beim Vaterschaftstest geht's ja auch."

Brechtl tippte auf Wolfgang Habereders Spalte auf der Pinnwand.

„Der hätte alles: Ein starkes Motiv - fast eine halbe Million, zweifellos die Mittel - der Typ hat Hände wie Klodeckel, und, wenn er dort war, natürlich die Möglichkeit und kein Alibi."

„Wenn sie sich tatsächlich am Telefon mit ihm dort verabredet hatte, wer könnte davon wissen?"

„Luisa", antwortete Brechtl, ohne lange nachdenken zu müssen.

„Genau an die dachte ich auch."

12

Brechtl rief Luisa Kreutzer auf ihrem Handy an.

„Kreutzer"

„Hallo Luisa, hier ist der Kalle. Wo bist du gerade?"

„Zu Hause."

„In Speikern?", fragte er ungläubig.

„Ja."

Man muss nicht alles verstehen. Sie wird schon ihre Gründe haben, weshalb sie wieder zurückgegangen war, dachte Brechtl.

„Kannst du reden?"

„Ja, sicher."

„Es geht um letzten Sonntag. Wolltest du da mit Simone Habereder nachmittags noch mal nach Lauf in die Wohnung?"

„Das hatten wir eigentlich so geplant, ja. Aber das ist ja dann alles ganz anders gelaufen."

„Weißt du, ob sonst noch jemand dort hinkommen wollte? War sie mit jemandem verabredet?"

„Holger wollte einen Sprung vorbeikommen."

„Holger Gschwendner?"

Der Name ließ auch Sonja aufhorchen. Sie schaltete den Lautsprecher ein, um mithören zu können.

„Ja. Wegen der Wand", ergänzte Luisa.

„Welche Wand?"

„Die Wand zwischen Küche und Wohnzimmer. Wir haben überlegt, ob man die vielleicht rausmachen kann, und Holger wollte sich das noch mal anschauen."

„Hatte der nicht Dienst?"

„Ja schon, er wollte nur einen Blick drauf werfen, das dauert ja nicht lang."

„War er dort?"

„Keine Ahnung."

„Und der Bruder von Frau Habereder, wollte der auch kommen? Hat sie da was erwähnt?"

„Nein. Sie hat nur erzählt, dass er wegen dem Geld rumjammert."

„Oder jemand aus dem Club?“

„Nein, die wollten wir erst zur Einweihung einladen. Warum fragst du?“

„Sie ist nach dem Streit mit deinem Vater zu der Wohnung gefahren.“

Am anderen Ende der Leitung herrschte eine Zeit lang Stille.

„Ist Franz dort umgebracht worden?“

„Wir gehen davon aus“, antwortete Brechtl. „Weißt du, wo Holger gerade ist?“

Sonja warf ihm einen vorwurfsvollen Blick zu und legte den Finger auf die Lippen. Es war ihm rausgerutscht. Verdammt.

„Du glaubst doch nicht, dass Holger Franz umgebracht hat?“ Luisa war entsetzt.

„Nein. Aber ich muss wissen, ob er tatsächlich in der Wohnung war.“

„Das ist doch völliger Schwachsinn. Holger bringt doch niemanden um und schon gar nicht Franz. Wir sind Freunde.“

Es wäre nicht das erste Mal, dass aus Freunden plötzlich Feinde wurden. Allzu oft hatte Brechtl das schon erlebt, nicht nur im Beruf, auch bei geschiedenen Ehepaaren in seinem Bekanntenkreis. Da hatte manchmal auch nicht mehr viel gefehlt und einer hätte den anderen erschlagen.

„Natürlich. Aber vielleicht weiß er ja, ob jemand anders dort war.“

Sonja fasste sich an die Stirn. Brechtl musste irgendwie versuchen, das Gespräch wieder umzubiegen.

„Was macht dein Vater?“, fragte er, um abzulenken.

„Der ist in Erlangen, bei meiner Mutter. Ich kümmere mich derweil um die Tiere.“

„Und danach?“

„Weiß ich noch nicht. Mal sehen, wie er drauf ist.“

Pack schlägt sich, Pack verträgt sich. Brechtl wollte sich nicht länger einmischen. Schließlich waren es alles erwachsene Menschen, die selber wissen mussten, was sie taten.

„Gut. Danke einstweilen, Luisa. Ich melde mich wieder bei dir.“

„Klar."
Sie legte auf.
„Sag mal, was war das denn jetzt?", fuhr Sonja Brechtl an.
„Ich weiß schon. Tschuldigung."
„Du kannst ihr doch nicht auf die Nase binden, dass ihr Freund unter Mordverdacht steht."
„Hab ich doch gar nicht."
„Ach nein? ‚Ach so, Holger war in der Wohnung, als Simone umgebracht wurde - na dann, sag ihm schöne Grüße'", äffte sie ihn nach.
„Jetzt hör aber auf!"
„Ehrlich, Kalle ..." Sie tippte sich an die Stirn. „... manchmal machst du echt Pause da oben."
Sie griff sich den Telefonhörer und suchte aus der Fallmappe Gschwendners Handynummer heraus. Er ging nicht ran. Nach ein paar Mal Klingeln meldete sich nur die Mailbox.
„Hallo Holger, hier ist Sonja", sagte sie mit einer Stimme, als wollte sie ihn zum Abendessen einladen. „Kannst du mich mal kurz zurückrufen?" Sie diktierte ihre Handynummer. „Danke!"
Sonja legte kurz auf und hob gleich wieder ab. Genauso schnell schaltete sie von zuckersüß wieder auf grantig um.
„Wie heißt der Kollege?", fragte sie Brechtl.
„Welcher Kollege?"
„Na der, mit dem Gschwendner auf Streife war."
Brechtl kramte kurz in seiner Zettelwirtschaft herum.
„Alfons Bruckner."
Er reichte ihr die Notiz. Sonja wählte ohne weitere Erklärung die Nummer.
„Hallo Herr Bruckner. Sonja Nuschler von der Kripo Schwabach. Eine Frage noch zu Ihrer Streife am Sonntag vor einer Woche. Sind Sie mit Holger Gschwendner zu einer Wohnung in der Christof-Döring-Straße gefahren?"
Er überlegte kurz.
„Naa, da woarmer ned."
„War Herr Gschwendner irgendwann während der Schicht allein unterwegs?"

„Naa, mir woarn die meisde Zeid bei dem Unfall auf der B 14. Absichern und die Leid wegschiggn."

„Und Sie waren die ganze Zeit zusammen?"

„Er is amol an die Dangschdell gfoarn, wos zum Dringn hulln, und delefonierd had er a boar mol, obber sunsd woarer ned weg."

„Gut. Ich schicke Ihnen die Aussage dann zur Unterschrift zu", betonte sie beiläufig. Sie wollte sichergehen, dass Bruckner Gschwendner nicht etwa aus gut gemeinter Kollegialität deckte.

„Fraale, ka Broblem", antwortete er, ohne eine Spur von Nervosität.

„Wiederhörn."

„Ade."

Sonja schaute immer noch sauer, als sie wieder auflegte. Mussten Frauen immer so nachtragend sein? Wortlos nahm sie die Anrufliste von Frau Habereders Handy und durchsuchte sie nach Gschwendners Nummer.

„Er hat sie am Sonntag angerufen, um halb fünf. Da lag das Handy schon im Mülleimer. Erreicht hat er sie also sicher nicht. Geh mal zu Manne rüber, ob er ihr 'ne WhatsApp geschrieben hat."

Brechtl konnte es gar nicht leiden, herumkommandiert zu werden, aber in diesem Fall versuchte Sonja ja wohl gerade, das auszubügeln, was er versaut hatte, also trabte er ohne Widerspruch los.

„Moin Manne. Du machst doch die WhatsApps von der Habereder, oder? Hat die an dem Sonntagnachmittag eine von Holger Gschwendner bekommen?"

Manne blätterte in Martins Ausdruck.

„Ja, hier ist was. Sonntag um siebzehn Uhr vierzig"

Er reichte Brechtl eine der Seiten.

„Sorry Franz ich habs nicht geschafft. Muss arbeiten. Unfall auf der B 14. Kann mir die Wand ja vielleicht wann anders anschauen."

„Danke. Und vom Gschwendner seinem Handy brauch ich

eine Verbindungsliste. Am besten den ganzen Monat. Dringend."

„Mit oder ohne jüngstes Gericht?"

Manne wusste, wie man auch ohne richterliche Verfügung an die Daten kam.

„Dringend", wiederholte Brechtl noch einmal.

„Besorg ich dir. Was bist denn so gereizt?"

„Ach nix. Bressiert halt."

Brechtl war fast schon wieder draußen, als Jan ihn zurückrief.

„Wart mal. Ich krieg grad die Funkzellenauswertung von Wolfgang Habereder."

Der Drucker spuckte eine Landkarte aus, auf der eine rote Linie eingezeichnet war. Brechtl fuhr sie mit dem Finger nach.

„Brauchst du noch Detailansichten?", erkundigte sich Jan.

„Nein, das reicht schon. Danke."

Zurück in seinem Büro legte Brechtl Sonja den Ausdruck vor.

„Da schau. Der Habereder ist von Neumarkt über die Autobahn direkt nach Fischbach gefahren und den gleichen Weg wieder zurück. In Lauf war er also nicht."

„Dann kann er's nicht gewesen sein", stellte Sonja fest.

„Definitiv", bekräftigte Brechtl und fügte kleinlaut hinzu: „Sorry wegen vorhin."

„Schon gut. War nicht dein bester Auftritt, sag ich mal."

„Der Gschwendner hat Frau Habereder am Sonntag tatsächlich eine WhatsApp geschrieben", schob Brechtl schnell nach und zeigte ihr den Text.

„Hmm. Siebzehn Uhr vierzig. Warum so spät? Angerufen hat er sie über eine Stunde vorher. Was war in der Zwischenzeit?"

„Glaubst du immer noch, dass er es war?"

„Wer denn sonst?"

„Aber er war doch auch nicht dort."

„Da bin ich mir nicht so sicher."

„Sein Kollege hat es doch bestätigt."

„Würdest du für mich lügen?", wollte sie wissen.

Diese Frage hatte sich Brechtl so noch nie gestellt. Natürlich hatten sie beide schon einige Dinge bei ihren Vorgesetzten so gedreht, dass der andere keine Schwierigkeiten bekommen hatte.

„Wenn es um Mord geht?", fragte er zurück.

„Das war kein Mord. Körperverletzung mit Todesfolge, Totschlag allerhöchstens. Ein Streit, der eskaliert ist. Ein dummer Unfall, den Gschwendner nicht gewollt hat. Er hat sie nicht erschlagen, sie ist gegen den Heizkörper gefallen. Und", wiederholte sie die Frage, „würdest du für mich lügen?"

Brechtl grübelte.

„Ich würde vermutlich nicht die ganze Wahrheit sagen", antwortete er schließlich.

„Siehst du ..."

„Und du? Würdest du für mich lügen?"

„Ich würde dich so lange vollquatschen, bis du dich freiwillig stellst."

Na, danke! Brechtl hatte gerade das Bild vor Augen, wie er eine Leiche in seinem Versteck im Pegnitzgrund verscharrte, während Sonja hinter ihm stand und pausenlos auf ihn einredete.

„Ich hoffe bloß, dass uns der Gschwendner nicht abhaut", unterbrach Sonja seine Gedanken.

„Warum sollte er abhauen? Ist er doch bis jetzt auch nicht."

„Bis jetzt wusste er ja auch nicht, dass wir ihn verdächtigen."

„Weiß er doch immer noch nicht."

„Was denkst du, war das Erste, was Luisa Kreutzer nach deinem Anruf gemacht hat?"

„Ihn angerufen vermutlich."

„Genau. Sie war sogar schneller als ich. Deshalb bin ich wohl nicht durchgekommen", mutmaßte sie, „und darum ruft er auch nicht zurück. Und weißt du, was das Blödeste ist?"

„Was?"

„Wenn er nicht zugibt, dass er es war, wird es schwierig sein, ihm was nachzuweisen. Er war ja schon mal in der Wohnung, also sind seine Spuren dort. Und selbst wenn wir an der Leiche noch seine DNA finden sollten ... sie sind befreundet. Sie waren am Abend vorher zusammen, haben gefeiert, getanzt, sich berührt."

Brechtl traute sich nicht, es auszusprechen, aber genau das war der Grund, warum er immer noch nicht so recht an Gschwendner als Täter glauben mochte. Luisa Kreutzer, Simone Habereder und Holger Gschwendner waren befreundet. Holger hatte seine Hilfe angeboten, auch noch am Sonntag. Er konnte sich keinen Grund vorstellen, weshalb die beiden in so kurzer Zeit so heftig in Streit geraten sein sollten.

„Hmm", antwortete er nur, „willst du zu ihm nach Hause fahren?"

„So blöd wird er ja wohl nicht sein. Aber ich ruf mal Paula Winter an, dass die mir Bescheid gibt, falls er im Club auftaucht."

Sie nahm die Fallmappe mit zu sich ins Büro. Auf Brechtls Schreibtisch lag jetzt nur noch die Anrufliste von Simone Habereders Handy. Er ging sie noch einmal durch. Zwei Dinge fielen ihm dabei auf. Zum einen hatte Gschwendner auch am Montag versucht, sie anzurufen. Warum hätte er das tun sollen, wenn er der Täter war? Was ihn aber noch mehr stutzig machte, war, was eben nicht auf der Liste stand.

„Schau mal her! Holger hat auch am Montag auf Frau Habereders Handy angerufen. Warum sollte er das tun, wenn er weiß, dass sie tot ist?" Brechtl legte Sonja die Liste auf ihren Schreibtisch. Sie überlegte kurz.

„Wusste er da wirklich schon, dass sie tot ist? Sie war nicht mehr in der Wohnung. Aber dass sie tot ist, hat er erst am Dienstag erfahren, als Jan das Foto rumgeschickt hat. Er musste also davon ausgehen, dass sie noch lebt."

„Und dann ruft er sie an, nach so einem Streit? Glaub ich nicht. Und außerdem: Woher hätte er denn wissen sollen, dass sie nicht mehr in der Wohnung ist? Wie kommt er da rein?"

„Na mit dem Schlüssel, den er ihr abgenommen hat."

„Das ist genau mein zweiter Punkt. Weißt du, wer nicht auf der Liste steht?"

Sonja hatte keine Ahnung, worauf Brechtl hinauswollte, und zuckte nur mit den Schultern.

„Ellmann. Die ganze Woche haben sie hin und her telefoniert. Und ab Sonntag ... nichts mehr. Warum ruft er sie nicht an? Sie hat den Schlüssel nicht wie ausgemacht zurückgegeben. Da frag ich doch mal nach, spätestens am Montag oder Dienstag."

„Vielleicht hat er es einfach vergessen. Was willst du jetzt mit dem?"

„Vergessen? Der war kurz davor, eine Wohnung für dreihundertachtzigtausend Euro zu verkaufen. Da bleib ich doch dran."

„Eben. Dann bring ich aber auch nicht den Käufer um. Der hat doch überhaupt kein Motiv!"

Da hatte sie nun auch wieder recht. Trotzdem ließ Brechtl nicht locker.

„Aber er war einer der wenigen, der wusste, dass sie in der Wohnung war. Außerdem hast du selber gesagt, dass es kein geplanter Mord war, sondern ein Streit, der außer Kontrolle geraten ist."

„Worüber sollten die sich streiten? Frau Habereder wollte die Wohnung doch kaufen und noch nicht einmal über den Preis feilschen."

„Trotzdem. Ich finde, der Kerl verhält sich seltsam. Erinnerst du dich an vorgestern, als er uns den Schlüssel gebracht hat? Kein Wort darüber, warum wir in die Wohnung wollen, er wollte auch nicht mit, sondern musste schnell wieder weg. Als ich ihm gesagt habe, dass wir die Wohnung versiegeln und auf Spuren untersuchen, hat er auch nicht weiter nachgefragt. Das ist doch nicht normal. Wir haben ihm nur erzählt, dass Frau Habereder einen Unfall hatte, und er will nicht wissen, was das mit der Wohnung zu tun hat?"

„Na ja, zugegeben, ein bisschen komisch ist das schon."

„Ich lass den noch mal antreten", beschloss Brechtl.

„Von mir aus. Und ich lass eine Zivilstreife vor Gschwendners Haus parken und sag seinem Chef Bescheid, dass er sich sofort bei uns melden soll, wenn er in der PI Lauf auftaucht."

„Aber nur als Zeuge!"

„Ja, klar."

Brechtl ging zufrieden zurück in sein Büro. Dort saß Sherlock auf seiner Decke und gab leise Fiepslaute von sich.

„Ach so. Du musst auch mal wieder raus. Gleich, gell."

Vorher wollte er noch schnell bei Ellmann anrufen, aber die Fallmappe mit der Nummer lag ja immer noch bei Sonja. Natürlich wäre das gesamte Dokument auch als Datensatz hinterlegt gewesen, aber das war ihm jetzt zu aufwändig. Also leinte er den Hund an, gab Sonja im Vorbeigehen ein Zeichen und führte Sherlock die Treppe hinunter. Dagmar stand gerade vor ihrer Tür.

„Ja Toni, mein Guter!“, rief sie und ging in die Hocke, um ihn zu streicheln.

Sherlock fletschte die Zähne und knurrte. Schnell zog sie ihre Hand zurück.

„Was hat er denn?“, fragte sie erschrocken.

„Erdnussallergie. Und er heißt Sherlock. Toni kann er nicht leiden.“

Dabei beließ er es. Im Moment hatte er ganz andere Dinge im Kopf als die blöde Tierarztrechnung. Ellmann. Was konnte er für ein Motiv haben, überlegte er, während Sherlock gleich am ersten Gebüsch neben dem Haupteingang eine Riesenpfütze hinterließ. Sie wussten gar nichts über den Mann, außer, dass er ziemlich unsympathisch war und sich unpassend anzog. Das musste sich ändern. Er machte kehrt und ging bei Sonja vorbei, um sich die Fallmappe geben zu lassen. Unter der Handynummer erreichte er Ellmann nicht, also probierte er die Büronummer.

„Immobilien Ellmann, Sie sprechen mit Frau Bennet, was kann ich für Sie tun?“, meldete sich eine Frauenstimme.

„Hauptkommissar Brechtl, Kripo Schwabach, grüß Gott. Könnt ich bitte mit Herrn Ellmann sprechen?“

„Der ist leider nicht da.“

„Wie kann ich ihn denn erreichen?“

„Momentan schlecht.“

„Wo ist er denn?“

„Beim Arzt, das hab ich doch schon Ihrem Kollegen gesagt.“

„Welchem Kollegen?“

„Wendler oder so ähnlich hieß er.“

„Gschwendner?“

„Ja, genau."
„Was haben Sie dem gesagt?"
„Na, dass Herr Ellmann bei Doktor Heck ist. Eigentlich müsste er schon längst da sein."
„Wann haben Sie das meinem Kollegen gesagt?"
„Vor einer guten halben Stunde ungefähr."
„Wo ist die Praxis von diesem Doktor Heck?"
„In Schwaig, in der Steinlachstraße."
„Danke. Herr Ellmann soll mich bitte gleich anrufen, wenn er zurückkommt."
„Ich richte es ihm aus. Brechtl war der Name, gell?"
„Genau. Die Nummer hat er. Wiederhörn."
„Wiederhörn."
Brechtl wurde jetzt richtig hektisch.
„Der Gschwendner wollte wissen, wo der Ellmann ist. Komm!"
Er schloss den kleinen Stahlschrank neben dem Sideboard auf und nahm seine Dienstwaffe heraus. Noch während er sie umschnallte, lief er hinüber ins Büro seiner Kollegen. Ohne weiter nachzufragen, stand Sonja auf, griff sich ihre Handtasche und folgte ihm.
„Manne, Jan, alles liegen und stehen lassen. Ich brauche Informationen über einen gewissen Ellmann." Der Vorname fiel ihm beim besten Willen grad nicht ein. „Immobilienmakler aus Laufamholz. Lebenslauf, Vorstrafen, alles, was ihr kriegen könnt. Und vor allem will ich wissen, ob er Holger Gschwendner kennt und ob er was mit ihm zu tun hat. Ach ... und passt bitte auf den Hund auf!"
Schon war er wieder zur Tür hinaus und rannte mit Sonja zum Auto.
„Wo fahren wir eigentlich hin?", wollte sie wissen, nachdem Brechtl schon losgefahren war.
„Nach Schwaig, zu einem Doktor Heck. Mit viel Glück erwischen wir da beide."

So viel Glück hatten sie nicht. Obwohl Brechtl gefahren war

„wie der Henker“, wie Sonja sich ausdrückte, kamen sie zu spät. Von der Arzthelferin erfuhren sie, dass Ellmann die Praxis schon vor einer halben Stunde in Begleitung eines bärtigen jungen Mannes verlassen hatte.

„Verdammt!“, fluchte Brechtl, als sie wieder auf dem Parkplatz der Praxis standen. „Wo sind die hin?“

Sonja zeigte auf einen grauen Mercedes, auf dessen Heckklappe Ellmanns Internetadresse stand.

„Das ist doch das Auto vom Ellmann, oder?“

„Dann sind sie mit Gschwendners Auto unterwegs. Was fährt der?“

„Weiß ich nicht.“

Brechtl rief Jan an, um herauszufinden, welches Auto Gschwendner fuhr, und es gleich zur Fahndung ausschreiben zu lassen. Ein Renault Espace war auf ihn angemeldet.

„Ist die Zivilstreife schon vor Ort?“, fragte er Sonja, nachdem er aufgelegt hatte.

„Normalerweise müssten sie schon dort sein. Ich funk sie mal an.“

„Lieber nicht. Ich lass mir von der Zentrale die Handynummer geben. Vielleicht hört der Gschwendner Polizeifunk.“

Die Kollegen waren schon eine Zeit lang vor Gschwendners Haus, hatten ihn aber noch nicht zu Gesicht bekommen. Brechtl wies sie an, Gschwendner und seine Begleitung festzunehmen, falls sie dort auftauchen sollten.

„Was meinst du, Kalle, machen die beiden gemeinsame Sache?“

„Wäre möglich. Auf jeden Fall wissen sie dann, dass sich die Schlinge enger zieht. Leider.“

Sein Ausrutscher bei dem Gespräch mit Luisa ärgerte Brechtl immer noch. Luisa. Wenn jemand etwas über das Verhältnis zwischen den beiden wissen konnte, dann sie. Schließlich war sie lange genug mit Gschwendner zusammen gewesen.

„Wir fahren nach Speikern, zu Luisa“, beschloss er deshalb.

Sie waren gerade erst bis Röthenbach gekommen, als Brechtls Handy klingelte. Wie üblich reichte er es an Sonja weiter.

„Manne, was gibt’s?“

„Ich hab die inoffiziellen Telefondaten von Gschwendners Handy. Was braucht ihr?“

„Sonntag, siebzehnter siebter.“

„Moment. Vormittags ein eingehender Anruf von seinem Festnetzanschluss, drei Minuten. Nachmittags dann drei Anrufe von ihm kurz nacheinander. Erst bei Frau Habereder, dann bei Luisa Kreutzer, beide ohne Gesprächszeit, und etwas später dann noch einer beim Immobilienbüro Ellmann, auch nur kurz, vier Minuten. Das war alles. SMS oder WhatsApp hab ich natürlich nicht.“

„Danke. Das hilft uns schon erheblich weiter. Kommt die Nummer von Ellmann öfter vor?“

„Wart mal, da muss ich schauen ... Da is nix, da auch nicht ... Am zweiten Juli hat er auch mal mit ihm telefoniert, fast eine Viertelstunde. Mehr kann ich euch nicht sagen, ich hab nur den Juli vorliegen.“

„Super. Danke. Hat Jan schon was über Ellmann?“

„Ich geb dich mal weiter.“

„Moin Sonja. Also, vorbestraft ist er nicht, aber er hat schon ein bisschen Ärger gehabt. Zweitausendacht ist er wegen Körperverletzung zu einer Geldstrafe verurteilt worden. Eine Schlägerei in einer Disco mit dem Freund einer Frau, die er angebaggert hat. Zweitausendzehn ist er bei dem Maklerbüro, in dem er vorher gearbeitet hat, wegen sexueller Belästigung rausgeflogen. Er hat dagegen geklagt, aber verloren. Seitdem ist er selbstständig. Scheint ganz gut zu laufen. Er hat auch einige eigene Immobilien. Unter anderem gehört ihm das Haus, in dem Gschwendner mit seinen Frauen wohnt. Die beiden dürften sich also kennen. Er ist sein Vermieter.“

„Danke.“

„Kein Ding“, verabschiedete sich Jan.

Brechtl, der alles mitgehört hatte, schüttelte den Kopf.

„Weißt du noch, als wir ihn das erste Mal befragt haben, hat er so getan, als würde er Gschwendner gar nicht kennen. Phantombild ... Er hätte uns einfach die Adresse geben können. Die kennen sich alle. Ruf mal im Club an und frag Paula, ob der Ellmann da auch Mitglied ist.“

Sonja nahm ihr eigenes Smartphone, in dem sie wie immer alle relevanten Nummern gespeichert hatte.

„Winter", meldete sich Paula.

„Hallo Paula, ich bin's noch mal, Sonja. Ich hätte noch eine Frage an dich: Sagt dir der Name Jens Ellmann was?"

„Ja, den kenn ich."

„Woher?"

„War mal eine Zeit lang hier, vor drei, vier Jahren, aber nicht lange. Wir haben ihn rausgeworfen, weil er Fotos gemacht und ins Internet gestellt hat."

„Wie ist er zu euch gekommen?"

„Holger hat ihn damals angeschleppt. Aber wenn du mich fragst, hat der Jens den Club eher für eine Partnervermittlung gehalten. Ich war ganz froh, als er wieder weg war."

„Danke."

„Kein Problem. Bitte melde dich, wenn es Neuigkeiten gibt. Wir wollen hier alle wissen, was passiert ist."

„Na klar. Versteh ich. Tschüss Paula."

„Tschüss Sonja."

„Das wird immer besser. Die kennen sich seit Jahren. Am Ende sind sie die besten Kumpel."

„Und nachdem Luisa bei Holger gewohnt hat, bin ich mir sicher, dass sie ihn auch schon länger kennt."

Sie waren am Ortseingang von Speikern angelangt, als Brechtl rechts ranfuhr und den Motor ausschaltete.

„Was ist los?", wollte Sonja wissen.

„Ich will erst noch kurz überlegen, wie wir die Sache angehen. Wir dürfen uns auf keinen Fall wieder verquatschen."

„Wir?"

Brechtl ging nicht darauf ein.

„Was ist, wenn die ein Dreiergespann sind und uns die ganze Zeit nur an der Nase herumgeführt haben? Die schauspielerische Meisterleistung bei der Festnahme von Herrn Kreutzer zum Beispiel, das ganze Gejammer im Club ..."

„Ich finde, wir sollten uns Verstärkung holen."

„Für Speikern ist Lauf zuständig. Wenn Gschwendner hier ist, will ich ihn nicht von seinen Kollegen festnehmen lassen."

„Dann ruf die Hersbrucker an."

Gute Idee. Sonja nutzte die Zeit, in der sie auf die Kollegen aus Hersbruck warteten, um noch einmal bei der Zivilstreife nachzufragen, die vor Gschwendners Haus Stellung bezogen hatte. Nichts, alles ruhig. Keine Viertelstunde später parkte ein Streifenwagen hinter ihnen. Brechtl hatte auch bei der PI Hersbruck darum gebeten, keinen Funkkontakt aufzunehmen. Sicher ist sicher.

„Mohlzeid. Sie braung uns?" Der fast zwei Meter große Polizist kam Brechtl irgendwie bekannt vor, dabei hatte er schon lange nichts mehr mit den Hersbrucker Kollegen zu tun gehabt.

„Mohlzeid. Mir müssn auf an Bauernhof dou vorner. Konn sei, dass goar nix is, kennerd obber aa sei, dassmer Underschdüdzung braung. Ich däd song, ihr bleibd ums Egg rum schdäi und mir fungn eich dann o."

„Ich hob gmaand, fungn soll mer ned."

„Dann wärs aa scho woschd."

„Also goud, na machmers so."

Der Polizeiobermeister deutete einen Salut an und ging zurück zum Streifenwagen. Kurz bevor sie in den Schotterweg zum Hof einbogen, gab Brechtl ihm ein Zeichen, dort zu warten.

Auf dem Hof der Kreutzers war niemand zu sehen. Brechtl hielt vor dem Wohnhaus, stieg zusammen mit Sonja aus und klingelte an der Haustür. Niemand öffnete.

„Luisa!", rief er laut.

Keine Reaktion. Sie gingen hinüber in den Kuhstall. Auch dort war niemand zu sehen. Noch einmal rief er:

„Luisa! Ich bin's, der Kalle! Bist du da?"

Die Tür einer der Scheunen ging auf und Luisa kam heraus.

„Was gibt's denn?", fragte sie.

„Hallo! Kannst du uns vielleicht sagen, wo sich Holger rumtreibt?", fragte er betont leger.

„Nee du, keine Ahnung!", antwortete sie. Sie legte den Finger auf die Lippen und zeigte dann hektisch auf die Scheunentür hinter sich.

„Warum brauchst du ihn denn?“, fragte sie ungewöhnlich laut.

Brechtl reagierte schnell.

„Ach, ich wollte ihn was fragen, wegen Simones Bruder.“ Er streckte den Daumen nach oben.

„Kann ich dir da vielleicht auch helfen?“

„Nein, da muss ich ihn schon selber fragen.“

Er gab ihr zu verstehen, dass sie wieder zurückgehen sollte.

„Ich sag ihm, er soll dich anrufen, wenn ich ihn sehe.“

Luisa nickte.

„Ja, das wäre gut. Ciao Luisa.“

„Ciao Kalle.“

Sie ging wieder zurück in die Scheune, während Brechtl und Sonja sich in ihr Auto setzten und vom Hof fuhren. Kaum hatten sie den Schotterweg hinter sich gelassen, hielten sie an und stiegen aus.

Brechtl lief hinüber zum wartenden Streifenwagen.

„Leud, edz werds ernsd. Mir müssn vermudlich zwaa Bersoner festnehmer in aner Scheuner aff dem Hof. Ich hob dummerweis ka Ahnung, wies dou drinn ausschaud. Zwaa Männer. Die Frau, wo derbei is, nehmermer aa fesd, obber bloß bro forma. Mir müssn mid Widerschdand rechner und aaner vo die Männer, der midm Board, is Bolizisd. Der wass, wies gäid. Also Obachd gehm.“

„Sinn die bewaffned?“, fragte der Lange.

„Vermudlich ned, obber sicher sei kemmer ned.“

„Wie machmers?“

Die beiden Polizisten stiegen aus.

„Mir schauer erschd amol, obs nu an zweidn Eingang gibd und wenn, dann verdeilmer uns. Aff mei Kommando nei, an mords Radau machn, dass die goar ned wissn, wie ihner gschichd, und dann, wie gsachd, Haubdsach die zwaa Männer under Kondroll bringer.“

„Alles gloar.“

Durch den löchrigen Lattenzaun gelangten sie ohne Probleme auf das Grundstück. Wie in einem alten Karl-May-Film suchten sie immer wieder Deckung hinter Büschen und Maschinen, während sie sich langsam zu der Scheune vorarbeiteten. Neben der Tür, durch die Luisa herausgekommen war, befand sich ein großes, zweiflügliges Tor, das Brechtl leise und vorsichtig mit einem außen angebrachten Riegel verschloss. Die alten Bretter, aus denen die Scheune bestand, hatten reichlich Spalten und Astlöcher, durch die er hineinspähen konnte.

Luisa stand ein paar Meter neben Gschwendner. Der hielt Ellmann, der mit den Händen an ein Geländer gefesselt war, den Mund zu. Was immer das sonst noch zu bedeuten hatte, auf jeden Fall machte es die Festnahme einfacher, wenn einer der beiden sich schon nicht wehren konnte. Die Polizisten schlichen weiter bis zur Tür, an der Brechtl erst einmal lauschte.

„Sind sie wirklich weg?“, hörte er Gschwendner sagen.

„Ja“, antwortete Luisa.

„Sicher?“

„Ja. Schau doch selber, wenn du mir nicht glaubst.“

„Was wollen die von Wolfgang?“

„Hat er nicht gesagt. Er will dich was über ihn fragen.“

„Nimm mal das Brett“, befahl er ihr, „und wenn er muckt, ziehst du ihm eins drüber.“

„Das mach ich nicht!“

„Und ob du das machst. Ich schau mal raus.“

Brechtl hörte, wie Gschwendner auf die Tür zukam. Er trat schnell einen Schritt zurück und wartete, bis sich die Tür einen Spaltbreit öffnete. Dann warf er sich mit voller Wucht dagegen. Gschwendner torkelte ein paar Schritte zurück und landete auf dem Hosenboden.

„Keine Bewegung, Hände hinter den Kopf“, brüllte Brechtl, während er seine Dienstwaffe aus dem Holster zog.

Die beiden Schutzpolizisten standen mit ihren gezogenen Pistolen direkt hinter ihm.

Luisa tat sofort, was Brechtl befohlen hatte, Ellmann konnte seine Arme sowieso nicht bewegen und Gschwendner brauchte einen Moment, um sich aufzurappeln.

„Ach du bist’s, Kalle. Gut, dass du da bist!“

Er klopfte sich den Staub aus der Hose.

„Gut, dass Sie kommen, Herr Brechtl“, sagte Ellmann fast zeitgleich.

„Stehen bleiben und Hände hinter den Kopf“, wiederholte Brechtl mit Blick auf Gschwendner.

„Was soll das, Kalle?“, fragte der und ging weiter auf ihn zu.

„Mach jetzt, was ich sage, Holger. Das ist hier kein Spaß!“

Brechtl zielte auf die Beine. Endlich blieb Gschwendner stehen und hob die Hände.

„Ist ja gut. Was soll die Aktion hier?“, fragte er, während die Schutzpolizisten ihn nach Waffen abtasteten. „Gut, das sieht jetzt vielleicht komisch aus ...“

Besonders komisch fand Brechtl die Lage nicht und er ließ Gschwendner erst gar nicht zu Wort kommen.

„Herr Gschwendner, Herr Ellmann, Frau Kreutzer, Sie sind vorläufig festgenommen.“

„Was? Jetzt hör doch mal auf mit dem Mist und lass dir das erklären, Kalle.“

„Sie können mir das in der Inspektion erklären, nicht jetzt.“ Mit dem Duzen war Schluss.

„Mir braung nu a Audo, odder?“, erkundigte sich der Hersbrucker Kollege.

„Ja, des wär ned schlechd.“

Sonja hatte Luisa bereits Handschellen angelegt, Brechtl kümmerte sich um Gschwendner, während der andere Schutzpolizist Ellmann befreite, um ihn dann gleich wieder festzunehmen.

„Kalle, bitte, jetzt hör mir doch mal zu“, jammerte Gschwendner.

„Das mach ich, aber erst in Schwabach.“

„Du handelst dir gerade echt Ärger ein.“

„Ich?“ Brechtl musste fast lachen. „Des glaabi ned!“

Nur wenige Minuten später war ein weiterer Streifenwagen der PI Hersbruck vor Ort. In einem kleinen Konvoi fuhren die drei Autos zusammen nach Schwabach. Brechtl und Sonja hatten Luisa hinten bei sich im Auto sitzen.

„Jetzt erzähl mal, Luisa, was ist hier eigentlich los?“, wollte

Brechtl von ihr wissen.

Sie blickte verlegen zwischen den beiden hin und her.

„Darf ich die Aussage verweigern, bitte, Kalle?“

Brechtl schaute verdutzt in den Rückspiegel.

„Ja, sicher. Das ist dein gutes Recht.“

13

Luisa brach ihr Schweigen die ganze Fahrt über nicht und auch Brechtl und Sonja konnten sich nicht austauschen, da sie ja nicht wussten, inwieweit Luisa in den Fall involviert war.

Zumindest konnten sie die Fahndung einstellen lassen und die Zivilstreife vor Gschwendners Haus wieder abziehen. Jan erledigte das für sie.

Die beiden anderen Festgenommenen waren ähnlich wortkarg. Wie die Hersbrucker Kollegen Brechtl berichteten, hatte Ellmann kein Wort gesagt und Gschwendner nur ein bisschen vor sich hin gebrabbelt.

Also ließ Brechtl alle drei in den Zellentrakt im Keller der Polizeiinspektion bringen, der zum Glück unbesetzt und gerade groß genug war. Gschwendner und Ellmann hatten je eine Einzelzelle, Luisa musste in der größeren Sammelzelle untergebracht werden.

„Ich versteh gar nichts mehr“, war Brechtls Fazit, als er mit Sonja zurück im Büro war und die Dienstwaffe wieder einschloss. Er mochte es nicht, sie wie ein Cowboy dauernd mit sich herumzutragen, Dienstvorschrift hin oder her. Gerade im Sommer war es schwer, sie zu verstecken. Sonja hatte es mit ihrer Handtasche da leichter.

„Nach einem Dreierkomplott hat das jedenfalls nicht ausgesehen“, stellte sie fest.

„Warum sagt Luisa auf einmal nichts mehr? Sie hat uns doch auf die Spur der beiden anderen geführt.“

Sonja zuckte mit den Schultern.

„Auf jeden Fall wird das eine schöne Märchenstunde werden, wenn wir die beiden verhören.“

Brechtl nickte.

„Ich hol mal die Sachen von Jan und Manne und sag ihnen Bescheid.“

„Die Telefondaten von Gschwendner kannst du aber nicht

verwenden“, erinnerte ihn Manne, „die hab ich hintenrum bekommen. Wir können sie höchstens noch mal offiziell anfordern.“

„Ja, ja, ich weiß. Aber dein Zeug schon, Jan, oder?“

„Alles INPOL und Archiv“, bestätigte der.

Brechtl überflog auf dem Rückweg noch einmal die Papiere. Das Wichtigste wusste er ja bereits.

„Mit wem fangen wir an?“, fragte er Sonja, als er zurück im Büro war.

„Der Ellmann will seinen Anwalt dabei haben, das dauert noch ein bisschen. Der Gschwendner braucht keinen, hat er gesagt.“

Brechtl nahm seine Tasse aus dem Regal über dem kleinen Waschbecken und drehte sich zum Sideboard um. Dort lagen noch immer die Trümmer der kaputten Kaffeemaschine. Er stieß einen leisen Seufzer aus und stellte die Tasse zurück.

„Also gut.“

Er ließ Gschwendner nach oben bringen. Der Schutzpolizist nahm ihm auf Brechtls Anordnung die Handschellen ab und verabschiedete sich. Kaum hatte sich die Tür hinter ihm geschlossen, legte Gschwendner los.

„Sag mal, Kalle, was war das den jetzt? Was soll das Ganze?“

„Für Sie bin ich erst einmal wieder Herr Brechtl“, stellte Brechtl klar. „Das ist eine offizielle Vernehmung in der Sache Simone Habereder. Ich gehe davon aus, dass Sie Ihre Rechte kennen und ich brauche von Ihnen noch die Erlaubnis, das Gespräch aufzeichnen zu dürfen.“

Er hatte sein altes Kassetten-Diktiergerät schon aus der Schublade geholt und auf den Tisch gelegt.

„Von mir aus“, antwortete Gschwendner ein wenig eingeschnappt.

„Ganz von vorne: Seit wann und woher kennen Sie Jens Ellmann?“

„Ich hab ihn so vor ungefähr fünf Jahren im Hallenbad beim Schwimmtraining kennengelernt.“

Wie ein durchtrainierter Schwimmer sah Ellmann im Gegensatz zu Gschwendner beim besten Willen nicht aus. Aber es gibt ja auch noch andere Gründe, um ins Hallenbad zu gehen, dachte Brechtl bei sich.

„Und weiter ... sind Sie befreundet?"

„Nein. Er hat mir das Haus vermittelt, in dem ich wohne, und ich hab ihm mal einen Anwalt empfohlen, als er Schwierigkeiten hatte, aber sonst ..."

„Und Sie haben ihn mit in den Club genommen."

„Ja, aber das war ein Fehler. Jens ist ein ziemlicher Idiot."

„Kannte er Simone Habereder aus dem Club?"

„Nein. Franz kam erst viel später. Aber als er jetzt eine Wohnung gesucht hat, hab ich mir gedacht, dass Jens vielleicht was für ihn hat. Aber das tut doch gar nichts zu Sache. Ich hab ..."

„Ganz langsam", unterbrach ihn Brechtl. „Sie wissen, wie das läuft: Ich stelle die Fragen, Sie antworten."

Gschwendner verschränkte beleidigt die Arme und lehnte sich zurück.

„Warum haben Sie uns das nicht früher schon erzählt?"

„Ich hatte doch keine Ahnung, dass Jens was mit der Sache zu tun hat."

„Was hat er denn damit zu tun?"

„Er hat Franz umgebracht."

„Wie kommen Sie darauf?"

„Jetzt hör doch mal mit dem blöden Gesieze auf. Du hast bei Luisa angerufen und ihr gesagt, dass Franz in der Wohnung umgebracht worden ist. Und Jens ist der Einzige, der es gewesen sein kann."

„Hat Luisa Kreutzer Sie angerufen und Ihnen das gesagt?"

„Ich war neben ihr gestanden, als ihr telefoniert habt."

Sonja warf Brechtl einen kurzen, aber vielsagenden Blick zu.

„Und woraus schließen Sie, dass Herr Ellmann der Täter ist?"

„Ich wollte am Sonntag in der Wohnung vorbeischauen, nur ein paar Minuten, ich hatte ja Dienst. Aber dann ist der blöde Unfall auf der B 14 dazwischengekommen und deshalb hab ich Jens angerufen, ob er nicht hinfahren und sich das mit der Küchenwand anschauen kann. Franz wollte wissen, ob man die Wand rausnehmen kann", erklärte er.

„Und?“

„Ellmann hat gesagt, er fährt hin.“

„Und Sie waren am Sonntag nicht in der Wohnung?“

„Nein!“

„Sie haben den Einsatzort an der B 14 aber verlassen.“

„Nein.“

„Ich habe die Aussage Ihres Kollegen, dass Sie mit dem Streifenwagen weggefahren sind.“

„Ach so, ja, da war ich schnell an der Tankstelle, hab mir was zu trinken gekauft.“

„Welche Tankstelle war das?“

„Die oben an der Nürnberger Straße.“

„Wie lange waren Sie weg?“

„Was weiß ich, zehn Minuten vielleicht. Ich war nicht in der Wohnung.“

„Na gut. Sie haben also das Telefongespräch zwischen mir und Frau Kreutzer mitgehört. Was haben Sie dann gemacht?“

„Ich hab bei Jens im Büro angerufen und seine Sekretärin hat mir gesagt, dass er beim Doktor ist. Dann bin ich hingefahren und hab ihn mir geschnappt.“

„Geschnappt? Wie darf ich mir das vorstellen?“

„Ich hab auf ihn gewartet. Als er aus dem Behandlungszimmer gekommen ist, hab ich ihm gesagt, dass ich mit ihm reden muss. Ich hab ihm erzählt, dass die Kripo nach ihm sucht und dass ich ihn verstecken kann. Er ist mitgefahren. Das war ja schon so gut wie ein Geständnis. Ich bin mit ihm zu Luisa gefahren und dort haben wir ihn dann in die Scheune gebracht und dingfest gemacht. Woher wusstet ihr eigentlich, dass wir da sind?“

„Die Frage ist: Warum haben Sie ihn nicht zu uns gebracht?“

„Hätt ich schon noch.“

„Aha. Und wann?“

„Sobald ich sein Geständnis gehabt hätte. Unter Zeugen. Luisa war ja dabei.“

„Und hat er die Tat gestanden?“

„Ja, im Prinzip.“

„Im Prinzip? Ja oder nein?“

„Er ist mitgekommen. Er hat mich gefragt, wie die Kripo auf ihn gekommen ist. Er wollte sich vor der Polizei verstecken. Das macht man ja wohl nur, wenn man was auf dem Kerbholz hat, und der Typ hat schon immer einen Knacks, wenn es um Frauen geht. Der grabscht alles an, was nicht bei drei auf dem Baum ist."

„Und deshalb trauen Sie ihm zu, Frau Habereder ermordet zu haben."

„Ja natürlich. Wer denn sonst?" Er versuchte, es noch einmal zu erklären. „Luisa war's nicht, ihr Vater auch nicht und sonst hat keiner gewusst, dass sie da war."

„Doch. Sie zum Beispiel."

„Ach Quatsch, Kalle, ich bitte dich!"

„Wenn Sie so sicher waren, dass Ellmann der Täter ist, warum haben Sie uns nicht einfach angerufen und uns die Festnahme überlassen?"

Gschwendner druckste herum.

„Franz war mein Freund, das weißt du genau. Und der hat ihn umgebracht."

„Und da wollten Sie ihm noch eine Lektion erteilen, bevor Sie ihn ausliefern?"

Gschwendner zuckte mit den Schultern.

„Das war jetzt dienstlich vielleicht nicht korrekt. Aber ich war ja nicht im Dienst. Ich hab Urlaub. Das war eine reine Privatsache."

Brechtl schaltete das Diktiergerät aus.

„Jetzt sag ich dir mal privat was: Du bist Polizist, Holger. Und da ist es scheißegal, ob du gerade Urlaub hast oder im Streifenwagen sitzt. Was du da gemacht hast, ist Freiheitsberaubung und nichts anderes. Und ich seh gar nicht ein, dass ich dir da schon wieder aus der Klemme helfen soll. So geht's einfach nicht."

„Franz war mein Freund, verdammt. Freundschaft sagt dir was, ja? Da geht es nicht um Tötung im Affekt oder beschränkt schuldfähig wegen irgendeinem blöden Psychoschaden, den der Kerl hat. Er hat meinen Freund umgebracht."

Brechtl wurde sauer.

„Wir sind in einem Rechtsstaat. Und der gilt auch für Holger

Gschwendner. Du hast nicht zu entscheiden, ob jemand schuldig ist oder nicht. Dafür gibt es Richter."

„Ja klar, Richter", sagte Gschwendner abfällig. „Der schickt ihn dann in die Therapie oder spricht ihn frei aus Mangel an Beweisen."

„Wenn es nach dir gegangen wär, hätten wir schon Herrn Kreutzer eingesperrt. Den hättest du ja am liebsten gleich an Ort und Stelle erschossen, obwohl er unschuldig war. Und jetzt hast du dir den Nächsten ausgesucht."

„Jetzt hör aber auf!"

Brechtl wusste selbst, dass er übertrieben hatte, aber er hatte eine Stinkwut auf Gschwendner und dessen Hang zur Selbstjustiz. Er versuchte, sich zu beruhigen, und schaltete das Diktiergerät wieder ein.

„Ende der Vernehmung. Herr Gschwendner bleibt bis zur Überprüfung seiner Aussage in Gewahrsam."

„Was?", regte sich Gschwendner auf. „Spinnst du?"

Brechtl ging nicht darauf ein. Er rief den Kollegen von der Schutzpolizei und ließ Gschwendner wieder in seine Zelle bringen. Sonja hatte sich zurückgehalten. Das machte sie oft so bei Vernehmungen. Sie achtete darauf, wie die Befragten reagierten, und machte sich Notizen zu Einzelheiten, die noch überprüft werden mussten.

„Mein Gott, geht der mir auf den ... weißt schon wohin", schimpfte Brechtl vor sich hin. „Ich brauch was zu essen. Sind noch Krapfen da?"

Immer wenn er sich aufregte, bekam Brechtl Hunger. Er stapfte hinüber zu Manne.

„Hast du noch 'nen Krapfen?"

„Was ist dir denn über die Leber gelaufen?" Manne reichte ihm die Bäckertüte.

„Danke. Ach, der Gschwendner nervt mich, dieser Aushilfs-John-Wayne."

„Wieso? Was hat er gesagt?"

„Dass er sicher ist, dass es Ellmann war."

„Wie kommt er darauf?"

„Weil der Ellmann angeblich zur Tatzeit in der Wohnung war."
„Und - war er?"
„Den haben wir noch nicht vernommen."
„Kommt mir ein bisschen so vor, als ob er einfach irgendeinen Schuldigen braucht, nach dem, was Sonja über die Festnahme in Speikern erzählt hat", mischte sich Jan ein.
Brechtl zuckte mit den Schultern.
„Ach Jan, kannst du mal die Videoüberwachung von der Tankstelle in Lauf in der Nürnberger Straße anfordern? Siebzehnter siebter nachmittags. Angeblich war Gschwendner da. Das ist die einzige Lücke in seinem Alibi."
„Mach ich."
Brechtl hatte den Krapfen in Rekordzeit verdrückt. Jetzt fühlte er sich wieder besser. Wenig später war der Anwalt von Ellmann da und sie konnten mit der nächsten Vernehmung beginnen.
„Sie sind Hauptkommissar Brechtl?", fragte ihn der Mann mit dem kindlichen Gesicht, der zusammen mit Ellmann das Besprechungszimmer betrat. „Wir erstatten Anzeige gegen Holger Gschwendner wegen Freiheitsberaubung und Körperverletzung."
„Und Sie sind ...?", antwortete Brechtl.
„Doktor Endres, Rechtsanwalt."
Früher stellte man sich erst einmal vor und gab sich die Hand, dachte Brechtl. Er wollte nicht immer über die jungen Leute von heute schimpfen, weil ihn das alt machte, wie Sonja behauptete, aber hier einfach so reinzuplatzen war ja nun wirklich keine Art.
„Darum kümmern wir uns selbstverständlich. Aber später. Wenn Sie jetzt erst einmal Platz nehmen wollen", sagte er betont freundlich und wies auf die Seite des Tisches, auf der Sonja schon die üblichen Formulare ausgelegt hatte. „Möchten Sie zum Fall Simone Habereder eine Aussage machen?"
„Aber sicher", antwortete Ellmann und zupfte sein Sakko zurecht. Sein Anwalt hatte gleich etwas zu meckern, als er die Formulare begutachtete.
„Das ist das Formular für Beschuldigte. Das unterschreiben wir nicht. Wir sind bereit, als Zeuge auszusagen, aber ich sehe

keinen Grund, weshalb Sie meinen Mandanten beschuldigen sollten."

Brechtl warf Sonja einen vielsagenden Blick zu, die daraufhin ein Zeugenformular aus der Ablage nahm. Brechtl las es ihm sicherheitshalber vor, bevor er Ellmann unterschreiben ließ.

„Wie lange kennen Sie Frau Habereder?"

„Das habe ich Ihnen ja schon gesagt. Ein paar Wochen. Persönlich habe ich sie das erste Mal am letzten Samstag gesehen, also am sechzehnten Juli."

„Und Holger Gschwendner?"

„Den kenne ich seit ungefähr fünf Jahren. Er ist einer meiner Mieter, wohnt in Lauf in einer Art WG."

„Wie würden Sie Ihr Verhältnis zueinander bezeichnen?"

„Ja ... freundschaftlich, zumindest bis heute."

„Und trotzdem haben Sie ihn nicht erkannt, als er mit Frau Habereder die Wohnung in Lauf angeschaut hat?"

„Doch, natürlich, wieso nicht?"

„Weil Sie uns bei Ihrer ersten Vernehmung nicht seinen Namen genannt haben. Wir haben sogar ein Phantombild angefertigt - Sie erinnern sich?"

„Ja ...", druckste Ellmann herum, „ich hab mich gefragt, was die Kripo von ihm will, und da wollte ich jetzt nicht gleich ... Ich hab ihn dann angerufen und er hat gesagt, das wäre schon o.k. mit dem Phantombild."

„Dadurch haben Sie unsere Ermittlungen behindert."

Sofort sprang der Anwalt wieder in die Bresche.

„Davon kann überhaupt nicht die Rede sein. Eine Behinderung der Justiz schließt immer einen Vorsatz ein und mein Mandant wusste ja zu diesem Zeitpunkt noch gar nicht, worum es geht."

Brechtl ließ sich nicht aus der Ruhe bringen.

„Wann haben Sie denn Frau Habereder das letzte Mal gesehen?"

„Am letzten Sonntag, als sie den Schlüssel bei mir abgeholt hat."

„Ist das normal, dass Sie Wohnungsschlüssel einfach so herausgeben?"

„Nein. Aber es war ja eine Freundin von Holger. Ich musste noch was erledigen und wollte dann später nachkommen."

„Wie? Sie wollten nach Lauf in die Wohnung kommen?", fragte Brechtl verwundert.

„Ja, so hatten wir das ausgemacht. Sie wollte mich anrufen, wenn sie dort ist."

„Und wann waren Sie dort?"

„Gar nicht. Holger hat mich angerufen und gesagt, dass ich nicht mehr kommen brauche."

„Wann war das?"

„Am späten Nachmittag. Ich war eigentlich ganz froh, es wäre zeitlich etwas eng geworden."

„Hat er sonst noch etwas gesagt?"

„Nein."

Brechtl tauschte einen kurzen Blick mit Sonja.

„Haben Sie sich nicht gewundert, dass der Wohnungsschlüssel nicht zurückgegeben wurde?"

„Ach Gott, ich hab so viel um die Ohren, den hab ich total vergessen."

Brechtl nickte.

„Dann sprechen wir mal über heute."

„Das halte ich für eine sehr gute Idee", mischte sich der Anwalt ein und lehnte sich ein Stück vor.

„Sie waren beim Arzt, in Schwaig. Und dann ...?

„Ja, also, als ich aus dem Behandlungszimmer gekommen bin, stand Holger an der Rezeption und hat gesagt, ich müsste dringend mitkommen."

„Hat er auch gesagt, warum?"

„Nein, er hat nur gesagt, es wäre unheimlich wichtig und wir müssten zu einer Freundin von ihm nach Speikern fahren."

„Sie sind mit ihm mitgefahren?"

„Ja, er klang wirklich aufgeregt."

„Und während der ganzen Fahrt hat er Ihnen nicht erklärt, worum es geht?"

„Ich hab ihn gefragt, was los ist, aber er hat nur gesagt, das erzählt er mir, wenn wir dort sind."

„Und als Sie dort waren?“

„Er ist mit dem Auto in eine Scheune gefahren, hat das Tor zugemacht und als ich ausgestiegen bin, hat er mich gepackt und an ein Geländer gefesselt.“

„Warum? Was wollte er von Ihnen?“

„Er hat mich bedroht und wirres Zeug gefaselt, dass ich den Mord an Frau Habereder gestehen soll. Seine Freundin, diese Luisa, ist dann auch dazugekommen.“

„Hat die Sie ebenfalls bedroht.“

„Nein, die stand nur Schmiere. Ich war froh, als Sie dann gekommen sind. Wer weiß, was der noch mit mir gemacht hätte.“

„Wie hat er Sie bedroht? Mit einer Waffe?“

„Nein. Er hat mir eine runtergehauen, da.“ Er zeigte auf seine Wange. „Und ich war ja gefesselt.“

„Das erfüllt eindeutig den Tatbestand der Freiheitsberaubung und der Körperverletzung. Sie waren ja selbst Zeuge, Herr Brechtl. Ich möchte jetzt Anzeige erstatten.“

Der Anwalt ging Brechtl auf die Nerven. Er hätte sich viel lieber alleine mit Ellmann unterhalten.

„Ich habe gesehen, dass Herr Ellmann gefesselt war. Aber es hätte sich auch um eine Festnahme durch Polizeiobermeister Gschwendner handeln können.“

„Wie bitte?“, regte sich Doktor Endres auf.

„Wir nehmen gerne Ihre Anzeige auf. Und ich stehe als Zeuge für das, was ich gesehen habe, auch zur Verfügung. Aber im Fall Simone Habereder werden wir die Aussagen Ihres Mandanten jetzt erst einmal überprüfen. So lange bleibt er in Gewahrsam.“

„Das kann ja wohl nicht wahr sein! Ich werde mich umgehend über Sie beschweren.“

So einer also, dachte Brechtl. Mit dieser Sorte Rechtsanwälte hatte er leider öfter zu tun, als ihm lieb war. Er wünschte sich mehr Ruckdäschls in dieser Branche. Mit der Gewissheit, hier am längeren Hebel zu sitzen, sagte er ruhig:

„Das steht Ihnen selbstverständlich frei. Die Anzeige wird der Kollege Gruber aufnehmen. Ich darf mich inzwischen entschuldigen. Wir sehen uns ja sicher später noch einmal. Herr Ellmann, Herr Endres."

Er nickte den beiden höflich zu und verließ das Besprechungszimmer, um Manne Bescheid zu geben.

Manchmal konnte Brechtl ein richtiges Ekel sein. Wie man in den Wald hineinruft ...

„Jetzt haben wir den Salat", fasste Brechtl zusammen, als er wenig später mit Sonja zusammen in seinem Büro saß. „Der eine sagt so, der andere so und die Dritte gar nix."

„Und einer von den beiden lügt."

„Aber welcher? Wenn ich ehrlich bin: Zutrauen würde ich es beiden. Es müsste mal ein Lügendetektor erfunden werden, der wirklich funktioniert. Das wäre ausnahmsweise mal eine sinnvolle Handy-App: Immer wenn einer lügt, geht der Vibrationsalarm los."

„Lieber nicht. Erstens wären wir dann arbeitslos und zweitens würden Millionen Ehen in die Brüche gehen."

„Ich würd's kaufen."

Sie wurden von Rainer unterbrochen.

„Servus midnander. Is des des Dieschörd, wo ihr gsuchd hobd?"

Er hielt einen Asservatenbeutel mit einem gelben T-Shirt in der Hand. Auf der Vorderseite war der Schriftzug eines Campingplatzes aufgedruckt.

„Des kennerds sei. Wo hasdn des her?"

„Des homm meine Jungs in am Müllkondäiner gfundn, drei Haiser weider. In an Müllsagg mid zwaa Pfund Zewa-Däichler, alle mid Bloudschbuurn."

„Drei Haiser weider?"

„Ja maansd, mir machn halbe Sachn?"

Was für ein Job, dachte Brechtl.

„Dou find mer doch beschdimmd Däder-DNA draff, odder?"

„Des mou ned sa. Der had Gummihendscher oghabd."

„Woher wassdn des?"

„Na, wall die aa in dem Müllsagg woarn. Ich maan, su bläid

mousd erschd amol saa: Aff die Hendscher is sei DNA draff und mid aweng Gligg seine Fingerabdrigg aa nu."

„Warum mid aweng Gligg?"

„Kummd draff o, wie ers auszuung had. Wenners umgschdülbd had, sinn die Fingerabdrigg draff. Obber wenners rozuung had, sinns verschmierd. Dann kemmer obber außn affm Müllsagg aa nu schauer."

„Mensch Rainer, ihr seid echd subber."

„Gschengd. Konnsd dei Dangboarkeid in Form vo am Sadz Leberkäswegga ausdrüggn."

„Gäid gloar. Morng Middooch. Konnsd mer des Dieschörd dou lassn?"

„Obber fei ned ausbaggn, gell!" Er legte den Beutel auf Brechtls Schreibtisch.

„Ja, logisch. Wann hasdn die Fingerabdrigg?"

„Kummd draff o, wäi gsachd. In aner Schdund wassi mehr."

„Hobder eigendlich in dem Audo vo der Habereder wos gfundn?"

„Zaubern konni aa ned. Des hommer nunned ogschaud. Wos willsd ner dou findn?"

„Bassd scho. Hädd mi bloß indressierd."

„Was willst du machen, bis wir die Ergebnisse haben?", fragte Sonja, als Rainer gegangen war.

„So lange warte ich nicht."

„Warum nicht?"

„Weil das nur Indizien sind. Was beweisen die? Dass jemand die Wohnung sauber gemacht hat, oder nur den Müll runtergebracht hat und dabei Handschuhe angezogen hat. Das ist immer noch kein Beweis für einen Totschlag. Da können wir uns das nächste Märchen anhören. Ich will ein Geständnis."

„Und wie willst du das kriegen?"

„Mal sehen, wie die drei auf das T-Shirt reagieren. Komm!"

Er griff sich den Asservatenbeutel und ging zusammen mit Sonja in den Keller. Vor dem Eingang zum Zellentrakt saß ein junger Polizeimeisteranwärter und wischte auf seinem Smartphone herum. Als er Brechtl sah, steckte er es sofort weg und sprang von seinem Stuhl auf. Fehlt bloß noch, dass er salutiert, dachte Brechtl, der den jungen Kollegen noch gar nicht kannte.

„Moin!“, grüßte er ihn. „Ich müsste mal zur Kundschaft.“

„Ja, und Sie sind?“

„Hauptkommissar Brechtl und Oberkommissarin Nuschler, K1“

„Könnte ich bitte die Dienstausweise sehen?“

Oje, ein ganz Neuer. Brechtl nahm es gelassen, schließlich verhielt sich der junge Mann völlig korrekt. Die beiden zeigten ihre Ausweise vor.

„Ist der Anwalt von Herrn Ellmann auch noch da?“, erkundigte sich Sonja.

„Ja, der ist bei ihm in der Zelle zwei.“ Der Polizeimeisteranwärter öffnete respektvoll die Tür und folgte ihnen, um auch die Zellentüren aufzusperren.

„Danke.“

Brechtl dachte an die Zeit zurück, als er noch ohne Stern auf der Schulter die Scheißjobs erledigen musste. Meine Güte, war das lange her.

„Wer zuerst?“, unterbrach Sonja seine Gedanken.

„Luisa.“

Sie saß praktischerweise sowieso in der ersten Zelle.

„Hallo Luisa“, begrüßte er sie.

„Hallo Kalle. Wie lange muss ich noch hier drinbleiben? Ich hab doch gar nichts getan.“

„Nicht mehr lange. Aber ich will nicht, dass die anderen Wind davon bekommen, dass du sie verraten hast. Ist ja auch in deinem Sinne.“

Sie nickte.

„Eine Frage nur: Kennst du dieses T-Shirt?“

„Ja. Das gehört Franz, das hat er mal aus dem Urlaub mitgebracht.“

„Hat er es an dem Sonntag angehabt, als er bei euch war?“

„Ja, ich glaub schon.“

„Und am Samstag, bei der Feier?“

„Nein, da war er als Franz in Jeans und Hemd unterwegs. Warum?“

„Ich wollte nur sichergehen. Danke. Ich seh zu, dass das hier bald ein Ende hat. Du willst immer noch nicht aussagen?“

„Bitte zwing mich nicht dazu. Ich will nichts Falsches sagen.“

„Die Wahrheit ist nie falsch, Luisa.“ Sie blickte verlegen nach unten. „Überleg's dir.“

Brechtl ließ sie wieder allein und steuerte auf die Zelle zwei zu. Der Polizeimeisteranwärter klopfte an die Tür, bevor er sie aufschloss. Drinnen saßen Ellmann und sein Anwalt, die sofort ihr Gespräch unterbrochen hatten, als die Polizisten hereinkamen.

„Grüß Gott, Herr Ellmann. Ein kurze Frage: Kennen Sie dieses T-Shirt?“

„Nein.“

„Frau Habereder hat es getragen, als sie am Sonntag bei Ihnen war.“

„Das kann sein. Ich habe da nicht drauf geachtet.“

„Das hätten Sie doch sehen müssen, als Sie Frau Habereder umarmt haben.“

„Ich habe sie nicht umarmt. Wie kommen Sie darauf?“

„Das wollte ich nur wissen. Denn dann gäbe es ja einen Grund, warum sich Ihre DNA auf dem T-Shirt befinden könnte.“

Der Anwalt war offensichtlich gar nicht begeistert von Brechtls Taktik.

„Haben Sie eine DNA-Probe abgegeben?“, fragte er seinen Mandanten.

„Nein.“

„Wie wollen Sie dann wissen, dass es sich um die DNA von Herrn Ellmann handelt, Herr Brechtl? Eine DNA-Probennahme ohne Zustimmung ist rechtswidrig. Ohne richterliche Anordnung können Sie Herrn Ellmann nicht dazu zwingen, eine Probe abzugeben. Das gehört nicht zur erkennungsdienstlichen Behandlung. Von Gefahr im Verzug kann hier ja wohl nicht die Rede sein. Herr Ellmann ist als Zeuge kooperativ und nicht als Beschuldigter zu behandeln.“

Brechtl hörte sich die Belehrung geduldig an, bevor er antwortete.

„Ich sagte: Befinden könnte. Selbstverständlich bitte ich Herrn Ellmann, uns freiwillig die Erlaubnis zu einer DNA-Probe zu erteilen."

„Selbstverständlich", antwortete Doktor Endres, „wird Ihnen Herr Ellmann diese Erlaubnis nicht erteilen, oder können Sie etwa einen richterlichen Beschluss vorweisen?"

„Nein, noch nicht. Aber die Fingerabdrücke von Herrn Ellmann würden wir gerne nehmen. Das dürfen wir auch ohne richterlichen Beschluss, wie Sie wissen. Wir holen Sie dazu in ein paar Minuten ab."

Brechtl lächelte den beiden zu, ging wieder nach draußen und ließ die Zelle absperren. Er hatte das ganze Spielchen nur getrieben, um Ellmanns Reaktion zu sehen, und der war ziemlich nervös, wie er fand.

„Nicht schlecht, Herr Hauptkommissar", lobte ihn Sonja.

„Ich fand mich auch ziemlich gut. Also - Zelle drei, bitte", forderte er den jungen Kollegen auf.

„Hallo, Herr Gschwendner."

„Hallo, Herr Brechtl", antwortete der, sichtlich genervt davon, dass Brechtl ihn konsequent siezte.

„Kennen Sie dieses T-Shirt?", wiederholte er seine Frage erneut.

„Nicht dass ich wüsste."

„Es gehört Frau Habereder. Sie hat es am letzten Sonntag getragen."

„Das kann schon sein. Ich habe Franz am Sonntag nicht gesehen."

„Als sie gefunden wurde, trug sie es nicht mehr. Was schließen Sie daraus?"

Gschwendner zuckte mit den Schultern.

„Dass er es ausgezogen hat?"

„Er, Franz, oder er, der Täter?"

„Woher soll ich das wissen?"

„Noch mal zu Sonntagnachmittag: Sie haben ausgesagt, dass Sie Herrn Ellmann angerufen haben."

„Ja."

„Weshalb?"

„Ach komm schon, müssen wir das jetzt alles noch mal durchkauen?"

„Sieht so aus."

Gschwendner rollte mit den Augen.

„Ich konnte nicht in die Wohnung kommen, wegen dem Unfall auf der B 14. Ich hab versucht, Franz zu erreichen, bei Luisa hab ich es auch probiert, aber die sind beide nicht ans Telefon gegangen. Und weil ich nicht weg konnte, habe ich Jens angerufen, ob er vorbeischauen kann."

„Warum? Es war doch sowieso schon ausgemacht, dass er kommt."

„Hä? Davon weiß ich nix. Zu mir hat er gesagt, er hat noch einen Termin, aber danach kann er nach Lauf fahren."

„Sie hätten doch auch selbst kurz vorbeischauen können."

„Wann denn?"

„Zur Tankstelle konnten Sie ja auch. So weit weg ist die Christof-Döring-Straße auch nicht."

„Ich kann doch den Alfons nicht alles allein machen lassen. Da war die Hölle los. Feuerwehr, Sani, die Bergung von dem Kleinlaster, Vollsperrung. Kannst ja mal den Bericht lesen. Da kann ich nicht mal eben nebenbei eine Wohnung anschauen. Ich war fünf Minuten an der Tanke, das war alles."

„Vorhin waren es noch zehn Minuten."

„Ach Kalle, jetzt hör doch mal auf mit dem Scheiß! Ich war nicht in der Wohnung, verdammt."

„Warum haben Sie sich nicht bei Herrn Ellmann erkundigt, was bei der Sache mit der Wand herausgekommen ist?"

„Ich hab am Montag versucht, Franz anzurufen, aber den hab ich natürlich nicht erreicht. Auf die Idee, bei Jens nachzufragen, bin ich nicht gekommen. Ich hab ja auch noch ein paar andere Verpflichtungen."

„Und als Sie dann am Dienstag vom Tod von Frau Habereder erfahren haben, wieso haben Sie dann nicht gleich Herrn Ellmann in Verdacht gehabt?"

„Franz ist in Ottensoos gefunden worden. Ich hatte doch keine Ahnung, dass das mit der Wohnung zusammenhängt."

Brechtl musste sich eingestehen, dass ihm das auch erst sehr viel später in den Sinn gekommen war.

„Eines ist sicher, Herr Gschwendner: Wir werden auf diesem T-Shirt und auf anderen Beweisstücken DNA finden, bei der es sich nur um die DNA des Täters handeln kann. Sie wissen genau, dass sich ein frühzeitiges Geständnis meistens positiv auf das richterliche Urteil auswirkt. Die Analyseergebnisse haben wir in ungefähr drei Stunden. So lange gebe ich Ihnen noch Zeit. Da vorne ist die Klingel, Sie können jederzeit dem Kollegen Bescheid geben, wenn Sie eine Aussage machen möchten."

„Dann kannst du in drei Stunden wieder vorbeikommen und dich bei mir entschuldigen."

Das würde er bestimmt nicht machen, dachte Brechtl, egal, was am Ende herauskommen würde.

Er ließ die Zelle absperren und ging mit Sonja weiter den Kellerflur entlang zu Rainers Labor.

Der saß an seinem Mikroskop und starrte auf den Monitor.

„Und, wie schauds aus?", erkundigte sich Brechtl.

„Fragmende. Nix Gscheids", antwortete Rainer, ohne den Blick vom Bildschirm zu nehmen, auf dem sich die Linien eines Fingerabdrucks hin und her schoben, wenn er an den Einstellschrauben seines Mikroskops drehte.

„Basdi", rief er laut. Sofort kam der Kollege Feldmann, einer von Rainers „Jungs", durch die Tür, die zum Büro führte. Er warf seinen langen Zopf lässig über die Schulter nach hinten.

„Was gibt's?"

„Nimm amol des ganze Graffl dou und des Dieschörd und foars zur Dogder Eckhard nach Erlangen zum DNA-Desd. An scheener Gruß, 's bressierd. Dernoch konnsd Feieromd machn, dei Glanne aweng verhädschln."

„Von mir auch schöne Grüße."

Brechtl reichte ihm den Asservatenbeutel.

„Der dou is einichermoßn brauchboar. Is vom Müllbeidl."

Rainer zeigte auf einen Fingerabdruck auf dem Bildschirm.

„Dann vergleichsdn midn Holger Gschwendner und unsern zweidn Kandidadn bringi der aa glei. Kommst du mit, Sonja?“

Sie gingen zurück zu Ellmanns Zelle.

„Herr Ellmann, wir würden dann gerne Ihre Fingerabdrücke nehmen. Wenn Sie uns bitte begleiten möchten.“

Doktor Endres folgte den dreien auf Schritt und Tritt bis zu Rainers Büro, wo sich der Fingerabdruckscanner befand.

„Rainer“, rief Brechtl hinüber ins Labor, „konnsd amol schnell skenner, bidde?“

Ellmann gab Name und Adresse an und unterschrieb unter den Argusaugen seines Anwalts die Formulare, während Rainer den Scanner einschaltete.

„Immer aan Finger draff leeng und abrollern, suu.“ Er machte Ellmann vor, wie er seine Hand zu bewegen hatte. „Mid der rechdn Hend fangmer o.“

Als Ellmann seinen Daumen auf das Gerät legen wollte, griff Rainer dessen Handgelenk, um die Bewegung zu führen. Ellmann zuckte mit einem kurzen Laut zurück.

„Ja su werd des nix“, beschwerte sich Rainer.

„Entschuldigung. Ich denke, ich weiß schon, wie’s geht.“

Ellmann rollte seinen Daumen über den Scanner.

„Was haben Sie denn am Arm?“, erkundigte sich Sonja.

„Ach nichts, so eine blöde Entzündung.“

„Waren Sie deshalb beim Arzt?“

„Ja, genau.“

Ein Fingerabdruck nach dem anderen wurde abgespeichert. Das machte die Sache sehr viel einfacher. Früher, als das System noch nicht zur Verfügung stand, dauerte so ein Abgleich ewig. Heute ging es deutlich schneller, aber um eine endgültige Übereinstimmung feststellen zu können, brauchte man trotzdem noch ein geschultes Auge.

Die Kommissare brachten Ellmann zurück in seine Zelle.

„Das wird jetzt ein paar Stunden dauern“, erklärte Brechtl. „Wollen Sie so lange hier bleiben, Herr Endres?“

„Keine Vernehmungen ohne meine Anwesenheit!“, machte er klar.

„Wir rufen Sie dann an. Herr Ellmann, wenn Sie bitte das Sakko ausziehen würden und die Schnürsenkel aus Ihren Schuhen entfernen."

„Wieso denn?"

„Das ist Vorschrift, wegen der Suizidgefahr."

„Ich bin doch nicht suizidgefährdet", widersprach er.

„Es ist trotzdem Vorschrift, stimmt's, Herr Endres?"

Der nickte. Also fummelte Ellmann die Schnürsenkel heraus und zog sein Sakko aus. Am rechten Arm hatte er einen Verband.

„Den Verband müssen Sie auch abnehmen."

„Weshalb?"

Brechtl legte die Hand an den Hals und streckte die Zunge heraus.

„Alles, womit man sich erhängen kann."

Widerwillig wickelte Ellmann den Verband ab. Darunter kam eine schlecht verheilte Wunde zum Vorschein, die sich böse entzündet hatte.

„Eieiei, das sieht aber gar nicht gut aus. Was haben Sie denn da angestellt?"

„Das, das war eine Hausbesichtigung letzte Woche. Der blöde Köter von dem Eigentümer hat mich gebissen."

Brechtl warf noch einen Blick auf die Verletzung.

„Einen Moment noch, Herr Endres, ich bin gleich wieder da."

Er eilte nach oben in Jans Büro, wo Sherlock auf seiner Decke schlummerte.

„So, du Polizeihund, jetzt mach dich mal nützlich!"

Er leinte den Basset an. Damit es schneller ging, trug er ihn hinunter in den Keller und führte ihn zu Ellmanns Zelle.

„Können Sie den bitte wegnehmen - ich habe Angst vor Hunden", beschwerte der sich.

Doktor Endres hatte schon tief Luft geholt, um eine seiner Erklärungen vom Stapel zu lassen, aber Brechtl ließ es gar nicht so weit kommen.

„Das ist ein Beweismittel."

Er kniete sich vor Sherlock, blickte ihm tief in die Augen und sagte:

„Toooni."

Sofort fing der Hund an, zu knurren und die Zähne zu fletschen. Ellmann rutschte auf seiner Bank ein Stück nach links.

„Haben Sie das gesehen?"

„Was?", fragte der Anwalt aufgebracht.

„Das Gebiss. So ein Hund hat vorne sechs winzige Zähnchen, dann zwei große Eckzähne und dann kommen wieder kleine Zähne."

„Ja, und?"

„Sonja, hältst du ihn mal?" Er gab ihr die Leine und wandte sich an Ellmann. „Wenn ich mir Ihre Verletzung anschaue, kann ich mir nicht vorstellen, dass es ein Hund war, der Sie da gebissen hat."

Ellmann sagte nichts dazu, also fuhr Brechtl fort:

„Genau gesagt, sieht das eher so aus." Er zeigte auf seine eigenen Zähne. „Was Sie gebissen hat, war ein Mensch, oder nicht? Genauer gesagt: Simone Habereder. Habe ich recht, Herr Ellmann?"

„Das ist doch Unfug. Reine Spekulation!", ging der Anwalt dazwischen.

Brechtl ließ sich nicht beeindrucken.

„Herr Ellmann, ich beschuldige Sie des Totschlags an Simone Habereder. Bitte begleiten Sie mich nach oben, damit ich die entsprechende Belehrung durchführen kann."

Jetzt wollte er nichts mehr anbrennen lassen. Wegen eines simplen Formfehlers würde ihm Ellmann nicht mehr aus der Schlinge rutschen. Er führte ihn ins Besprechungszimmer, ließ ihn das Formular unterschreiben und belehrte ihn.

„Zu blöd, dass Sie das nicht schon bei Ihrer ersten Vernehmung unterschrieben haben. Kurz gesagt dürfen Sie uns als Beschuldigter nämlich das Blaue vom Himmel herunterlügen. Als Zeuge haben Sie vorhin eine absichtliche Falschaussage gemacht." Er konnte es sich nicht verkneifen, Doktor Endres kurz anzugrinsen.

„Wir sagen gar nichts aus. Mit diesen wilden Spekulationen werden Sie nicht weit kommen. Welcher Staatsanwalt betreut den Fall?"

„Staatsanwalt Hermann."

„Dann werde ich mal kurz mit Helmut telefonieren."

Oho - man war per Du mit dem jüngsten Gericht. Vermutlich sollte das Brechtl beeindrucken, tat es aber nicht im Geringsten. Er war sich seiner Sache sicher. Brechtl wandte sich wieder an den Beschuldigten.

„Sie können auf den guten Rat Ihres Anwalts hören, Herr Ellmann. Aber das wird uns nicht davon abhalten, die Verletzung an Ihrem Arm mit dem Zahnbild von Frau Habereder zu vergleichen. Die Fingerabdrücke auf dem Müllbeutel, in dem wir das T-Shirt gefunden haben, werden auch eine deutliche Sprache sprechen und die richterliche Verfügung für einen DNA-Abstrich ist nur noch Formsache. Der würde dann endgültige Gewissheit liefern."

„Ich hab sie nicht umgebracht!", rief Ellmann.

„Aber sie hat Sie gebissen."

„Ja."

„Und Sie haben die Blutflecken in der Wohnung beseitigt."

„Ja."

„Das sind alles keine Beweise für einen Totschlag", versuchte der Anwalt die davonschwimmenden Felle zu retten.

„Aber ich hätte gerne eine Erklärung dafür. Sie waren am letzten Sonntagnachmittag in der Wohnung, Herr Ellmann. Was hat sich dort zugetragen?"

Der Makler rieb sich die Schläfen und atmete tief durch.

„Holger hat mich angerufen und mich gebeten, zu der Wohnung zu fahren, wegen der Sache mit der Küchenwand. Ich bin also hingefahren. Als ich reingegangen bin, habe ich erst gedacht, es wäre niemand da, aber dann habe ich was aus dem Wohnzimmer gehört. Wie ich reingehe, sitzt Frau Habereder auf dem Sofa und heult. Sie hat nur eine Hose angehabt, oben rum nichts. Ich hab mich entschuldigt, weil ich einfach rein bin. ‚Was wollen Sie denn hier?', hat sie mich gefragt. Ich hab ihr erklärt, dass ich wegen der Wand da bin, und gefragt, warum sie weint. Sie hat so was gesagt wie: ‚Wenn ich schon eine Frau bin, dann darf ich auch heulen, oder?', und warum ich sie so anstarre. Ich hab sie gefragt, ob sie sich nicht was anziehen will. ‚Gefallen sie Ihnen?‘, hat sie gesagt und ihre Brüste hergereckt, ‚Sie können sie haben, wenn Sie wollen!‘. Da hab ich erst gesehen, dass sie ganz zerkratzt waren. Ich hab sie gefragt, ob ich ihr helfen kann, auf einmal ist sie auf mich losgegangen wie eine Furie, hat mich geschlagen und gebissen. Ich hab mich natürlich gewehrt und irgendwie ist sie dann hingefallen und hat sich den Kopf an der Heizung angeschlagen.“

„Irgendwie ... Vielleicht können Sie den Kampf etwas genauer schildern.“

„An alle Einzelheiten kann ich mich nicht erinnern. Das war Reflex, instinktiv.“

„Sie haben Frau Habereder instinktiv gewürgt?“

„Herr Brechtl“, mischte sich der Anwalt ein, „Herr Ellmann hat doch bereits gesagt, dass er sich an die Einzelheiten nicht erinnert.“

„Was haben Sie gemacht, nachdem Frau Habereder gestürzt war?“

„Ich bin losgelaufen, um Hilfe zu holen. Aber als ich wiedergekommen bin, war sie weg.“

„Einfach weg?“

„Ja. Die Wohnung war leer.“

„Und wo Sie schon mal da waren, haben Sie die Sauerei weggeputzt?“

„Herr Kommissar, bitte sparen Sie sich Ihren Zynismus“, meckerte Doktor Endres.

„Hauptkommissar“, gab Brechtl zurück. „Wie viel Zeit war inzwischen vergangen?“

„Das weiß ich nicht.“

„Ungefähr?“

„Keine Ahnung.“

„Nach unseren Recherchen waren es mehrere Stunden. Wen haben Sie denn zu Hilfe gerufen? Unsere Leitstelle jedenfalls nicht“, behauptete Brechtl, ohne dass er das nachgeprüft hätte.

Ellmann schwieg.

„War es nicht vielmehr so, dass Sie dachten, Frau Habereder wäre tot?“

„Spekulation!“, meldete sich der Anwalt.

„Nein. Frage an den Beschuldigten. Haben Sie die Hilfeleistung unterlassen, weil Sie dachten, Frau Habereder wäre tot?“, wiederholte Brechtl.

„Ja“, gab Ellmann zu. „Sie hat sich nicht mehr bewegt und ihr Kopf hat geblutet. Ich hab Panik bekommen und bin rausgelaufen. Das ist doch eine ganz normale Reaktion.“

„Finden Sie? Und in der Nacht sind Sie dann zurückgekommen?“

„Ja, aber sie war weg. Ich hab sauber gemacht und bin wieder gegangen. Ich dachte, wenn sie selber weggehen konnte, war's wohl nicht so schlimm.“

„Auf die Idee, sie anzurufen, sind Sie nicht gekommen?“

„Schon, aber was hätte ich denn sagen sollen?“

„Fragen, wie's ihr geht, sich entschuldigen, so was in der Art …“

Ellmann zuckte nur mit den Schultern.

„Vor allem hätten Sie uns schon bei Ihrem ersten Besuch sagen können, was passiert war.“

„Sie haben mich ja nicht danach gefragt.“

„Und da dachten Sie: Prima, die Polizei hat keine Ahnung, Frau Habereder hat mich also nicht angezeigt.“

„Ich fand es schon seltsam, dass Sie mich vorgeladen haben und dann gar nichts von der Sache wussten.“

„Ich mache Ihnen einen Vorschlag: Ich lasse Sie jetzt mit Ihrem Anwalt allein und Sie verfassen ein ausführliches, schriftliches Geständnis. Ich rate Ihnen ausdrücklich, nichts hinzuzufügen und nichts wegzulassen. Unser Erkennungsdienst wird noch einiges an belastendem Material finden. Mit Lügen kommen Sie nicht weit.“

Brechtl legte ihnen Papier und Stift bereit, aber der Anwalt zog es vor, mit seinem Laptop zu arbeiten.

14

Nachdem sie das Zimmer verlassen hatten, fragte Sonja: „Meinst du, der Kampf hat sich so zugetragen?“ „Das werden wir wohl nie herausfinden. Aber wir kennen den Ausgang und wir haben sein Geständnis.“

„Kalle“, rief Jan aus seinem Büro. „Die Aufnahmen von der Tankstelle sind schon gelöscht, die speichern sie nur zwei Tage. Aber die Kassiererin hat sich erinnert, dass ein Polizist da war und sie ihn gefragt hat, was unten auf der B 14 los ist. Personenbeschreibung konnte sie mir aber keine geben.“

„Danke. Ist nicht so schlimm. Der Ellmann hat gerade gestanden. Er sitzt jetzt nebenan mit seinem Anwalt. Passt ihr auf die beiden auf?“

Manne streckte beide Daumen hoch.

„Ich kann mir nicht vorstellen, dass er ihr freundlich seine Hilfe angeboten hat und sie ihn daraufhin gebissen hat“, spekulierte Sonja weiter, als sie in Brechtls Büro saßen.

„Seine Hände müssen ziemlich nah an ihrem Körper gewesen sein. Zu nah, tipp ich mal.“

„Ich versteh nicht, dass manche Männer meinen, eine Frau könnte man am besten trösten, indem man sie befummelt“, regte sich Sonja auf, „und danach behaupten sie, die Frau hätte es doch so gewollt. Wie kommt man auf so was? Das ist echt abartig.“

Sie holte eine Flasche Mineralwasser aus ihrem Büro und trank einen Schluck, um sich zu beruhigen.

„Was hättest du gemacht, in so einer Situation, Kalle?“

„Wenn eine halbnackte, hübsche Frau mir anbietet, ich könne ihre Brüste haben? Hmm ...“

Er legte den Finger auf die Lippen und tat so, als müsse er überlegen. Sonja warf ihm einen entrüsteten Blick zu.

„Nee!“, sagte er. „Was will ich denn noch mit Brüsten? Mir ist mein Bauch schon zu viel.“

Sie boxte ihn auf den Arm.

„Komm, wir gehen noch mal runter“, schlug er vor und stand auf.

Als Erstes schauten sie bei Luisa vorbei.

„Der Spuk hat ein Ende. Du kannst gehen."

„Jens war's, oder?"

Brechtl nickte.

„Woher wusstest du es?"

„Ich wusste es nicht. Aber ich war mir sicher, dass es Holger nicht war. Er war so verbohrt, er wollte unbedingt Franz' Mörder erwischen. Ich weiß nicht, was er noch mit ihm angestellt hätte, wenn ihr nicht gekommen wärt." Sie schüttelte den Kopf. „Er wird Ärger kriegen, oder?"

„Davon kannst du ausgehen."

„Kannst du nicht ein Wort für ihn einlegen?"

„Er hat sich das selber vermasselt. Er hätte von Anfang an mit uns zusammenarbeiten können. Aber er wollte ja unbedingt seine One-Man-Show abziehen."

„So ist er halt."

„Damit hat er vielleicht bei Frauen Erfolg - weiß ich nicht. Aber in unserem Beruf kommt es auf Teamwork an. Wenn er das nicht begreift, ist er fehl am Platz."

„Aber du wirst doch nicht gegen ihn aussagen, oder?"

„Ich werde nicht für ihn lügen, so viel steht fest." Er gab ihr die Hand. „Alles Gute, Luisa."

„Schaust du mal wieder im Club vorbei?"

„Ich glaube nicht."

Sie nickte traurig, verabschiedete sich von Sonja und ließ sich von dem jungen Schutzpolizisten nach oben begleiten.

Brechtl und Sonja gingen eine Zelle weiter.

„Und?", empfing sie Gschwendner. „Hat er gestanden?"

Brechtl nickte.

Gschwendner ballte die Faust wie ein Fußballspieler, der gerade den entscheidenden Elfmeter verwandelt hatte. „Ja!", rief er dabei. Dann schaute er Brechtl erwartungsvoll an. Offenbar rechnete er tatsächlich mit einer Entschuldigung.

„Das haben wir nicht dir zu verdanken", stellte Brechtl klar.

„So? Wer hat ihn denn hopp genommen?"

Bei dem ist Hopfen und Malz verloren, dachte Brechtl. Er hatte keine Lust, sich auf eine Diskussion einzulassen.

„Du hast eine Anzeige wegen Freiheitsberaubung und Körperverletzung am Hals.“

„Von Jens?“ Er grinste höhnisch. „Ja klar. Damit kommt er ganz groß raus.“

„Vielleicht.“

„Er ist doch freiwillig in mein Auto eingestiegen und der Rest war unmittelbarer Zwang, weil er sich der Festnahme widersetzt hat. Ich hab fünf Zeugen dafür, vier davon Polizisten. Den Richter möcht ich sehen, der da überhaupt ein Verfahren eröffnet.“

„Ich werde das aussagen, was ich gesehen habe, Holger. Und das hatte mit professioneller Polizeiarbeit rein gar nichts zu tun.“

„Ach komm, Kalle, wir haben ihn gemeinsam geschnappt. Jetzt lass mal fünf gerade sein und freu dich.“

„Ein Mensch ist gestorben, Holger, ein Freund von dir, wie du gesagt hast. Ich wüsste nicht, worüber ich mich da freuen soll.“

Das Grinsen wich aus Gschwendners Gesicht.

„Jetzt pack deine Sachen und verschwinde!“, forderte Brechtl ihn auf.

Sonja begleitete Gschwendner nach oben, während Brechtl sich auf die Pritsche setzte und an die gegenüberliegende Wand starrte. Selten hatte er sich so urlaubsreif gefühlt.

Als es am Samstag der darauffolgenden Woche an Brechtls Haustür klingelte, schnappte Sherlock fast über. Er jaulte und drehte sich im Kreis vor Freude. Es war Christine, Pfulles Frau. Brechtl griff sich die Tüte mit dem restlichen Hundefutter und begleitete die beiden hinunter zur Straße. Im Auto auf dem Beifahrersitz wartete sein Freund Pfulle.

„Servus, Kalle!“

„Servus!“

„Und ... woarer brav?“

„Bassd scho.“

***

Danke ...

... an meine treuen Leser, die nicht lockergelassen haben, bis ich mich wieder an meinen Schreibtisch gesetzt habe.

... an meine Frau Gabi, die auch dieses Buch x mal korrekturgelesen hat.

... an Andrea Stern, für das geniale Bodypainting und die Fotos für das Titelbild.

... an Eva, die sich als Model zur Verfügung gestellt hat.

... an Thomas, für das Korrigieren des schwäbischen Dialekts.

... an alle, die mich zu dieser Geschichte inspiriert haben.

Selbstverständlich sind die Handlung und die Personen in diesem Roman frei erfunden. Ähnlichkeiten mit lebenden oder verstorbenen Personen oder tatsächlichen Begebenheiten wären rein zufällig.

Vom gleichen Autor erschienen:

Bob Meyer
ISBN 978-3-942251-05-1
€ 12,80

Bob Meyer
ISBN 978-3-942251-10-0
€ 12,80

Bob Meyer
ISBN 978-3-942251-25-9
€ 12,80

Bob Meyer
ISBN 978-3-942251-30-3
€ 12,80

aus dem Fahner Verlag

Ines Schäfer, 1. Teil
ISBN 978-3-924158-40-8
€ 9,90

Ines Schäfer, 2. Teil
ISBN 978-3-924158-60-6
€ 9,90

Ines Schäfer, 3. Teil
ISBN 978-3-924158-74-3
€ 4,99

Ines Schäfer, 4. Teil
ISBN 978-3-924158-88-0
€ 4,99

Ines Schäfer, 5. Teil
ISBN 978-3-924158-96-5
€ 4,99

Ilse-Maria Dries, 1. Teil
ISBN 978-3-942251-02-0
€ 4,99